LE SECRET MADELEINE

LES CHRONIQUES DE MADELEINE
TOME UN

GARY MCAVOY

LITERATI
EDITIONS

Ceci est une œuvre de fiction. Les noms, personnages, entreprises, lieux, institutions séculaires, agences, bureaux publics, évènements, cadres et incidents sont le fruit de l'imagination de l'auteur ou ont été utilisés de façon fictive. En dehors de certaines références historiques, toute ressemblance avec des personnes réelles, vivantes ou mortes, ou à des évènements réels, est purement accidentelle.

Toutes les marques sont la propriété de leurs propriétaires respectifs. Ni Gary McAvoy ni les Éditions Literati ne sont associés avec un quelconque produit ou vendeur mentionnés dans ce livre.

PROLOGUE

Sud de la France – Mars 1244

Le siège ininterrompu de Montségur, dernière forteresse cathare à être encore debout, perchée de façon stratégique sur un majestueux piton rocheux des Pyrénées françaises, entrait dans son dixième mois.

L'immense armée envoyée depuis Rome était forte de trente mille croisés vêtus de leurs tabards blancs distinctifs, portant la croix rouge de saint Georges. Les chevaliers au commandement menaient des hordes de fantassins ordinaires, certains cherchant leur salut, d'autres simplement en quête d'une aventure et de la promesse de pillages. Au cours des années précédentes, ils avaient déjà dévasté une grande partie de la région du Languedoc. Des dizaines de milliers d'hommes, de femmes et d'enfants avaient été assassinés, sans égard pour leur âge, leur sexe, ou leur croyance religieuse. Des villages entiers avaient été brûlés, les cultures arrivées à maturation avaient été détruites et le sol fertile qui les produisait avait été empoisonné dans une quête cruelle et obstinée afin de débusquer et d'éradiquer un petit ordre mystique et pacifique, mais non moins influent : les cathares.

La défaite de l'impénétrable château de Montségur représentait le trophée ultime pour les troupes de l'Église. Les rumeurs selon lesquelles la forteresse renfermait un immense trésor étaient parvenues aux oreilles de chaque soldat, ravivant la passion avec laquelle ces mercenaires européens craints de tous menaient leur mission divine. Comme le voulait la coutume durant une croisade, le vainqueur pouvait exiger de conserver ce qu'il restait après un pillage : c'était la *spolia opima* – les butins les plus précieux obtenus pour les plus grands exploits. Cette tentation, renforcée par l'assurance personnelle du pape que tout péché serait pardonné et le chemin vers le paradis assuré, avait suffi pour que des hommes de tous milieux, nobles comme paysans, décident de s'armer d'un gourdin, d'une pique ou d'une flèche et se battent au nom de Dieu.

EN 1209, LE PAPE INNOCENT III avait ordonné cette croisade pour détruire la spiritualité, et au besoin la vie, des derniers dissidents de la région du Languedoc, située entre la France et l'Espagne.

Cette principauté indépendante s'était distinguée en abritant une population d'artistes et d'intellectuels qui dépassait de loin ce que l'on trouvait à l'époque dans la plupart des sociétés d'Europe du Nord. Ce peuple du Languedoc pratiquait une tolérance religieuse qui encourageait la diversité spirituelle et séculière. On pouvait y trouver des écoles enseignant le grec, l'hébreu, les langues arabes ainsi que les coutumes qui les accompagnaient, comme ceux qui épousaient la kabbale, une forme occulte du judaïsme datant du IIe siècle.

La plupart des colons du Languedoc éprouvaient un dégoût prononcé pour le christianisme ; à tout le moins, ses pratiques étaient perçues comme étant plus matérialistes que spirituelles. Les irréligieux de la région tournaient le dos au christianisme, principalement en raison de la corruption scandaleuse dont faisaient montre les prêtres et archevêques locaux qui, incapables d'influencer les païens dans leurs provinces, en étaient venus à préférer les rétributions du commerce et des propriétés terriennes que la supervision de quelques ouailles.

En conséquence, les autorités de Rome s'étaient senties obligées de s'attaquer une bonne fois pour toutes à cette hérésie impardonnable, notamment dans des villes comme Toulouse et Albi.

Confiant ses troupes à leurs commandants, le pape Innocent III offrit à tous sa bénédiction, glorifiant le caractère divin de leur mission. Lorsqu'ils demandèrent comment ils distingueraient leurs frères chrétiens des hérétiques, les croisés obtinrent comme simple réponse : « Tuez-les tous. Dieu reconnaîtra les siens. »

Ainsi commença la Croisade des Albigeois.

La nouvelle lune ne répandait aucune lumière sur Montségur tandis que la nuit tombait sur le premier jour de mars 1244, dissimulant non seulement les activités empressées de ses occupants, mais également la menace qui persistait au-delà de ses remparts. Un épais brouillard alpestre s'était installé sur la montagne et le château qui en chevauchait le sommet et avait résisté à presque une année de bataille continuelle.

Affaibli par la ténacité de leurs assaillants et cédant face à leur situation désespérée, Raymond de Péreille, seigneur du château de Montségur et meneur des quatre cents derniers défenseurs, ordonna à ses troupes de déposer leurs armes avant de descendre de la montagne pour négocier les termes de leur capitulation.

Bien qu'on lui offrît des conditions clémentes en échange de leur reddition, le seigneur demanda une trêve de quatorze jours sous prétexte de réfléchir aux termes de celle-ci, livrant des otages en guise de preuve de bonne foi. Sachant qu'il n'y avait pas d'alternative pour leurs prisonniers – dont près de la moitié était des chevaliers-prêtres, ou *parfaits* dévoués à la cause de

Dieu – les commandants de l'armée du pape acceptèrent la trêve.

Durant les deux semaines suivantes, libérés de la menace des attaques qu'ils subissaient constamment depuis plusieurs mois, les habitants de Montségur se décidèrent à accomplir leur propre destin avant de livrer leur forteresse – et leurs vies – à l'Inquisition.

Lors du dernier jour de la trêve, comme collectivement guidés par une seule volonté sur un chemin prédestiné, les survivants du dernier peuple cathare entreprirent les préparatifs pour leur départ.

Quatre des parfaits les plus forts et les plus loyaux furent choisis par l'évêque Bertrand Marty, l'abbé le plus influent de la forteresse. Ils descendirent dans les profondeurs de la montagne, le long d'un passage dont les marches avaient été sculptées dans les couches alternées de terre et de calcaire. La fin du passage ressemblait à une impasse, comme si les ouvriers avaient cessé de travailler et étaient repartis sans terminer. Toutefois, alors que les autres tenaient des torches, l'abbé Marty sortit de sa soutane une grosse cale rouillée ressemblant à une clé et l'enfonça dans une cavité cachée près du plafond bas.

L'abbé manipula la clé pendant quelques secondes. De l'autre côté de la paroi rocheuse, un grincement sourd et métallique résonna dans le tunnel alors que la roche calcaire, qui avait semblé impénétrable, glissa légèrement vers l'intérieur pour révéler une porte.

Poussée par les parfaits, la porte s'ouvrit sur une pièce sombre, froide et humide remplie d'une grande quantité de richesses : de l'or et de l'argent sous diverses formes, des calices dorés et des croix parées de joyaux, une abondance de gemmes et de pierres précieuses, des sacs débordants de pièces provenant de nombreux territoires.

Dans un coin, à l'écart des montagnes de trésors, posé sur un solide piédestal en granite, se trouvait un reliquaire en bois finement gravé, fabriqué pour contenir les reliques les plus saintes. À côté, un livre épais était enveloppé dans un sac en toile de jute.

Être ainsi face au légendaire trésor des cathares – scintillant et hypnotisant dans la faible lueur des torches – serait séduisant pour la plupart des hommes. Toutefois, les Albigeois n'avaient que peu de respect pour les biens terrestres, si ce n'est qu'ils étaient un outil politique utile pour l'accomplissement de leur destinée spirituelle. Fermant les yeux sur l'abondance de richesse qui s'étalait devant eux, l'abbé prit le sac en toile tandis que les quatre parfaits hissaient le reliquaire sur leurs épaules, puis ils quittèrent la pièce et gravirent solennellement l'escalier de pierre. Au cours des mille années d'histoire cathare, ceux-ci seraient les derniers membres de l'ordre à voir le trésor.

Cependant, ils se jurèrent que la relique la plus sacrée du monde chrétien ne tomberait jamais entre les mains impies de l'Inquisition.

Lorsqu'il sortit du passage en pierre, l'abbé Marty guida les parfaits et leur chargement sacré à travers les centaines de cathares armés de bougies qui s'étaient réunis à l'extérieur pour éclairer le chemin menant au sanctuaire. Tous étaient vêtus de leur tunique traditionnelle, leurs cheveux à hauteur d'épaule recouverts par des chapeaux *taqîyah* ronds, selon la coutume de la secte.

Une fois à l'intérieur, les parfaits posèrent le reliquaire sur l'autel en pierre. L'abbé retira le livre ancien du sac et commença le sacrement du *Consolamentum*, un rituel de consécration, pendant que les quatre gardiens se préparaient pour leur mission.

Armés de petits poignards et de matraques, les parfaits attachèrent soigneusement le reliquaire dans un filet de cordes, puis ils s'équipèrent de harnais bien serrés.

– Allez avec Dieu, mes fils, entonna l'abbé Marty tandis qu'il leur donnait sa bénédiction. Et en Son nom, assurez-vous que ce reliquaire sacré sera protégé durant les prochaines générations.

Les quatre hommes enjambèrent le précipice et, aidés de

leurs frères qui tenaient les cordes fixées à leur harnais, ils descendirent lentement et silencieusement en rappel les centaines de mètres qui les séparaient du pied de la falaise. Les sympathisants qui les y attendaient aidèrent les parfaits à détacher leur trésor divin et les éloignèrent du danger des troupes avant de les cacher, ainsi que le reliquaire, dans une des nombreuses grottes voisines.

Durant toute la nuit, ceux qui restaient à Montségur célébrèrent leur confrérie, leur vocation divine et leurs dernières heures de vie. Le lendemain matin, descendant la montagne dans un état de parfaite libération spirituelle vis-à-vis du monde matériel, l'abbé Marty guida les derniers cathares tandis qu'ils marchaient délibérément dans les bûchers qui les attendaient, des martyrs pour leur cause.

Personne ne revit jamais le reliquaire sacré des cathares.

Aujourd'hui

Contournant le mur nord du Colisée d'un pas mesuré, un grand jeune homme aux cheveux mi-longs noirs jeta un œil au chronomètre TAG Heuer fixé à son poignet gauche. Notant le temps réalisé sur son douzième kilomètre, il essuya la sueur qui lui brûlait désormais les yeux.

Cette fichue chaleur romaine. Insoutenable avant même le lever du soleil.

En approchant du passage piéton aux abords de la façade ouest du Colisée, il se demanda si cette matinée serait celle où il rencontrerait Dieu. Éviter la circulation meurtrière et incontrôlée qui encerclait le monument était un acte de foi suprême alors que les citadines en acier le contournaient les unes après les autres, sans nul doute en route vers un lieu moins hostile. Depuis qu'il était arrivé ici, il avait découvert qu'il en était ainsi de tous les conducteurs italiens, de façon générale, mais que les Romains excellaient tout particulièrement à ce sport. Les observateurs avisés étaient toujours capables de voir la différence entre les natifs et les visiteurs : un habitant de la ville traversait la route en paraissant insensible à la circulation, alors que les non-Romains, qui pouvaient aussi bien venir de Milan que de Boston ou Paris, abordaient la menace de chaque traversée de trottoir à trottoir avec une appréhension frôlant la terreur mortelle.

Après avoir traversé la large Via dei Fori Imperiali, son parcours l'emmena vers le Subure, un des quartiers les plus anciens de Rome, éloigné des sentiers battus par les touristes. En tant que nouvel arrivant dans une ville dont le pouls normal était à peine perceptible sous les ambiguïtés troublantes entre l'ancien et le récent, c'était ici que le coureur se sentait le plus à l'aise, dans ce quartier ouvrier semi-industriel qui ressemblait beaucoup à celui qu'il avait récemment quitté à New York. En été, les gens se levaient tôt pour s'occuper de leurs jardins avant que l'ardeur du soleil ne les force à s'enfermer à l'intérieur. L'air de ce début de matinée était chargé d'odeurs de jasmin, de chèvrefeuille et de pots d'échappement.

Il courut encore huit kilomètres et les traînées de sueur mettaient en valeur son corps svelte et musclé sous son T-shirt en coton blanc. Il parcourut les dernières rues à toute vitesse, passant devant les trattorias vides et les magasins aux volets fermés, dont les marchands étaient tout juste en train d'entamer leur rituel matinal.

Il ralentit et adopta une foulée tranquille en traversant le pont Sant'Angelo qui enjambait le Tibre, puis il prit à gauche pour remonter la Via della Conciliazione tandis que l'énorme dôme de la basilique Saint-Pierre se profilait à l'horizon. Bien qu'on l'aperçût depuis presque partout à Rome, cette arrivée lui donnait toujours l'impression que le dôme penchait en arrière et que l'immense façade de l'église l'avalait au fur et à mesure qu'il en approchait.

– *Buongiorno, padre.*

Presque à l'unisson, plusieurs voix de femmes rompirent le décor pavé de sa rêverie.

Le père Michael Dominic leva la tête et sourit poliment, agitant la main pour saluer brièvement le petit groupe de religieuses. Il en reconnut certaines qui étaient employées au Vatican. Les plus jeunes rougirent, rapprochant leurs têtes encapuchonnées pour chuchoter à l'oreille les unes des autres, tandis que d'autres suivirent le charmant prêtre des yeux. Les plus âgées se contentèrent de hocher froidement la tête en direction du jeune ecclésiastique, exigeant le silence tandis qu'elles escortaient, toutes à leur devoir, leurs novices à la messe du matin.

Bien qu'il ne fût à Rome que depuis deux semaines, l'exubérance juvénile de Michael Dominic ainsi que sa vivacité d'esprit étaient rapidement devenues célèbres au sein la population cloîtrée du Vatican, le distinguant des attitudes quelque peu monastiques qui y prévalaient depuis le Moyen Âge.

Toutefois, en dépit de l'esprit de clocher et de cette impression que le temps était suspendu qui régnaient entre ces murs, Michael ressentait encore l'ivresse procurée par le privilège d'avoir été envoyé à Rome si tôt dans sa carrière religieuse. Cela faisait moins de deux ans qu'il s'était prosterné devant l'autel de la cathédrale Saint-Patrick à New York, ordonné par son mentor et ami de la famille, le cardinal Enrico Petrini.

Tout le monde savait, au Vatican, que l'influence de l'éminent cardinal était responsable de l'ascension rapide de Michael Dominic jusqu'aux couloirs en marbre du pouvoir ecclésiastique qu'il arpentait désormais. Les brillantes études du jeune prêtre en tant que médiéviste classique étaient essentielles au travail accompli à la Bibliothèque du Vatican. Par ailleurs, le cardinal progressiste appréciait la vitalité que Michael apportait à sa vocation, sans parler du charisme avec lequel il parvenait à accomplir ses missions au sein d'une bureaucratie engourdie. Bien que ne s'expliquant pas l'insistance vigoureuse de son mentor pour qu'il vienne à Rome – et connaissant aussi bien ce prince de l'Église, c'était sans doute davantage qu'un simple geste à l'égard de la famille – Michael avait entièrement confiance en Enrico Petrini et avait accepté que cet homme puissant croie suffisamment en lui pour lui offrir cette opportunité, qu'il n'aurait très certainement jamais eue sans lui.

Michael ralentit encore et inspira de grandes bouffées d'air brûlant en approchant du Vatican. À environ deux rues de la grille, il entra dans le Pergamino Caffè, sur la Piazza del Risorgimento. Plus tard dans la journée, la salle serait bondée de touristes à la recherche de cartes postales et de *gelati*, mais le matin, elle était remplie de locaux, la plupart grignotant de petits gâteaux collants qu'ils faisaient passer à coups de café épais et sucré.

À l'autre bout de la salle, Michael aperçut la signora Palazzolo, la femme rondelette du propriétaire, dont les mèches de cheveux blancs étaient déjà trempées de transpiration. Lorsqu'elle vit le prêtre approcher, la femme âgée afficha un immense sourire dévoilant ses dents du bonheur tout en plongeant la main sous le comptoir pour en extraire la soutane méticuleusement pliée que Michael avait déposée en partant, la lui tendant avec une satisfaction évidente.

– *Buongiorno, padre*, dit-elle. Vous prendrez un café ce matin ?

– *Molto grazie, signora*, répondit Michael en prenant poliment sa soutane. Pas aujourd'hui. Je suis déjà en retard.

– Ça ira pour cette fois, dit-elle d'un ton gentiment réprobateur, mais il n'est pas sain pour un jeune homme costaud de sauter le petit-déjeuner, surtout après avoir fait travailler si dur son cœur dans cette chaleur impitoyable.

Elle leva la main pour éponger la sueur, coiffant en arrière le peu de cheveux qu'il lui restait dans l'espoir vain de se rendre plus attirante.

À l'arrière de la boutique, Michael entra dans les toilettes, s'aspergea le visage et essaya de mettre un peu d'ordre dans ses cheveux. Il passa ensuite la soutane par-dessus sa tête et la boutonna jusqu'au col blanc qui encerclait désormais son cou. Sortant des toilettes quelques minutes plus tard, il jeta un coup d'œil en arrière en se dirigeant vers la porte, observant la signora qui le saluait avec une expression désormais différente – rayonnante de respect pour l'homme d'Église qu'il était soudain devenu, comme si elle avait elle-même joué un rôle dans sa transformation.

DES TROIS ENTRÉES OFFICIELLES au Vatican, la Porta Sant'Anna – la porte Sainte-Anne – située du côté est de la frontière, juste au nord de la place Saint-Pierre, était celle que préféraient les employées, les visiteurs et les artisans. Même si leur premier devoir est d'assurer la protection des lieux, les gardes postés à chaque entrée doivent veiller à ce que personne ne pénètre au Vatican dans une tenue négligée. Michael avait appris à son arrivée que l'entrée était refusée à quiconque se présentait en tenue décontractée, que ce soit un employé ou un visiteur officiel. Les jeans et les T-shirts étaient à peine tolérés pour les touristes, mais le manque de formalité éhontée des shorts, des survêtements et autres vêtements négligés étaient formellement interdits aux autres. Une atmosphère de respect et de révérence devait être observée à tout moment.

Le Vatican avait une population résidentielle d'un peu moins de mille âmes, mais chaque jour, presque cinq mille personnes venaient travailler dans l'espace restreint entre ces murs imposants – des murs construits à l'origine pour protéger la ville des Sarrasins, mille ans plus tôt – et les Gardes suisses postés à chaque entrée reconnaissaient ou contrôlaient l'identité de chaque personne qui entrait ou sortait.

Vêtu du pourpoint bleu et noir moins formel et coiffé d'un béret, un des gardes, que Michael reconnaissait désormais, le salua d'un sourire poli tandis qu'il s'apprêtait à sortir sa pièce d'identité.

– Vous n'avez plus besoin de montrer votre badge à cette porte, maintenant que l'on vous reconnaît, père Dominic, dit le garde musclé en anglais. Mais c'est une bonne idée de l'avoir sur vous, au cas où.

– *Grazie*, répondit Michael avant de poursuivre en italien, mais cela m'aiderait si nous pouvions parler italien. Je ne l'ai pas beaucoup pratiqué depuis ma jeunesse et ceux qui le parlent sont en surnombre, ici. Vous connaissez l'adage : *À Rome, fais comme les Romains…*

Le sourire du garde disparut, remplacé par un malaise évident alors qu'il essayait de traduire puis de répondre à l'italien rapide de Michael.

– Oui, ce serait un plaisir pour moi, mon père, bégaya le jeune soldat, mais seulement si nous parlons lentement. L'allemand est ma langue maternelle, je suis de Zurich, et si je parle bien anglais, je commence tout juste l'apprentissage de l'italien ; mais je le comprends mieux que je ne le parle.

Michael sourit devant les bonnes intentions du jeune homme.

– Marché conclu, alors. Je suis Michael Dominic, répondit-il en tendant sa main moite.

– C'est un honneur de vous rencontrer, père Dominic. Je suis le caporal Dengler. Karl Dengler.

Le visage du caporal s'illumina face au respect inhabituel qu'on lui accordait et il tendit sa main gantée de blanc pour empoigner fermement celle de Michael. Récemment recruté au sein de la prestigieuse *Pontifica Cohors Helvetica*, le corps d'élite des forces de sécurité du pape plus communément appelé la Garde suisse, Dengler avait trouvé que la plupart des gens du Vatican – et même de Rome – avaient tendance à être sur la réserve. Il n'avait jamais eu autant de mal à se faire des amis en Suisse et il était ravi d'avoir l'occasion de rencontrer de nouvelles personnes. Il savait également, comme tout le monde, que ce prêtre-ci avait un allié puissant proche du Saint-Père.

– C'est un honneur partagé, caporal, répondit Michael, plus lentement, même si cela mit à nouveau mal à l'aise le jeune homme. Et, pardon d'avoir sali votre gant.

– Pas de problème, dit Dengler en souriant. Avec cette chaleur, il sera sec en un rien de temps. Et si vous cherchez un partenaire pour courir, faites-le-moi savoir.

– Je n'y manquerai pas ! Et on en profitera pour se tutoyer ! lança Michael en le saluant de la main tandis qu'il passait le portail.

Les allées du Vatican grouillaient déjà d'activité. Des hordes de travailleurs, de commerçants et de visiteurs officiels ayant des objectifs très divers arpentaient la Via di Belvedere pour rejoindre la myriade de bureaux, de boutiques, et de musées – n'importe quel endroit à l'intérieur ou à l'ombre, en fait, qui offrirait un répit face à la chaleur du soleil levant.

Un autre Garde suisse se tenait au milieu de la rue et Michael se dit qu'il avait l'air étonnamment sec et frais malgré le fardeau évident qu'étaient son casque en acier orné de plumes rouges et son uniforme de gala bouffant aux rayures orange, rouges et bleues. Il dirigeait les piétons et les véhicules tout en saluant élégamment les occasionnels dignitaires qui passaient par là.

Pour un observateur lambda, la Cité du Vatican semble perpétuellement en travaux. S'étendant sur un peu plus de quarante hectares, la vieille ville-État a constamment besoin d'être réparée et entretenue. Des remises en beauté architecturales, des renforcements des structures et des agrandissements limités ont lieu à tout moment, à divers degrés d'avancement, et se manifestent en un dédale squelettique d'échafaudages entourant des portions de la basilique et des bâtiments voisins. Les *Sampietrini*, les artisans au talent singulier qui sont responsables de l'entretien de Saint-Pierre, sont constamment présents dans les grottes, les couloirs et les cours, exerçant les talents pluriséculaires que les générations passées leur ont transmis, traditionnellement leurs pères, et les pères de leurs pères. D'ailleurs, il est assez probable qu'un *sampietrino* travaillant sur une pierre abîmée de la basilique soit en train de rafistoler le travail effectué par son propre arrière-grand-père, plus d'un siècle avant lui.

Michael marcha jusqu'au bout de la via di Belvedere, puis il tourna à droite pour longer la Stradone dei Giardini, le long des bâtiments des Musées du Vatican, jusqu'à ce qu'il atteigne le mur nord de la ville.

Les prêtres apprennent très tôt que leur vie sera émaillée de nombreux rituels et, dans au moins un aspect séculier, celle de Michael Dominic ne différait pas de celles des autres. Chaque jour, il terminait son footing matinal par une promenade méditative le long des murs d'enceinte qui entouraient les jardins pontificaux parfaitement entretenus. Le fait que plusieurs des arbres qui bordaient l'allée étaient enracinés là depuis des siècles, servant les besoins contemplatifs des papes de chaque époque, donnait à Michael le sentiment d'être intimement connecté à l'histoire – un contraste subtil avec les plus nombreux et plus imposants bâtiments qui l'entouraient et lui rappelaient l'endroit où il était venu vivre et travailler.

– Ah ! Bonjour, Miguel.

La voix était légère comme une brise, mais Michael la reconnut immédiatement dans le calme chaud des jardins du Vatican.

– *Buongiorno*, Cal ! répondit-il joyeusement.

Le frère Calvino Mendoza, préfet des Archives du Vatican et supérieur de Michael, approchait de l'entrée du bâtiment. Vêtu de la soutane marron et des sandales en cuir typiques de l'ordre franciscain, Mendoza était un septuagénaire rondelet et timoré. Michael trouvait qu'il était plutôt plaisant de travailler avec lui, même s'il ne cherchait pas à cacher son penchant évident pour les hommes.

– Vous vous êtes levé tôt, ce matin, dit Mendoza en anglais avec un lourd accent, reluquant furtivement le physique de Michael sous sa soutane. Cela dit, il vaut mieux affronter l'horrible chaleur et la circulation de Rome avant le lever du soleil, n'est-ce pas ?

– En effet, oui, répondit Michael en riant, ses cheveux humides scintillant au soleil tandis qu'il secouait la tête. Je m'attends presque à ce que d'ici une heure, les pavés commencent à se recroqueviller sur eux-mêmes.

Michael avait fini par prendre plaisir aux manières affectées de Mendoza et à sa manière badine de flirter. Presque tous ceux qu'il avait rencontrés ici semblaient trop austères et impassibles pour que l'on puisse les apprécier et le jeune prêtre était naturellement attiré par les gens plus chaleureux. Cet homme très doux avait un humour vif et Michael avait découvert qu'il n'était jamais à court de proverbes, qu'il dégainait toujours au bon moment. Mendoza avait également l'habitude d'appeler les gens de son équipe par l'équivalent portugais de leur prénom, entretenant ainsi un tendre lien culturel avec le Brésil, son pays natal. Quant aux suggestions subtiles, Mendoza avait compris très tôt que le vœu de chasteté de Michael avait peu de chances d'être rompu, et surtout pas avec un homme.

– Vous vous habituerez, acquiesça Mendoza en souriant. C'est pire le matin, c'est sûr, mais en fin d'après-midi, le *Ponentino*, ce vent frais qui nous vient de la mer Tyrrhénienne est une bénédiction. De toute façon, ajouta-t-il, *mieux vaut choir sur le pavé que déchoir par la langue – ainsi la chute du méchant est-elle soudaine.*

Il balaya les jardins du regard d'un air faussement suspicieux, comme si chaque mot pouvait être la proie d'oreilles curieuses, bien qu'invisibles.

– L'Ecclésiaste, répondit Michael. Merci pour le sermon.

Ravi que le jeune prêtre accepte ses fantaisies occasionnelles, Mendoza gravit les quelques marches menant à l'entrée des Archives.

– Maintenant, venez, Miguel, vos journées de formation sont terminées. Il est temps de passer au véritable travail, déclara le prêtre rondelet d'un ton théâtral, agitant ses bras comme des ailes tandis qu'il montait les marches. Aujourd'hui est un jour spécial.

– Je vous rejoins bientôt, Cal. Je dois prendre une petite douche, d'abord. Mais qu'a cette journée de si particulier ?

Du haut des marches, Mendoza se tourna vers Michael et, arborant l'expression d'un enfant en possession d'un secret terriblement attrayant, il chuchota avec une excitation à peine contenue :

— Les trésors que nous sommes sur le point d'exhumer n'ont pas été vus par quiconque depuis plusieurs centaines d'années.

Mendoza Calvino aimait clairement son travail et son regard pétilla d'impatience tandis qu'il haussait un sourcil, puis il se tourna aussi vite que son corps pesant le lui permettait et disparut par la lourde porte en bois.

Alors que Michael marchait jusqu'à son appartement au Domus Sanctae Marthae, la résidence hôtelière juste au sud de la basilique Saint-Pierre, deux hommes dans une voiturette de golf se dirigèrent vers lui, tous deux vêtus des soutanes noires et rouges des cardinaux. La voiturette s'arrêta juste devant lui et l'un des hommes en descendit.

— Père Dominic, je présume ? demanda le costaud avec un accent des Balkans prononcé, son expression figée en un masque indéchiffrable.

— Oui, Éminence ? Comment puis-je vous aider ? répondit Michael.

— Je suis le cardinal Sokolov, préfet de la Congrégation pour la doctrine de la foi. Je souhaitais simplement vous serrer la main pour vous souhaiter la bienvenue, de la part de nous tous qui vous attendions.

Michael reconnut le nom du département où travaillait le cardinal, mieux connu sous le nom du tristement célèbre Bureau de la Sainte Inquisition avant que quelqu'un ne trouve un nom moins diabolique.

— Enchanté, Votre Éminence, dit Michael, surpris par son commentaire. Je ne savais pas que l'on m'attendait.

— Oh, oui, dit Sokolov en tenant fermement la main de Michael. Avoir le soutien du cardinal Petrini confère une grande influence, ici. Toutefois, cela s'accompagne de certaines attentes. La première et la plus importante est de rester discret. Ne vous attendez pas à vous faire beaucoup d'amis, ici. Nius sommes entourés de vipères se faisant passer pour des âmes pieuses.

Deuxièmement, sachez que vous êtes observé à tout moment. Conduisez-vous de façon appropriée et vous survivrez peut-être à votre passage ici. Nombreux sont ceux qui envient votre travail de *scrittore* aux Archives secrètes, et ils saisiront la première occasion pour vous remplacer. Enfin, poursuivit le cardinal en fronçant ses sourcils noirs et épais, venez immédiatement me voir si vous êtes témoin ou si vous soupçonnez des activités illicites ou inconvenantes. Cet examen scrupuleux sera perçu avec admiration par Sa Sainteté, au nom duquel je parle.

Michael était ébahi par l'audace de cet homme. Ce n'était pas l'accueil qu'il avait imaginé et cela ternissait l'enthousiasme qu'il ressentait à l'idée de travailler et vivre au Vatican.

– Je tâcherai de me souvenir de tout ça, Éminence, répondit-il en forçant le cardinal à lâcher sa main, qu'il tenait encore entre ses griffes.

Sokolov resta quelques secondes à dévisager Michael, puis il se détourna et regagna la voiturette qui s'éloigna dans un gémissement aigu vers les jardins pontificaux.

Troublé par sa rencontre, Michael repartit chez lui, sentant ces nouvelles attentes peser comme un fardeau. *Dans quoi me suis-je fourré ?* pensa-t-il en entrant dans la douche.

CHAPITRE
DEUX

Depuis des siècles, *L'Archivio Segreto Vaticano*, les Archives secrètes du Vatican, bénéficient – certains diraient plutôt souffrent – d'un anonymat soigneusement préservé. Or, ces Archives ne sont pas si secrètes que ça.

Toutefois, l'accès à son légendaire fonds de documents historiques et de trésors écrits est, au mieux, difficile à obtenir. L'autorisation est accordée par écrit, par le pape lui-même, et seuls un millier de chercheurs de bonne foi ont ce privilège chaque année. Par ailleurs, étant donné la crainte que des éléments sensibles de l'histoire puissent être révélés sans prendre en considération leur contexte, les journalistes et les photographes s'en voient généralement bannir l'accès.

Par conséquent, le reste du monde sait si peu de choses à propos des Archives secrètes qu'un voile de mystère et de conspiration les recouvre et que, depuis des siècles, de folles rumeurs circulent au sujet de leur véritable nature.

Par contraste avec la Bibliothèque du Vatican, qui est majoritairement composée d'œuvres d'art personnelles, de livres, de manuscrits et autres trésors concernant l'étude de la religion, de l'art, de l'histoire et de la philosophie, les Archives secrètes renferment des montagnes de parchemins enluminés et de manuscrits scellés, tous d'une immense valeur historique. La vaste majorité de ceux-ci sont rangés dans des caisses fermées à clé et enfouies dans les sous-sols des Archives, et n'ont été vus par personne à l'époque moderne – encore moins ont-ils été catalogués par les archivistes des générations précédentes.

Depuis que l'Église a commencé à consigner les évènements qui la concernent, c'est-à-dire depuis mille cinq cents ans environ, des documents de nature et aux fonctions diverses ont été accumulés à foison, éparpillés un peu partout en Europe alors que les vents changeants des guerres et des pillages en résultant influençaient les fortunes de la papauté.

Depuis leur création officielle par le pape Paul V Borghèse en 1612 en tant que réserve centrale du savoir de l'Église, les Archives secrètes sont utilisées comme matériel d'étude pour la Curie, le corps administratif qui gouverne au quotidien les affaires ecclésiastiques d'un milliard d'âmes dans le monde. Toutefois, les Archives ne sont pas tant un dépôt de l'Église catholique romaine pour des choses passées qu'elles ne sont un portrait vivant de la race humaine dans son ensemble, ainsi que la plus exhaustive des chroniques, constituée de documents historiques originaux – traitant d'absolument toutes les études qui ont traversé les temps, qu'elles soient théologiques, politiques, scientifiques ou artistiques.

L'attrait d'une collection aussi sublime a nourri l'envie de nombreux souverains européens. L'histoire romaine abonde en récits de pillages de la part de religieux ou de laïcs qui ont eu pour résultat la disparition et parfois même la confiscation de certains trésors de l'Église, à une époque ou une autre. Toutefois, l'épisode ayant causé le plus de dégâts peut être attribué à Napoléon Bonaparte lors de sa tentative de dominer de l'Europe. L'Italie ne fut pas la seule nation à être pillée par les forces françaises, mais sa cession forcée de trésors inestimables de l'Église sera perçue plus tard comme la plus dévastatrice pour les gardiens de l'histoire.

En 1809, peu de temps après avoir annexé les États pontificaux et après avoir arrêté le pape Pie VII, Napoléon s'attribua la propriété des Archives du Vatican et ordonna qu'elles soient transportées à Paris, où il semblait naturel que soient conservées la bibliothèque et la collection d'art les plus vastes du monde. Les fonctionnaires des Archives nationales françaises furent ainsi envoyés à Rome, où ils mirent tout ce qu'ils trouvèrent dans environ trois mille caisses qui furent ensuite escortées à Paris dans des centaines de chariots renforcés, tirés par des attelages de bœufs et de mules.

Après l'abdication de Napoléon Ier en 1814, un décret fut émis pour le rapatriement de tous les livres, parchemins et autres trésors confisqués à Rome. Toutefois, il devint rapidement évident qu'une grande partie de la collection avait été volée ou, sinon, introuvable. En effet, des trois mille caisses prises au Vatican, seules sept cents revinrent en Italie. On apprit plus tard que l'un des obstacles à la restitution avait été le coût important nécessaire pour empaqueter et transporter les cargaisons. Ainsi, dans l'une des décisions les plus lamentables de l'histoire, les commissaires du pape – lourdement influencés par le chef des archivistes français, évidemment – jugèrent qu'une très grande partie des documents n'était pas d'un intérêt ou d'une valeur suffisants pour justifier de financer leur renvoi à Rome. Ainsi, ceux-ci furent soit conservés par la Bibliothèque de France, soit vendus au poids pour fabriquer du carton ou comme papier d'emballage pour les bouchers et poissonniers de Paris.

C'était l'attrait de cet héritage monumental qui avait frappé l'imagination de Michael Dominic, depuis que son mentor l'avait invité à travailler en tant que *scrittore*, ou assistant-archiviste, au sein du Vatican. Pour n'importe quel paléographe, ce poste serait une consécration. Lorsqu'il avait appris qu'il serait, de surcroît, impliqué dans le processus historique de conservation numérique du fonds de la Bibliothèque du Vatican, Michael n'avait pas hésité un seul instant à saisir l'opportunité.

Le cardinal Enrico Petrini, que Michael avait toujours appelé oncle Rico, avait depuis sa naissance joué un rôle de père dans sa vie. Sa mère, Grace, avait travaillé pendant près de trente ans comme cuisinière et femme de ménage pour Petrini, depuis ses débuts en tant que jeune prêtre de paroisse dans le quartier du Queens, à New York, jusqu'à ce qu'elle décède deux ans auparavant, juste avant que Michael ne soit ordonné prêtre.

Enrico Petrini avait eu la bonne fortune d'être, comme on le disait pour la noblesse européenne, « de sang royal ». Depuis le Moyen Âge, l'Italie était un pays de forts contrastes économiques : les très riches gouvernaient les très pauvres. Les gouvernements élus allaient et venaient avec une instabilité désespérante, mais, durant des siècles, deux branches de l'aristocratie avaient eu leur mot à dire dans les affaires de la nation, tout en maintenant une influence auprès de la papauté. Parmi celles-ci figuraient des familles légendaires dont les assises du pouvoir provenaient des campagnes militaires passées de l'Italie – les dynasties Orsini, Conti, Frangipani, et Colonna. Plus tard vinrent les illustres familles pontificales – les Médicis, Borghèse et Barberini, entre autres. Pendant plusieurs générations, ces familles fournirent individuellement et collectivement aux papes des services personnels uniques, mais les plus élitistes d'entre elles obtinrent l'honneur insigne d'être des intimes du pape et de siéger dans son *Consulta*, son Conseil d'État. Les membres du *Consulta* avaient comme privilège un accès littéralement illimité au pape, ayant, grâce à leur sagesse et leurs conseils, la précieuse capacité de le convaincre, et ce jusqu'à ce jour.

La famille Petrini pouvant se vanter d'avoir une longue ascendance de conseillers au trône pontifical, Enrico Petrini considérait sa richesse comme secondaire à côté des privilèges et des responsabilités historiques qui lui étaient accordés. Au Vatican, certains pensaient même – en privé, naturellement – que lorsque le moment viendrait, Petrini serait choisi comme prochain souverain pontife. Toutefois, tout comme son vieil ami,

Albino Luciani – le regretté pape Jean Paul Ier – Petrini ne désirait et ne convoitait pas le rôle de Vicaire du Christ sur Terre.

Quoi qu'il en soit, pour Michael, il resterait toujours oncle Rico. Dès que le garçon avait eu l'âge et la force de lancer sa propre ligne, Petrini l'avait emmené pêcher à la mouche sur la rivière Au Sable, dans les montagnes Adirondack, au nord de l'état de New York. Ils restaient alors pendant des heures dans des courants calmes, de l'eau jusqu'aux genoux, et parlaient de tout et de rien, abordant tout ce qui pouvait compter pour un jeune garçon. Oncle Rico avait toujours été là pour lui – Michael le savait, raison pour laquelle il n'avait jamais ressenti l'absence de figure paternelle.

De toute façon, sa mère cachait très mal son malaise lorsqu'il s'agissait de parler de son vrai père. Il était né hors mariage et son père avait quitté sa mère peu avant sa naissance – voilà tout ce qu'on lui avait dit. Il savait également que l'avortement n'était tout simplement pas une option, à l'époque, non pas que sa mère – exemple parfait d'une catholique dévote – eût pu l'envisager.

Néanmoins, s'il aimait Enrico Petrini autant qu'un véritable père, il arrivait parfois à Michael de se demander à quoi celui-ci aurait pu ressembler, même s'il savait depuis sa plus tendre enfance que la question de son père biologique resterait à jamais sans réponse. Il avait donc depuis longtemps cessé de se la poser.

À l'époque, des témoins attentifs avaient sans doute admiré la façon dont le garçon avait accepté que sa famille soit considérée comme peu conventionnelle – mais son statut de bâtard lui était souvent douloureusement rappelé par les moqueries cruelles des garçons des diverses écoles catholiques où il avait étudié. Avec le temps, Michael s'était lentement résigné, avec détermination, à ne compter que sur lui-même, trouvant satisfaction dans la solitude de sa propre compagnie. En dépit de sa nature amicale et de son charme peu commun, il était naturellement introverti ; il ne faisait confiance qu'à une poignée d'amis proches et préférait généralement la compagnie de ses livres et de Diogee, un vieux labrador noir que sa mère avait adopté au presbytère.

En sus de sa réussite scolaire, les remarquables performances sportives de Michael étaient les seuls souvenirs qu'il souhaitait conserver de sa jeunesse. Il ressentait souvent une distance étrangement réconfortante avec ceux qui l'entouraient, comme s'il observait les actions des autres d'un point de vue éloigné, un endroit d'où il pouvait se nourrir par procuration des expériences des autres.

À présent, à peine deux ans après son ordination, il semblait à Michael que la prêtrise avait toujours été son destin, malgré l'absence d'une vocation particulière. Peut-être viendrait-elle plus tard, pensait-il – ou pas. Sa croyance en Dieu était plus intellectuelle que religieuse. Au-delà de ça, l'absence d'une foi profonde et constante ne lui apparaissait pas comme un obstacle majeur à mener la vie plus ou moins ascétique d'un jésuite érudit. Si Dieu y tenait un jour un rôle plus important, tant mieux.

C'était sous l'insistance de Petrini que Michael avait envisagé la prêtrise. Le jeune homme avait senti que son mentor se sentait personnellement responsable de guider son fils adoptif vers le havre de paix qui l'attirerait – quel qu'il soit – et Michael avait confiance dans la sagesse et les conseils que lui prodiguaient le vieil homme.

Ainsi, lorsqu'il avait terminé le lycée, Petrini avait fait le nécessaire pour que son pupille fasse une retraite d'une semaine à la maison jésuite Saint-Ignace, près de New York. Au cours de cette brève visite, Michael avait pu observer de près la vie quotidienne au sein d'un ordre religieux intellectuel et hautement discipliné et, pour la première fois de sa vie, il avait enfin eu l'impression d'avoir trouvé sa place.

Avec l'aide de Petrini, Michael s'était inscrit à l'Université Fordham, où non seulement il avait suivi un programme exigeant en études spirituelle, théologique et pastorale, mais où il avait montré un goût prononcé pour l'informatique et les langues.

Après cette première étape, Michael avait poursuivi ses études à l'Institut pontifical de l'Université de Toronto, à nouveau aidé par les références impeccables du désormais cardinal Petrini, et où il avait obtenu son master en Études médiévales, ayant étudié en particulier la paléographie et la codicologie, l'étude et l'interprétation des documents anciens. Michael se sentait plus à l'aise avec l'histoire ancienne qui n'était pas encombrée par les complications de la pression sociale du monde moderne. Il était complètement fasciné par le Moyen Âge et en était devenu un expert. Avoir désormais le privilège de traduire et d'interpréter des parchemins antiques écrits plusieurs centaines d'années auparavant, sans parler d'avoir la responsabilité d'en prendre soin et de les conserver pour la postérité... tout cela allait bien au-delà de ses rêves d'adolescent.

Toutefois, il arrivait encore que Michael se sente comme un imposteur, peinant avec l'éthique de la prêtrise alors tout ce qu'il désirait vraiment était la proximité avec les trésors historiques de l'Église. S'il prenait beaucoup de plaisir à évoluer dans son environnement actuel, il était constamment hanté par une superficialité dont il ne parvenait pas à se débarrasser. *Connaîtrais-je un jour la profondeur de cette foi que les autres semblent avoir trouvée ?* se demandait-il souvent. *Suis-je vraiment fait pour cette vie ?* Cette crainte était perpétuelle et il savait que le jour viendrait où il affronterait un défi si grand qu'il serait forcé de prendre position, d'un côté ou de l'autre.

S'ÉTANT DOUCHÉ et habillé en vitesse, Michael savoura la pomme qu'il venait de cueillir dans les jardins pontificaux en retournant aux Archives. La soutane noire propre qu'il avait enfilée absorba rapidement la chaleur pénétrante du soleil levant et il attendit avec impatience la fraîcheur apaisante qui l'attendait entre les murs de pierre des bâtiments des Archives et de la Bibliothèque, collés au mur nord de la chapelle Sixtine.

Prenant les marches deux par deux, Michael entra dans le hall de la Bibliothèque puis tourna à gauche dans un long couloir sombre. Au bout, le passage s'incurvait vers la gauche, le long du Donjon Borgia, et il admira les murs décorés qui soutenaient la tour. Arrivant dans une pièce qui autrefois abritait une petite chapelle qui avait depuis été transformée en bureau administratif pour l'équipe des Archives, Michael faillit percuter de plein fouet le Secrétaire d'État du Vatican, le cardinal Fabrizio Dante.

– Pardonnez-moi, Éminence, dit Michael en faisant un pas en arrière, inclinant la tête en signe de déférence devant le deuxième homme le plus puissant de la Cité du Vatican.

Michael n'avait vu Dante qu'une fois auparavant, de loin, juste après s'être installé dans sa chambre de la résidence Sainte-Marthe, la résidence hôtelière du Vatican, adjacente à la basilique Saint-Pierre. Le cardinal Dante occupait un appartement opulent dans le Palais Saint-Charles qui dominait les jardins de la place Sainte-Marthe, mais il mettait un point d'honneur à saluer personnellement chaque nouveau résident et employé du Vatican. Lorsqu'il était arrivé, Mendoza avait dit à Michael que l'accueil de Dante s'apparentait à l'Inquisition – un test ultime et paranoïaque pour déterminer la présence de fauteurs de troubles sur son territoire. Curieusement, Dante n'avait pas officiellement souhaité la bienvenue à Michael, et il ne semblait pas non plus prêt à le faire ce matin-là. L'aristocratique prince de l'Église, un diplomate expérimenté reconnu comme le gouverneur efficace qu'il était – n'était pas admiré pour sa personnalité chaleureuse.

– Bonjour, père Dominic, déclara brusquement Dante, arborant l'expression d'un noble s'adressant à un gamin des rues, prononçant avec une emphase hautaine certains mots. J'espère que vous avez apprécié votre – comment dîtes-vous, vous, les Américains – « jogging », ce matin ?

Au cours de sa vie, Michael s'était rarement laissé intimider, mais l'héritage de son éducation catholique le conditionnait à respecter l'autorité – en particulier celle de l'Église – et ce, sans exception. Et s'il le faisait par habitude, Michael trouva cette fois son réflexe de soumission dérangeant face à la tentative du cardinal Dante de déprécier sa routine sportive. Dans l'ombre soudaine projetée par la présence de cet homme, toutefois, il n'eut pas le temps de ressentir quoi que ce soit en dehors du regard pénétrant du cardinal. Et de son absence de réponse.

Les yeux de Dante perforaient l'espace entre ceux du jeune prêtre, mais il ne prit pas la peine d'attendre sa réaction. Il leva la main comme pour dispenser une bénédiction, un geste que Michael interpréta comme un ordre de le laisser passer. Dante afficha alors un minuscule sourire, satisfait par le réflexe du jeune prêtre, puis il tourna les talons et avança d'un pas majestueux dans le couloir qui menait au Palais Apostolique.

Se rappelant les brutes qu'il avait affrontées durant des années dans les rues du Queens, Michael se rendit compte qu'il venait d'être soumis à un test. D'après lui, c'était un match nul. *Ça doit être un de ces moments de révélation jésuite qui forgent le caractère et l'humilité*, ironisa-t-il.

Calvino Mendoza était planté dans l'ancienne chapelle, à quelques mètres de Michael, la mine presque ravie après avoir observé ce moment électrique, qui méritait bien sûr un commentaire.

– Spectres de Diogène ! lâcha Mendoza à voix basse après s'être tordu le cou pour s'assurer que le cardinal ne pouvait pas l'entendre. Qu'est-ce qu'il vient de se passer, Miguel ?

– Je n'en ai pas la moindre idée, Cal, répondit froidement Michael, mais s'il essaie de me charmer, il va avoir besoin d'un match retour.

– Eh bien, il faut dire que Dante est un misanthrope de première classe, dit Mendoza. Personne ne peut rien faire pour le séduire. La plupart des gens le jugent arrogant, mais il est plus malin que ça, gloussa-t-il, agitant son double menton.

– Qu'est-ce qu'il faisait ici, de toute façon ? demanda Michael.

– Il vient de me demander de trouver des documents curiates dans la section « Divers », répondit Mendoza. C'est la seule personne ici dont vous devez vous méfier, Miguel. Son éminence a de nombreux yeux dans cet endroit, des yeux qui n'observent pas tant par loyauté que par peur abjecte des conséquences. N'oubliez pas les paroles de saint Jean : *vous connaîtrez la vérité, et la vérité vous affranchira.*

Michael fronça les sourcils, s'interrogeant sur ce que Mendoza voulait dire, conscient qu'une réponse concise allait suivre.

– Il s'avère que ces mots sont inscrits sur le mur d'entrée de la CIA de votre pays, expliqua Mendoza. Pour faire simple, n'oubliez pas que Dante a des espions ici aussi.

– Merci du conseil, Cal, répondit Michael d'un ton pensif. Vous avez bien dit que quelque chose d'excitant nous attendait aujourd'hui ?

LE FRÈRE MENDOZA marcha d'un pas rapide vers le monte-charge, le *clac clac clac* de ses sandales en cuir contre le sol en marbre résonnant dans les hautes allées voûtées. Ils entrèrent dans l'ascenseur et descendirent dans le sous-sol peu éclairé des Archives secrètes.

L'entrepôt caverneux, construit en profondeur sous la cour de la Pomme de pin baignée de soleil, fut achevé en 1980 après des années d'excavation méticuleuse et d'importants renforcements structurels, avec le souci permanent des potentielles découvertes d'objets anciens, un défi archéologique très courant lorsque l'on creuse dans le vieux Rome. De solides étagères grises en acier galvanisé s'étendaient dans un dédale et qui, mises bout à bout, mesuraient bien plus de quatre-vingts kilomètres. Les hautes étagères, spécialement construites pour le Vatican dans le New Jersey, donnaient l'impression qu'elles soutenaient en même temps le plafond, à perte de vue, dans toutes les directions.

Au fur et à mesure qu'ils avançaient dans les allées sombres, des détecteurs activaient les lumières ambrées au plafond, qui s'éteignaient automatiquement après quelques minutes sans mouvement. Passer ainsi entre les rangées poussiéreuses de livres qui baignaient dans des halos mouvants de lumière donnait à Michael l'impression étrangement réconfortante de se trouver dans une profonde grotte souterraine.

– Nous n'avons toujours pas assez de place, se plaignit Mendoza. Je ne cesse de mettre en garde le cardinal Bibliothécaire qu'un jour, nous serons peut-être bien obligés de tout déménager à Saint-Pierre. Ça ne le fait jamais rire, vous savez.

Balayer du regard le royaume souterrain, surnommé la Galerie des Étagères métalliques, rappela à Michael la comparaison saisissante entre l'influence mondiale du Saint-Siège et les frontières oppressantes de l'endroit où siégeait son gouvernement. La dichotomie était étrange. Tout et tous ceux qu'il avait rencontrés au cours des derniers jours avaient révélé un anachronisme étouffant, aggravé par la lenteur bureaucratique. Le fait que le Vatican fonctionne devait relever du miracle, se disait le jeune prêtre.

Sur le côté ouest de la Galerie, Mendoza guida Michael à travers deux lourdes portes en bois sculpté, le faisant entrer dans une pièce à l'éclairage au néon cru, à l'air climatisé, rempli d'équipement informatique dernier cri. Émerger de la pénombre poussiéreuse pour pénétrer dans ce laboratoire moderne et spacieux désorienta légèrement Michael, ajoutant encore une couche à la nature contrastée de l'étrange nouveau monde auquel il s'efforçait de s'accoutumer.

Une douzaine de techniciens en blouse blanche, se déplaçant dans la salle ou assis à des postes informatiques, étaient occupés par la mission privilégiée consistant à numériser les milliers de livres et de manuscrits précieux qui reposaient sur les étagères, de l'autre côté des portes.

Un scientifique de grande taille aux lunettes à monture métallique se tenait derrière un technicien assis devant une impressionnante rangée d'ordinateurs, de scanners, d'écrans, et d'appareils photo numériques. Ils étudiaient avec sérieux le plus grand des deux écrans. En approchant, Mendoza et Michael découvrirent l'objet de leur fascination : un superbe manuscrit était affiché à l'écran dans des couleurs vives, minutieusement enluminé, sur du papier-parchemin couleur caramel, deux pages côte à côte, sans doute reliées dans un volume plus épais.

L'homme debout leva la tête, un peu surpris, mais clairement heureux d'avoir de la visite. À en juger par sa réaction, cela ne devait pas arriver souvent.

– Frère Mendoza ! dit-il en ôtant un gant de coton blanc pour tendre la main au prêtre. Quelle bonne surprise ! Bienvenue au laboratoire !

– Bonjour, Pedro, lança joyeusement Mendoza. J'aimerais vous présenter le père Dominic, notre nouveau *scrittore*. Il travaillera avec vous sur notre petit projet. J'espérais que vous puissiez le former à nos procédures, aujourd'hui. Miguel, je vous présente Pedro. Enfin, je veux dire Peter – Townsend. Le responsable scientifique du laboratoire de numérisation.

– Appelez-moi Michael, je vous en prie, dit le jeune prêtre en tendant sa main. Ravi de vous rencontrer, Peter.

– Peter, vous avez une minute ? demanda le technicien assis devant l'ordinateur sans quitter des yeux le grand écran.

Townsend fit face à la console, suivant le regard attentif du technicien. Il se pencha pour étudier à nouveau l'image, puis il se redressa, surpris et désolé.

– Ah ! J'en oublie mes manières ! Pardonnez-moi, messieurs. Frère Mendoza, père Dominic, voici Toshi Kwan. Toshi est l'un de nos brillants stéganographes. Nous sommes chanceux de l'avoir soustrait à Watson.

Le centre de recherche Thomas J. Watson d'IBM, à New York, était l'un des plus prestigieux au monde. De nombreux travaux révolutionnaires en cryptographie et en tatouages numériques avaient émergé de leurs laboratoires, mais certaines de leurs innovations suscitant le plus de réactions appartenaient désormais au domaine de la stéganographie, l'art méconnu, mais ingénieux de cacher de l'information à l'intérieur d'informations.

Les trois hommes se serrèrent la main et échangèrent de brèves salutations.

– Toshi était en train de me montrer son travail, poursuivit Townsend en désignant le manuscrit affiché à l'écran. Toshi, pouvez-vous décrire à nos invités ce que nous sommes en train de faire, en commençant par le tout premier scan ?

– Aucun problème, répondit Kwan d'un ton enthousiaste, clairement ravi d'avoir un nouveau public.

Toshi Kwan était comme la plupart des jeunes technophiles de l'époque : féru de progrès technologiques et impatient de partager ses découvertes avec quiconque était suffisamment intéressé et capable de comprendre ses discours passionnés. Toutefois, si son travail au Vatican satisfaisait ses compétences techniques, il s'effectuait surtout en solitaire, à cause des strictes mesures de sécurité.

Il emmena le groupe vers un amas d'équipements placé à côté de son poste de travail.

– Le cœur du processus commence avec le Scanner IBM Pro/3000 que voici, expliqua Kwan en désignant l'énorme machine composée d'un statif de reproduction et d'un appareil photo numérique intégré. Basé sur les puces de capteur d'image brevetées par IBM, le Pro/3000 fournit un rapport signal-bruit supérieur à 3000/1.

Insensible aux technologies plus complexes que le téléphone, les paupières de Mendoza se fermaient inévitablement lorsqu'il était confronté à d'obscures dissertations techniques.

– Si vous voulez bien m'excuser, messieurs, tout ceci me semble génial, mais c'est au-delà de mon entendement. Miguel, quand vous aurez terminé – bientôt j'espère – rejoignez-moi dans la section Divers du côté nord de la Galerie.

Il pencha la tête sur le côté, espérant croiser le regard de Michael, mais le jeune homme était captivé par les propos de Kwan.

– Ça marche, Cal, dit-il d'un ton absent. Je vous trouverai. Je vous en prie, Toshi, continuez. Je vais essayer de vous suivre.

– La fonctionnalité la plus remarquable du système est sans doute son filtre colorimétrique unique qui capture des nuances de couleurs remarquablement précises dans les matériaux non photographiques, comme le papyrus, les parchemins, les vélins, les tissus… En gros, tout ce qui n'est pas fait de teintures photographiques.

Peter Townsend intervint pour expliquer.

– Comme nous travaillons sur des livres et des manuscrits irremplaçables qui ont en moyenne cinq ou six cents ans, notre première responsabilité est de nous assurer que les originaux ne sont en rien endommagés. Ces documents sont extrêmement sensibles à la température et à l'humidité, et c'est pour cette raison que cet endroit est l'un des rares au Vatican à être climatisé. La température est contrôlée en permanence afin d'être maintenue dans une fourchette réduite.

– Maintenant, parlons de l'opération elle-même, dit Kwan. La plupart des originaux que nous traitons sont des manuscrits reliés, de taille et d'épaisseur variées, et ils doivent être soutenus de manière à ne pas mettre à mal les reliures et à ne pas abîmer les pages. Par exemple, on place un livre sur le plateau, ici…

Kwan désigna le plateau en verre d'environ quarante-cinq centimètres de large sur soixante de long, soutenu par un chevalet solide.

– … puis on pose une vitre épaisse sur le manuscrit pour permettre d'aplatir l'image tout en maintenant la mise au point sur toute la page, sans écraser les pages au point que les plis acquis au fil des siècles ne disparaissent. Une fois que l'image a été enregistrée, poursuivit-il en revenant à son poste de travail, notre matériel effectue des corrections afin d'obtenir une reproduction fidèle des couleurs, associe les images à des descriptions détaillées afin que l'on puisse les indexer et les retrouver facilement, puis il réduit les images au format désiré, affine et fait pivoter l'image pour obtenir l'orientation adaptée à sa visualisation, applique un tatouage numérique visible et compresse l'image au format JPEG pour sa transmission via Internet.

Kwan prit une profonde inspiration, clairement fier à la fois de l'efficacité du système et de son rôle dans son utilisation.

– Peter et moi parlions du procédé de tatouage quand vous êtes arrivés, dit Kwan en se rasseyant devant sa console. Vous reconnaîtrez sans doute la traduction de *l'Iliade* d'Homère, par Rossos et San Vito, à l'écran.

Michael se pencha en avant et reconnut en effet ce qui avait captivé leur attention : le sublime et extraordinaire codex était une traduction du XVe siècle du premier livre de *L'Iliade* d'Homère, accompagnant *L'Odyssée*. Les pages en parchemin offraient d'exquises enluminures autour du texte grec sur la gauche et du texte latin sur la droite. Les illustrations richement colorées représentaient de façon convaincante les héros grecs et troyens vêtus de leurs costumes anciens et de leurs armures de guerre. Un tableau montrait le prêtre Chrysès, représenté en païen ancien, rejeté par le Roi Agamemnon, meneur des Grecs durant la guerre de Troie, tandis qu'un autre le présentait vengé par le roi archer Apollon, abattant les Grecs de ses flèches.

Michael était émerveillé par une œuvre aussi spectaculaire ; c'était l'une des seules images de la série originale à avoir été terminée. À cause d'un manque de temps ou d'argent en 1477, les images suivantes étaient à peine esquissées, voire inexistantes.

Sur la page de gauche, subtilement caché dans le texte grec, mais visible à l'œil nu, Michael repéra un tatouage numérique intégré dans l'image. Il représentait le sceau rond de la Bibliothèque du Vatican – les Clés du Paradis entrecroisées sous une mitre d'archevêque, encerclées des mots latins *Bibliotheca Apostolica Vaticana*. Un tatouage similaire apparut sur la page opposée, dans un emplacement vierge afin de ne pas dissimuler la minutieuse calligraphie.

Kwan saisit la souris de l'ordinateur et plaça le curseur sur le tatouage de la page de droite. Il cliqua sur le bouton de gauche et, le maintenant appuyé, il dessina un carré autour de l'image. Lorsqu'il relâcha le bouton de la souris, l'image affichée sur le grand écran grossit de 300% – illuminant non seulement le moindre pixel du sceau lui-même, mais aussi les défauts et les stries naturelles du parchemin en peau de mouton.

Pendant que Kwan travaillait à l'ordinateur, Peter Townsend continua d'expliquer leur mission.

– Vous voyez, père Dominic, la Bibliothèque elle-même peut seulement accueillir un millier de chercheurs chaque année. Et cent mille chercheurs et étudiants voient leur demande rejetée, poursuivit-il en écarquillant les yeux. Ce projet permettrait d'offrir l'accès aux ressources de la Bibliothèque du Vatican à la communauté mondiale de chercheurs. Dorénavant, tout chercheur ayant un accès à Internet, depuis n'importe où dans le monde – du moment qu'il a obtenu l'autorisation en bonne et due forme, bien sûr – pourra instantanément avoir accès et étudier les documents essentiels à ses recherches.

– C'est pour cette raison, interrompit Kwan en prenant le relais, que le tatouage numérique est crucial. Avec la numérisation d'environ huit millions d'images les plus précieuses de la Bibliothèque, il est logique de craindre qu'elles soient victimes d'usages non autorisés, peut-être même de façons qui pourraient minimiser leur valeur historique ou conduire à mal interpréter leur signification ou leur contexte original. Bien sûr, nous pourrions nous contenter de distribuer des images avec des résolutions inférieures et ainsi les rendre inutilisables pour une impression lithographique, par exemple. Mais cela les rendrait impropres à une étude scientifique nécessitant d'avoir tous les détails. Ainsi, en ajoutant un tatouage numérique, chaque image est clairement identifiée comme appartenant à la Bibliothèque du Vatican. Comme vous pouvez le voir, nous avons essayé de rendre l'image aussi discrète que possible, tout en nous assurant qu'elle soit facilement visible.

– Mais qu'est-ce qui empêche quelqu'un de retirer le tatouage numérique ? demanda Michael.

– C'est une bonne question, et nous avons passé beaucoup de temps à y réfléchir, répondit Kwan en désignant l'écran de gauche, qui affichait l'image en entier. Pour effacer le tatouage, il suffirait de calculer la profondeur des pixels et d'utiliser cette estimation pour rehausser les pixels déjà assombris par le programme. Heureusement, nous avons plusieurs façons de contrer cette stratégie.

Kwan désigna cette fois-ci le tatouage agrandi sur l'écran de droite.

– Nous rendons les tatouages extrêmement difficiles à calculer. Vous remarquerez que les tatouages ont été placés à divers endroits selon la page. La taille et l'emplacement des tatouages sont soumis à des paramètres aléatoires contrôlés par notre programme, et des tatouages de tailles différentes sont intégrés dans différents endroits.

– Étant donné l'état de la technologie actuelle, nous sommes confiants quant à la protection des trésors de la Bibliothèque du Vatican, ajouta Townsend. Mais on peut toujours compter sur quelqu'un, un jour, pour trouver un moyen malfaisant de saper nos efforts. C'est simplement qu'il lui faudra travailler beaucoup plus dur, gloussa-t-il.

Il était évident pour Michael que ces hommes trouvaient leur travail gratifiant, et c'était logique. Il était impressionné par les moyens mis en œuvre par ces scientifiques pour créer un système quasi infaillible.

Toutefois, comme l'avenir le révélerait, peu de choses seraient en mesure de protéger l'Église des dégâts que ses propres trésors pouvaient lui causer.

CHAPITRE
TROIS

Accompagné des étranges halos de lumière ambrée dessinant son chemin, Michael se rendit à la section Divers, à la recherche de Mendoza, ce qui lui prit dix minutes de marche rapide à travers la Galerie depuis le labo de numérisation. Sur le chemin, il s'émerveilla devant l'abondance de caisses remplies de documents, entreposées du sol au plafond sur les étagères, s'étendant sur plusieurs centaines de mètres linéaires.

Peu après son arrivée, durant sa première visite des Archives secrètes et après que le préfet lui avait révélé qu'infiniment peu de documents étaient référencés, Michael avait demandé pourquoi il n'y avait pas eu de meilleure façon d'organiser une telle quantité de matière.

La réponse de Mendoza avait révélé des statistiques laissant songeur. L'endroit désigné comme la section Divers abritait quinze énormes *armadi*, des armoires en peuplier arborant le blason des Borghèse, toutes remplies de milliers de documents qui n'avaient jamais été catalogués, et encore moins examinés depuis des siècles. L'endroit était aussi réputé comme étant la collection la plus intrigante du Vatican. Les quelques trésors qui étaient catalogués comprenaient des objets aussi inestimables que les minutes détaillées du procès pour hérésie de Galilée durant l'Inquisition de 1633 et la pétition vaine de soixante-quinze lords anglais demandant au pape l'annulation du mariage d'Henry VIII et de Catherine d'Aragon. La section abritait également de nombreux documents traitant des diverses époques politiques et religieuses, dont une vaste collection de textes à propos de John Calvin et de Martin Luther et de la création de leur théologie protestante après leur rupture d'avec l'Église catholique. On y trouvait également des fragments de procès pour sorcellerie, des résumés des atrocités indicibles commises durant les Inquisitions, des lettres secrètes de papes destinées à leurs amantes, dont nombreuses étaient codées – tout cela remisé dans la section Divers et seulement partiellement exploré au fil du temps.

Les Archives ne comptaient au sein de leur équipe que quelque dix-huit *scrittori* et assistants à temps plein. Faire l'inventaire d'un seul lot de documents – et dans chacune des quinze énormes armoires de la section Divers, on pouvait trouver en moyenne dix mille lots inexplorés – requerrait l'effort à temps plein de deux experts, sur une semaine entière. En conséquence, référencer le contenu des dix mille lots d'un seul cabinet prendrait presque deux cents ans.

L'esprit de Michael était pris de vertige non seulement devant de tels chiffres, mais aussi par les possibilités grisantes et presque infinies des découvertes qu'il s'apprêtait à faire. Il lui était impossible d'imaginer ce qui l'attendrait lors de ses propres fouilles, mais ce serait un moment qui ne ressemblerait à aucun autre dans sa vie, et son imagination s'emballait rien que d'y penser.

Cherchant parmi les rangées, il ne vit Mendoza nulle part, mais il finit par remarquer une lourde porte en bois ouverte dans le mur du fond. Jetant un coup d'œil à l'intérieur, il découvrit une petite pièce carrée aux murs en béton protégée par la lourde porte en bois massif sculpté, blindée par une plaque en acier. Il écarquilla les yeux, ébahi, réalisant qu'il était sur le seuil de la mystérieuse *Riserva*, la section fermée des Archives où étaient rangés les documents les plus sensibles du Vatican. En tant que préfet, Mendoza possédait l'une des deux clés du coffre, et le règlement stipulait que personne n'était autorisé dans la pièce sans la présence du préfet.

– Cal ? chuchota Michael. Vous êtes là ?

– *Miguel !* hoqueta Mendoza. *Venez vite !*

Lorsque Michael entra dans la pièce, il trouva le moine corpulent sur la pointe des pieds, sur un tabouret, essayant de retirer un énorme registre de l'une des étagères les plus hautes d'une armoire en peuplier.

– *Madre mio !* souffla-t-il, pantelant. Vous arrivez juste à temps, Miguel ! Vous seriez aimable de me soulager de cet immense fardeau.

Le visage habituellement rose de Mendoza avait viré au mauve et ses veines pulsaient à ses tempes tandis que des gouttes de sueur se formaient sur son front.

Michael traversa la pièce en deux enjambées et saisit le registre tout en offrant son épaule à Mendoza pour l'aider à retrouver l'équilibre.

– Attention, Cal ! bougonna Michael en serrant les dents. Vous n'auriez pas pu m'attendre ? Vous auriez pu vous rompre le cou ou pire : abîmer ce vieux livre.

– Très drôle, siffla Mendoza.

Il épongea son front avec le mouchoir en tissu brodé qu'il sortit de sa poche tout en descendant du tabouret – non sans efforts, ses genoux protestant alors que ses sandales négociaient leur atterrissage sur le sol.

Il tendit la main et empoigna l'épaule de Michael pour se stabiliser.

– J'imagine devoir vous être reconnaissant pour les deux. Cela fait un certain temps que je compte explorer cette *armadio*, mais mon enthousiasme a pris le dessus.

Mendoza respirait lourdement et se mit soudain à vaciller.

Michael, qui tenait toujours le livre, choisit de le poser sur l'une des étagères les plus basses de l'armoire.

– Cal, vous devriez vous asseoir quelques minutes, dit-il.

Il balaya des yeux la chambre forte peu meublée et ne trouva pas grand-chose pouvant offrir le repos adéquat. Une chaise bancale en bois et une table de lecture étaient les seuls meubles visibles, or le siège semblait à peine capable de supporter son propre poids.

– Vous avez peut-être raison, dit Mendoza d'une voix faible, son visage ayant pris une teinte grisâtre. J'ai un peu la nausée, Miguel. Je crois que je devrais retourner à ma chambre pour me reposer un peu.

Il avait à peine prononcé ces mots qu'il tomba contre la table, faisant grincer ses pieds sur le sol.

Michael tendit les mains pour l'empêcher de tomber, puis il passa son bras autour de la taille du moine, l'aidant non sans mal à garder l'équilibre en traversant la Galerie en direction de l'ascenseur. L'appartement de Mendoza se situait dans le hall d'entrée du bâtiment des Archives. Lorsqu'ils y parvinrent, Michael aida Mendoza à entrer et à s'allonger sur son lit. Il alla ensuite lui chercher une bouteille d'eau minérale.

Mendoza l'accepta volontiers et en buvait de grandes gorgées lorsqu'il écarquilla soudain les yeux, manquant de s'étouffer en déglutissant.

– *Dios mio* ! s'écria-t-il. Miguel, j'ai laissé la *Riserva* ouverte ! Dante me coupera la tête s'il la trouve ainsi.

Mendoza essaya de se lever, sa peur de Dante le propulsant en position assise.

– Détendez-vous, Cal, dit Dominic en appuyant sur son épaule. Je vais redescendre la fermer à votre place.

L'estomac noué par la peur, Mendoza céda. Il tendit la main derrière sa tête et saisit le cordon en cuir noir qui pendait à son cou et au bout duquel se trouvait une épaisse clé de sécurité Medeco en bronze, le genre qui requerrait des codes spéciaux si l'on désirait en faire un double. Retirant le cordon de son cou, il le tendit à Michael.

– Allez-y, fermez la porte. Que personne ne vous voie, et s'il vous plaît, rapportez-moi la clé lorsque vous aurez fini.

Michael prit la clé, enroula délicatement le cordon et mit le tout dans sa poche.

– J'aurais dû savoir que je n'avais plus l'âge pour ce genre de choses, marmonna le moine. Je vous en prie, dépêchez-vous, Miguel.

Il se rallongea sur le lit et ferma les yeux. Michael vit qu'il respirait mieux, à présent, et que son visage avait retrouvé son teint normal. Il décida de ne pas appeler le dispensaire du Vatican. De toute façon, un médecin mettrait plusieurs heures à arriver.

MICHAEL PRIT À NOUVEAU l'ascenseur et retraversa la vaste galerie jusqu'à la porte de la *Riserva*. Il regarda à l'intérieur pour s'assurer que la pièce était vide avant de refermer la porte, puis il la verrouilla et empocha la clé.

Il commençait à tourner les talons lorsqu'il ralentit et s'arrêta. Immobile dans la lumière tamisée et le silence de l'immense galerie, il mesura sa tentation.

La sensation naquit dans sa poitrine. C'étaient les mêmes frémissements qu'il avait ressentis à L'Institut pontifical à chaque fois que les professeurs avaient sorti des pépites à étudier et à interpréter. C'était un frisson inexplicable : une nouvelle fouille archéologique était sur le point de débuter – une fouille qui révélerait peut-être des messages cryptés et secrets en araméen ou en grec ancien, ou des marques que peut-être personne n'avait encore remarquées, comme cela avait été son cas en licence, sous le regard ébahi de ses professeurs.

Il peinait à imaginer les trésors qui l'attendaient, lui et lui seul, de l'autre côté de la porte sculptée. Son regard s'attarda sur les bas-reliefs gravés par un artisan, plusieurs siècles auparavant. Des centaines d'années d'usage avaient noirci le bois autour de la poignée en bronze, l'importance de son âge ne faisant qu'ajouter au sentiment de mystère qui avait saisi l'esprit de Michael.

Se contenter de *l'imaginer*, se dit-il enfin, n'était pas suffisant. Avec une attitude faussement nonchalante, Michael alla jusqu'au bout des allées voisines pour s'assurer qu'il n'y avait personne, ravi de l'absence de caméras de sécurité. Il revint ensuite face à la porte de la *Riserva*, tiraillé entre sa détermination et sa culpabilité. *Eh bien*, se dit-il, *cela fait longtemps que j'ai fait une croix sur la notion d'enfer, donc y brûler pour une transgression aussi mineure est loin d'être un frein suffisant.*

Il glissa la clé dans la serrure, tourna la poignée, poussa la lourde porte et entra rapidement, la refermant sans un bruit avant de la verrouiller à nouveau. Son cœur et son esprit trépignaient d'excitation.

Il inspecta la pièce de plus près, cette fois-ci. Elle était assez petite, comparée à l'immensité des autres salles des Archives : elle devait mesurer à peine cinquante-cinq mètres carrés. Les murs, le sol et le plafond étaient faits de béton cellulaire. Deux plafonniers offraient une faible lumière et une grille de ventilation sur l'un des murs maintenait un flux d'air climatisé faible, mais uniforme. Une jauge près de l'interrupteur indiquait un taux d'humidité de 35%, des conditions idéales pour la conservation d'archives.

Michael prit le registre qui avait demandé tant d'effort à Mendoza et le posa sur la vieille table en acajou qui gémit sous le poids supplémentaire. Le livre était étonnamment lourd, au moins dix kilos, jugea-t-il. Il rapprocha la chaise bancale et s'assit.

Les yeux rivés sur la couverture du livre, il sortit deux gants en coton blanc de la poche de sa soutane ; des gants que tous les archivistes portaient lorsqu'ils manipulaient des documents précieux. Ses mains tremblèrent légèrement quand il glissa ses doigts dans chaque gant. Il défit délicatement le lien en cuir qui maintenait le registre fermé et souleva l'épaisse couverture poussiéreuse, la laissant soigneusement reposer sur la table. Il fut étonné de découvrir que ce n'était pas un livre, mais une solide boîte en bois avec une ornementation en gutta-percha sur la couverture qui lui donnait l'apparence d'un livre relié. La boîte contenait des dizaines de parchemins libres, de tailles et de teintes diverses, certains rassemblés en petits paquets noués par du chanvre coloré, d'autres délicatement enroulés dans des rubans effilochés, beaucoup estampillés de sceaux de cire fragiles.

– Qu'avons-nous là ? chuchota Michael.

Il parcourut les parchemins fragiles un par un, lisant brièvement ceux qu'il pouvait comprendre en latin, en français, ou en italien. Son esprit s'évada, imaginant ce que la vie à l'Église avait été au cours des siècles précédents.

La plupart des documents étaient des indulgences, des grâces officielles de châtiments pour des péchés pardonnés, souvent en échange de jeûnes, de flagellations, de prières ou – dans de nombreux cas – d'argent. En effet, c'était la vente d'indulgences qui avait poussé Martin Luther et les autres meneurs de la Réforme à abandonner cette pratique en particulier et, en fin de compte, l'Église romaine dans son ensemble.

Il y avait des dizaines et des dizaines de registres de demandes de faveurs pontificales ou d'influence souveraine – beaucoup provenant de noms illustres, bien connus de l'histoire : Pétrarque, Newton, Boccace, Marie Stuart… C'était un véritable *Who's Who* de quémandeurs légendaires cherchant la grâce et la miséricorde toute puissante du Vicaire de Dieu sur Terre.

Michael était tellement obnubilé par son voyage dans l'histoire qu'il perdit toute notion du temps. Jetant un coup d'œil à sa montre, un cadeau du cardinal Petrini pour son ordination, il fut stupéfait de voir que deux heures s'étaient écoulées depuis qu'il était revenu à la *Riserva*. *Je ferais mieux de sortir d'ici*, pensa-t-il. Il espérait que Mendoza dormait profondément, à présent.

Les heures d'immobilité n'étaient pas sans conséquences et lorsqu'il voulut se lever, Michael ressentit le picotement de milliers d'aiguilles dans sa jambe droite, où son sang avait cessé de circuler. Il dut poser ses mains à plat sur le bord de la table en bois, s'y appuyant de tout son poids pour parvenir à se lever. Soudain, un des pieds de la table céda, envoyant Michael ainsi que la vieille boîte en bois et tout son contenu sur le sol en béton.

Assis par terre, humilié, Michael secoua et massa sa jambe engourdie jusqu'à ce que les sensations y reviennent. Toutefois, la véritable souffrance qu'il ressentait était pour les manuscrits éparpillés tout autour de lui ; son chagrin serait total s'il avait endommagé l'un d'entre eux. Il s'attela à ramasser les trésors pour les replacer dans le coffret où ils étaient conservés.

Tendant les bras pour prendre la boîte presque vide, Dominic remarqua que les documents qui y restaient étaient de travers. Il paniqua en supposant que l'un des parchemins s'était corné ou plié, formant une boule sous les papiers restants – ainsi qu'un nœud dans sa gorge. En regardant de plus près, il ne trouva aucun dégât, mais découvrit que la boîte avait un double fond, brillamment conçu afin qu'il se fonde dans les parois intérieures en cuir, qui s'étaient disloquées.

Avec une excitation mesurée, il vida délicatement le coffret en cuir et souleva doucement le double fond. L'insert en cuir épais grinça légèrement en se séparant du véritable fond de la boîte. Là reposait une petite liasse de papiers anciens nouée par un ruban en soie pourpre, arborant en son sommet un sceau de cire rouge et fragile.

Michael fixait le paquet des yeux, comme s'il était porteur d'une propriété mystique, lorsqu'il entendit le grincement caractéristique de l'acier dans l'acier alors qu'une clé se glissait dans la serrure de la porte.

Dans un mouvement de panique, Michael saisit la liasse et

l'enfonça dans l'une des poches intérieures de sa soutane. Il roula à genoux et fit mine de ranger. Il se sentit idiot d'agir ainsi, mais un autre sentiment apparut, loin d'être bénin, dans sa poitrine et s'y logea tandis qu'il levait la tête pour croiser le regard furieux du cardinal Fabrizio Dante.

QUATRE

Hana Sinclair était assise sur une chaise rembourrée Louis XIV bleue et or, installée contre un mur orné d'une tapisserie luxueuse, face à une cheminée sculptée d'où le bois avait été retiré pour l'été et remplacé par un somptueux bouquet de fleurs. Elle étudia la pièce avec le regard habile d'une journaliste, notant le style Empire classique du salon et ses hommages symboliques au règne de Napoléon, comme les essaims d'abeilles représentant la prospérité dans les angles hauts de la pièce. Partout, son regard se posait sur des couronnes de laurier et des victoires ailées symbolisant le triomphe. Devant elle, une table en marbre soutenue par des lions ailés renvoyait à la force et au courage. Le seul bruit provenait du cliquetis monotone de la pendule Louis XVI sur le manteau de l'énorme cheminée, dont la décoration simple datant d'une époque plus tardive offrait un contraste intéressant avec le reste de la pièce.

Son rendez-vous à l'Élysée était à dix heures, mais il était déjà dix heures vingt. Elle sortit un poudrier de son sac et vérifia son maquillage, puis elle soupira brièvement en le rangeant dans son sac à main. Elle n'aimait pas qu'on la fasse attendre.

Elle plongea la main dans sa serviette et en sortit les copies de photos de la Seconde Guerre mondiale qu'elle avait obtenues aux archives publiques de la Bibliothèque Nationale de France. Elle était encore agacée du refus poli, mais ferme, qu'elle avait reçu plus tôt dans la semaine lorsqu'elle avait demandé l'accès au Fonds de Documents spéciaux, l'étage sécurisé où étaient conservés des documents sensibles habituellement réservés aux fonctionnaires habilités. Les Français étaient obsédés par la protection de leur histoire, et Hana était certaine que les documents qu'elle cherchait devaient exister quelque part dans la Bibliothèque. Se jurant de régler ce problème plus tard, elle se concentra de nouveau sur les photos délavées en noir et blanc qu'elle tenait dans ses mains.

Les tirages granuleux et quelque peu flous montraient des groupes d'hommes occupés à diverses activités. Hanna supposait qu'elles avaient été prises par des espions bien placés, avec des appareils dissimulés. Les photos en question avaient été déclassifiées et étaient à l'évidence jugées comme n'étant pas susceptibles de causer des dégâts à la sécurité nationale, ce qui expliquait leur présence parmi d'autres documents publics.

Hana était à la recherche d'un homme en particulier et le fait qu'elle n'ait trouvé son nom nulle part dans les archives écrites la contrariait depuis plusieurs semaines. Tout ce qu'elle avait, c'était son nom de code durant la guerre, « Achille », et le fait qu'il était un chef de groupe haut placé dans le maquis, une branche clandestine de la résistance française. Ce détail captivant lui était venu sous la forme d'une courte note personnelle qu'elle avait découverte glissée dans un livre, aux archives publiques, pliée en deux sur sa longueur et nichée contre le dos du livre. À l'évidence, le bout de papier avait été négligé au moment de la déclassification, mais Hanna supposait que, de toute manière, l'archiviste n'aurait pas été conscient de sa valeur.

Elle saisit son carnet de notes et relisait ce qu'elle y avait écrit lorsqu'un secrétaire entra dans la pièce.

– Monsieur le Président va vous recevoir, Mademoiselle. Sachez que trente minutes ont été prévues pour votre entretien.

Hana rassembla ses notes et ses photos et les rangea dans sa serviette, lissant les plis de son tailleur bleu marine tandis qu'elle se levait pour suivre l'homme dans le grand hall en marbre, puis le long du couloir qui menait au bureau du président français.

À vingt-neuf ans, Hana était très grande, avec une stature imposante qui lui était souvent utile dans son métier de journaliste d'investigation pour *Le Monde*. Ses cheveux châtains lui arrivaient aux épaules et encadraient son visage à la peau lisse et bronzée. Sa prestance confiante et gracieuse sous-entendait une enfance passée dans des pensionnats et des classes préparatoires, et elle devait son physique solide et athlétique à un héritage suisse privilégié.

Arrivé au fond du couloir, le secrétaire ouvrit deux immenses portes donnant sur la suite présidentielle. Hana entra dans une petite antichambre au-delà de laquelle elle découvrit le luxueux bureau officiel, dans lequel le soleil pénétrait par les baies vitrées allant du sol au plafond et qui ornaient la quasi-totalité de deux murs. Le secrétaire la précéda dans la salle spacieuse, puis il tourna les talons et referma silencieusement les portes derrière lui.

Se découpant à contre-jour devant la fenêtre centrale, Pierre Valois écrivait à son bureau massif en merisier. Il leva la tête lorsqu'Hana s'avança, puis il reboucha son stylo-plume et se leva pour l'accueillir, tirant les manchettes de son costume Givenchy tout en contournant son bureau.

– Hana, mon petit, dit-il d'un ton affectueux, souriant d'un air radieux en l'accueillant dans ses bras ouverts.

– Bonjour, Monsieur le Président, répondit Hana en le serrant dans ses bras. Tu as l'air en très bonne santé, malgré les rumeurs.

– Oh, ne fais pas attention à la presse, rétorqua Valois avec un clin d'œil avant de la mener vers la banquette placée devant la fenêtre. Ils préféreraient me voir enterré plutôt que survivre à un autre mandat. Mais toi ! Dieu merci, tu es dans le camp de la vérité et de l'honneur.

Hana s'assit sur la banquette tandis que Valois s'installa sur un fauteuil tufté doré, face à son invitée.

– Je ne suis pas sûre que choisir un camp soit une bonne idée pour une journaliste, Monsieur le Président, répondit Hanna d'un ton faussement réprobateur. Mais je t'apporte néanmoins un message de la part de l'un de tes fidèles supporters : grand-père te salue chaleureusement et espère que tu pourras bientôt te joindre à lui pour dîner. Il est en ville, tu sais.

– Armand ? À Paris ? Eh bien, il faut qu'il me rende visite. Ça fait… oh, presque un an, je crois, qu'on ne s'est pas parlé, répondit Valois en regardant par la fenêtre d'un air pensif. Il passe trop de temps à Zurich, de toute façon. En fait, c'est un miracle si le pauvre homme trouve un repas décent dans cette ville, alors que tout Paris rêverait d'accueillir le baron.

Ils éclatèrent tous deux de rire, conscients que depuis les jours sombres de la Seconde Guerre mondiale, les deux hommes entretenaient une dispute anodine, mais constante afin de savoir quelle cuisine était supérieure.

– Monsieur le Président, on me dit que je n'ai que quelques minutes de ton temps. Aussi, pour quelques instants, tu dois être le Président de la République française, et non mon parrain, dit Hana en plaisantant à moitié.

– Quelques minutes, t'ont-ils dit ? Foutaises. Prends tout ton temps, ma chérie. Mais bien sûr, nous devons mettre nos familiarités de côté pour les affaires officielles du *Monde*…

Il secoua la tête en disant cela, feignant un air de réticence contrite.

– Je peux t'offrir un thé ?

Valois prit la théière sur le guéridon, remplacée tout au long de la journée pour les visiteurs, et remplit de lapsang souchong fumant deux tasses en porcelaine bordées d'or et portant l'emblème de laurier de la République française. Il affectionnait le parfum fumé et réconfortant des feuilles séchées du Fujian, convaincu que cela mettait ses invités dans un état d'esprit perspicace.

– Oui, merci.

Hana accepta la tasse et mit de côté la filleule aimante qu'elle était pour endosser sa casquette de journaliste sérieuse.

– Comme tu le sais, Monsieur le Président, cette histoire d'or juif pillé par les nazis est depuis quelque temps scruté de près par la presse mondiale, et particulièrement européenne, commença Hana en attrapant son carnet de notes. Il semblerait que les enquêteurs, à la fois ici et aux États-Unis, ont fouillé dans les archives récemment déclassifiées et que des preuves assez parlantes ont été mises à jour concernant le degré de complicité de la France pendant la guerre.

Hana prit le temps de boire une gorgée de thé, respirant son parfum boisé alors que son esprit s'efforçait d'adopter une attitude courageuse et digne qu'elle ne ressentait pas vraiment. Elle savait que le sujet était sensible, non seulement pour le peuple français dans son ensemble, mais pour ce dirigeant en particulier. Elle supposait également qu'étant donné la relation privilégiée qu'elle avait avec lui, elle était très certainement la seule journaliste capable de l'approcher d'aussi près, et qu'elle était la première à avoir une conversation approfondie avec le Président français à ce sujet – un sujet qui pourrait assurer sa réputation de journaliste percutante et lui offrir l'indépendance qu'elle cherchait depuis si longtemps vis-à-vis de l'influence de son grand-père. La tasse en porcelaine cliqueta nerveusement dans sa soucoupe lorsqu'Hana se pencha pour la reposer.

– En effet, oui, acquiesça Valois.

Le président était on ne peut plus au courant des révélations qui faisaient surface. Toutefois, il savait également que ce n'était qu'une question de temps avant que la presse ne s'attelle à de sérieuses recherches. Il devait s'assurer que sa version des évènements sorte la première – avec l'honneur et le respect que son poste méritait, naturellement – quelle que soit sa véracité. Ce n'était pas un hasard si Hana était la première journaliste à obtenir un entretien. *Le Monde* était stratégiquement vital pour prendre les devants lorsque des affaires d'État aussi sensibles s'apprêtaient à devenir publiques. Des appels discrets avaient été passés et tout avait été arrangé pour que la jeune journaliste soit mise au courant par ses rédacteurs en chef – le tout sans qu'une collusion ne soit soupçonnée. Le fait que *Le Monde* ne connaisse pas sa relation privilégiée avec le président rendait le tout encore plus exquis. Sans cela, s'était dit Valois, ce sujet aurait pu devenir bien plus problématique.

– Bien sûr, poursuivit Valois d'un ton pensif tandis qu'il revisitait les souvenirs de son passé, tu dois te souvenir que c'étaient des temps difficiles pour de nombreux pays, et en particulier la France. Si beaucoup voyaient Hitler comme un fou et le parti nazi comme une forme de gouvernement atroce, son pouvoir d'intimidation était immense. Quant à la France, eh bien, malgré le régime de Vichy, on a fait ce qu'il fallait à l'époque. Je ne dis pas ça en guise d'excuses, ma chère, poursuivit-il, mais les mesures prises par chaque pays lorsqu'il doit faire face à une invasion doivent être étudiées au regard de leur contexte.

Valois fixa Hana dans les yeux en disant ceci, son visage ridé plombé par l'autorité tandis qu'il se remémorait une époque lugubre qu'il ne connaissait que trop bien.

Hana soutint son regard et hocha la tête en signe de compréhension tacite. Grâce à des années d'opportunisme politique, peu de gens savaient que Valois et le grand-père d'Hana, le baron Armand de Saint-Clair, s'étaient battus côte à côte durant la Seconde Guerre mondiale. Ils venaient tous deux de familles aristocratiques européennes et auraient pu opter pour le confort et la sécurité – relatifs – en occupant des postes privilégiés au quartier général dans leurs pays respectifs. Au lieu de cela, ils avaient discrètement profité du pouvoir offert par leur richesse et leur influence pour soutenir le maquis qui, entre autres nobles accomplissements, avait évacué les capitaux et les enfants de juifs français pour les cacher en Suisse.

Au début du XVIIIᵉ siècle, les ancêtres d'Hana avaient fondé et n'avaient cessé de diriger l'une des banques les plus importantes de Suisse, la Banque suisse de Saint-Clair, au moment de l'émergence des premières lois du pays concernant le secret bancaire. La *Geheimsphäre*, ou « sphère du secret » était un élément clé à la base des principes démocratiques suisses. Étendre le privilège d'une telle confidentialité aux banques de ce petit pays apparemment neutre avait aussi servi les besoins des familles riches d'Europe, offrant une cachette sécurisée aux capitaux dont elles jugeaient qu'ils se trouvaient sous la menace des changements politiques que leurs pays connaissaient à l'époque – des huguenots fuyant la persécution religieuse par les Rois Catholiques à la dissimulation des biens de la dynastie des Bourbon à la suite de la Révolution française.

Toutefois, ce n'est qu'en 1934 que le parlement suisse promulgua les lois actuelles qui rendent les banquiers suisses personnellement responsables du secret total des transactions, quels que soient les dictats des autres pays. Le résultat fut que ce havre imposé par la loi devint immensément attractif pour les Juifs dont les capitaux auraient, sans cela, été en grand danger alors que les intentions d'Hitler se manifestaient peu à peu et que la machine de guerre allemande se mettait en place.

Le flair du jeune baron de Saint-Clair, renforcé par l'influence considérable de sa famille, le plaçait au sein de l'élite financière de l'Europe de l'époque et, en dépit des risques innombrables qu'il courait, il avait délibérément utilisé cette influence, ainsi que sa banque, pour protéger secrètement une véritable rivière d'or et de devises juifs qui coulaient en direction de la Suisse.

Se faisant passer pour des réfugiés, des agents du maquis traversaient la frontière suisse avec des sacs remplis des actifs et des biens de Juifs qui n'avaient pas le droit de quitter la France et la Belgique. Les agents étaient accompagnés d'enfants juifs qu'ils faisaient passer pour les leurs – des enfants qui sans cela auraient probablement fini dans des camps de concentration, comme leurs parents. En adéquation avec les règles de la Convention de Genève, le Comité international de la Croix-Rouge maintenait une politique humanitaire qui garantissait le refuge aux enfants, offrant ainsi au maquis l'honneur de sauver des enfants autrement condamnés tout en garantissant leur avenir en protégeant au moins une partie des capitaux de leurs familles, faute de pouvoir protéger les familles elles-mêmes.

Hana se cambra légèrement, baissant le menton tout en s'efforçant de se tenir plus droite sur la banquette, parfaitement consciente de la complicité de sa famille dans cette situation. Elle caressa brièvement le bas de sa jupe en croisant les jambes.

– Bien sûr, Monsieur le Président, acquiesça-t-elle, prenant la mesure de l'importance de l'instant. Comme tu le dis, cette histoire a de nombreuses facettes. Mais je crois que nous avons l'occasion, à présent, de rétablir les faits ensemble, avant que des spéculations infondées ne voient le jour.

Valois se félicita pour sa propre prescience. Apparemment, Hana avait également un intérêt tout particulier à être la première à divulguer l'affaire. Baissant légèrement sa garde, il recula dans son fauteuil.

– Je m'intéresse tout particulièrement à la surveillance des agents du maquis, à l'époque, poursuivit-elle. Et en particulier de ceux qui étaient impliqués dans la fuite des capitaux et autres biens juifs en traversant la frontière suisse.

Plongeant la main dans sa serviette, Hana en sortit les photos qu'elle avait examinées plus tôt.

– J'ai découvert ces photos dans les archives publiques de la BnF. Ce sont des copies, bien entendu, et comme tu peux le constater la qualité n'est pas très bonne ; elles ont sans doute été prises en secret à divers postes-frontière.

Hana tendit le paquet à Valois, qui les étudia minutieusement.

– Comme toi et mon grand-père étiez très impliqués dans les efforts du maquis, je me demandais si tu reconnaissais certains de ces individus. L'identité d'un homme en particulier m'échappe ; c'était un chef de groupe portant le nom de code « Achille ». Est-ce que tu le connaissais ? Est-ce que tu le vois sur ces clichés ?

Alors qu'elle parlait, Valois feuilleta les photos, son regard dansant sur les visages sépia et les images de cette époque révolue. Il promena sa main sur sa nuque, massant les plis de sa peau devenus plus charnus quelques années plus tôt.

Marquant une pause infime sur une photo particulière, il vit le visage d'un homme qu'il connaissait. Un visage caractéristique : un unique sourcil épais couronnant des yeux enfoncés et un nez crochu dont la pointe se terminait en deux bosses de cartilage saillantes. Le fait que son regard avait croisé ce visage au moment même où Hana avait prononcé son nom de code avait été purement accidentel, il le savait, mais cela le secoua néanmoins. Valois se demanda si Hana jouait un jeu avec lui et il leva les yeux vers elle, haussant les sourcils tout en recouvrant la dernière photo avec les autres.

– Pourquoi cherches-tu cet « Achille », ma chérie ? demanda-t-il d'un ton pensif.

Hana perçut immédiatement le changement d'attitude de son parrain. Elle mémorisa la photo qu'il avait été en train de regarder juste avant qu'elle ne soit mélangée aux autres.

– Je... je ne le sais pas moi-même, admit-elle, ce qui était la vérité. D'ailleurs, j'ai découvert ce nom de code par accident. Mais mon intuition me dit que son rôle dans l'ensemble de cette histoire a été délibérément caché. J'aimerais savoir pourquoi, et savoir s'il est peut-être encore en vie.

Le président tendit la main pour prendre sa tasse, appuyant discrètement sur un bouton dissimulé sous la table.

– Eh bien, je crains de ne pas t'être d'une grande aide à ce sujet. Aucun de ces visages ne me parle, dit-il en agitant la main comme pour congédier les photos. Je me fais vieux maintenant, Hana, et c'était il y a longtemps. Tu dois comprendre que ma mémoire n'est pas ce qu'elle était à l'époque. Mais, y a-t-il autre chose que je puisse faire pour t'aider ?

Un gros nuage passa devant le soleil tandis qu'il prononçait ces mots, plongeant la pièce dans une grisaille froide. Un frisson saisit les chevilles d'Hana avant de remonter le long de sa colonne vertébrale et de s'installer sur sa nuque, où ses poils se hérissèrent brièvement avant de renvoyer le frisson tout le long de son corps – le tout en une fraction de seconde. Toutefois, l'impact de l'instant la surprit.

– Encore du thé, ma chérie ? proposa le président. Tu sembles gelée.

Retrouvant son calme, Hana eut conscience que ce geste était poli sans être sincère. Toutefois, elle n'eut pas besoin de répondre, car l'assistant du président entra dans la pièce, ouvrant grand la double porte dans un geste assez théâtral.

– Veuillez m'excuser, Monsieur le Président, déclara-t-il avec une détermination polie, mais la délégation italienne est arrivée.

– Oui, Stefan, un petit instant, s'il vous plaît.

Valois regarda Hana dans les yeux. Il sourit tout en haussant les épaules et en penchant la tête sur le côté. L'assistant disparut dans l'antichambre, laissant les portes ouvertes.

Déstabilisée par la conclusion abrupte de leur entretien, Hana rassembla ses photos, les rangea dans sa serviette et se leva en même temps que le président, qui consultait sa montre.

– Je suis navré, ma chérie. Les affaires d'État ne dorment jamais, même en présence de ma sublime filleule.

Valois se pencha pour lui faire la bise, puis il l'escorta à la porte.

– Tu m'appelleras si je peux faire quoi que ce soit pour toi, n'est-ce pas ?

– Eh bien, en fait, j'ai bien une autre requête, parrain, ajouta Hana en y pensant soudain. Pourrais-tu m'accorder une autorisation pour accéder au Fonds des Archives spéciales de la BnF ? Les responsables se sont montrés assez peu coopératifs. Après tout, je travaille pour le bien de la France dans cette histoire ; du moins, j'espère que tu le crois.

Valois la regarda et, soudain, son visage trahit la façade diplomatique devenue habituelle au fil des années, révélant ses presque quatre-vingt-dix ans.

– Hana, bien sûr que tes intentions sont honorables, dit-il. Tu auras cette autorisation. Je te demande seulement de faire très attention lorsque tu déranges les fantômes du passé. Laisse la pensée de Voltaire te servir de guide et pense à la philosophie de l'histoire. Tire une leçon des erreurs passées, mon petit. Au revoir.

Le président tourna les talons et marcha jusqu'à son bureau.

– Au revoir, Monsieur le Président, répondit Hana d'une voix plus faible qu'elle ne le voulait.

L'assistant réapparut et, d'un ample geste du bras, invita Hana à sortir du bureau.

Hors du palais, la circulation sur les Champs Élysées contrastait fortement avec l'étrange entretien dont Hana venait d'être congédiée. *Qu'avait-elle pu dire ou faire ? Tout s'est passé si vite,* pensa-t-elle.

Elle se promit d'en discuter avec son grand-père lors de leur vol pour Rome, le lendemain.

Assis à son bureau, désormais seul derrière les portes fermées, Pierre Valois se sentit las en prenant le combiné de son téléphone pour composer les treize chiffres du numéro. Cela sonna deux fois seulement.

– Oui ? dit l'homme qui répondit.

– Nous avons un problème, Armand.

CHAPITRE

CINQ

— Dans votre intérêt, père Michael, j'ose supposer que vous avez une bonne raison d'être dans cette pièce, et particulièrement sur le sol de celle-ci.

Le cardinal Dante, déjà grand et imposant lorsqu'on était face à lui, était encore plus impressionnant maintenant que Michael était à terre. Celui-ci se mit debout en fouillant dans son esprit pour trouver la réponse attendue, retournant le regard insistant du cardinal tout en adoptant une posture la plus respectueuse possible.

— Votre Éminence, le salua Michael d'un ton surpris. Qu'est-ce qui vous amène ici ? Je sais que cela doit sembler —

— Ne questionnez ma présence nulle part, Dominic, interrompit Dante. Répondez-moi : pourquoi êtes-vous dans la *Riserva* ?

Michael sentit sa nuque rougir et le col rigide sur sa pomme d'Adam lui parut encore plus serré qu'à l'ordinaire. Il ressentait la même humiliation que lorsqu'il affrontait les petites brutes de l'école catholique. À l'époque, même s'il était parfaitement capable de se défendre, il avait opté pour la solution moins provocante qu'était la résistance passive. À présent, après des années de discipline jésuite qui avaient laissé des cicatrices à la

55

fois physiques et mentales, tous ses sens se réveillèrent simultanément pour l'aider à adopter une défense posée, tandis que son esprit cherchait la réponse la moins agressive possible.

– Puis-je m'expliquer, Votre Éminence ? demanda Michael d'un ton de soumission.

Dante marqua une pause juste assez longue pour démontrer son contrôle de lui-même avant de lui faire signe de répondre.

– Voyez-vous, en arrivant tout à l'heure, j'ai trouvé le frère Mendoza en train de lutter sous le poids d'un lourd registre qu'il essayait de sortir de cet *armadio*, expliqua-t-il en désignant les hautes étagères de l'immense armoire tout en soutenant le regard du cardinal. L'effort exigé a eu raison de lui, je le crains, et je l'ai ramené à son appartement pour qu'il se repose. Je suis simplement revenu pour remettre les choses en ordre et verrouiller la porte.

La contenance tendue et explosive de Dante fit progressivement place à une irritation contrôlée. Son regard transperça celui de Michael, cherchant à y déceler la moindre trace de mensonge. N'en trouvant pas, il balaya des yeux la pièce pour la première fois depuis qu'il y était entré, notant le désordre avec une répugnance évidente. Michael continua de ramasser les liasses enrubannées et les parchemins volants alors que Dante faisait lentement le tour de la pièce, cherchant à se faire sa propre idée des faits.

– Ah, oui. L'état de santé de Mendoza, marmonna-t-il sans la moindre trace d'inquiétude. Êtes-vous au courant, père Michael, que personne n'est autorisé à se trouver dans la *Riserva* sans la présence du préfet ?

– Mais c'est lui qui m'a…

Dante lui coupa à nouveau la parole.

– Que vous l'ayez su ou non est sans importance, et enjoliver vos excuses ne vous aidera pas. Ramassez immédiatement tous ces documents, et quittez la pièce. Je rendrai la clé au frère Mendoza moi-même, si vous le voulez bien.

Dante tendit la main et attendit. Michael sortit la clé en

bronze de sa poche, mais, au lieu de la poser dans la main du cardinal, il lui tendit simplement la sienne, obligeant délibérément le cardinal à la prendre. C'était une épreuve de volonté et tous deux le savaient, mais Michael avait décidé depuis longtemps qu'il laisserait toujours aux gens la possibilité qu'ils se croisent à mi-chemin. Sans cesse de soutenir son regard, Dante saisit la clé et ses fines lèvres sèches esquissèrent l'ombre d'un sourire.

– Vous êtes un jeune homme brillant, mais obstiné, *monsieur* Dominic, marmonna Dante en mettant l'accent sur le titre réservé aux novices avant leur ordination. Mais, poursuivit-il, ne croyez pas un instant que votre relation avec le cardinal Petrini vous exemptera de suivre les règles qui existent entre ces murs. Des hommes bien plus capables que vous ont essayé et échoué ; les preuves de leur échec vous entourent.

Dante ouvrit grand les bras, comme si le contenu de la pièce témoignait de ses propos. L'ironie n'échappa pas à Michael.

– Maintenant, remettons tout ça en ordre afin que vous puissiez retourner à vos tâches.

Dante recula jusqu'à la porte, mais resta sur le seuil, observant attentivement Michael, n'ayant pas la moindre intention de l'aider – le pluriel étant clairement rhétorique.

Michael entreprit donc de replacer les parchemins éparpillés dans leur boîte, prenant soin de ne pas révéler le compartiment caché au cardinal, puis il replaça l'épais registre à sa place, en haut de l'*armadio*. Ramassant le pied de table cassé, il regarda Dante d'un air gêné, puis il le posa à côté de ce qu'il restait de la table et se dirigea vers la porte.

Cependant, le cardinal tint bon, bloquant la sortie. Cela rappela à Michael sa première rencontre avec cet homme insolent. Le ton subtilement menaçant de Dante refit surface dans sa voix.

– Sommes-nous d'accord, père Dominic ?

Le jeune homme se trouva physiquement confus. Sa réaction instinctive – en dehors de son cou à nouveau brûlant sous son col – était de pousser cet oppresseur contre le mur. Sa sagesse, toutefois, lui interdit de créer une situation qui pourrait déteindre de façon négative sur le cardinal Petrini, sans parler de sa propre carrière. Il mesura précautionneusement ses propos.

– Bien sûr, Éminence, commença Michael en fronçant ses sourcils bruns. Si vous êtes d'accord, je vais aller voir comment va frère Mendoza et l'informer de notre rencontre.

Une grimace à peine perceptible anima le visage anguleux de Dante. Le cardinal fit un pas de côté, faisant résonner dans la pièce exiguë le bruissement de sa soutane bordée de rouge et le tintement de la croix qui pendait au bout de la chaîne à son cou.

Michael passa devant l'homme sans le regarder. En entrant dans la pénombre de la Galerie, il sentit le regard de Dante lui transpercer le dos tandis que les halos de lumière ambrée le guidaient jusqu'au lointain ascenseur.

CHAPITRE
SIX

De retour à la résidence Sainte-Marthe, Michael verrouilla la porte, enfila ses gants en tissu et sortit le paquet de documents caché dans la poche intérieure de sa soutane. Il les posa délicatement sur la petite table près de son lit et alluma sa lampe de bureau.

Partagé entre sa culpabilité de les avoir sortis de la *Riserva* et le plaisir plus grand d'avoir découvert des documents cachés qui, sans doute, n'avaient été vus par personne depuis plusieurs centaines d'années, il rompit le sceau et défit délicatement de ses doigts tremblant d'enthousiasme le ruban en satin pourpre.

Dépliant le premier document, rédigé sur du parchemin en écriture cursive en un français qui semblait dater de la fin du Moyen Âge, Michael se mit à lire.

Un FLÉAU charnel fend le siège épiscopal,
*   Un ciel noir pleut à travers les frontières :*
*   La tache du péché abondante,*
*   Déchirant les fidèles qui gémissent.*

. . .

IL SORTIT son carnet de notes du tiroir sous la table et traduisit grossièrement chaque phrase alors qu'il la lisait.

IL SCRUTA les quatre lignes obscures, n'y trouvant d'abord aucun sens particulier. Elles renfermaient quelque chose, il en était sûr… mais il n'arrivait pas à mettre le doigt dessus. Il passa à la suite et lut les deux strophes suivantes, qu'il traduisit au fur et à mesure.

DANS LA TREIZIÈME année d'un siècle nouveau,
Le vicaire se retirera :
Et dans son ombre viendra
Un souverain d'argent.

LA VÉRITÉ ALBIGEOISE EST INVOQUÉE,
Alors que le dernier berger de Rome s'enfuit :
La Mère sacrée rend son dernier souffle,
Le troupeau ère au crépuscule.

— POURQUOI CELA SEMBLE SI FAMILIER ? se demanda Michael, promenant son regard sur les vers comme pour faire apparaître par magie un sens à ce qui s'apparentait à du charabia.

Ce n'était pas tant les mots que leur cadence ; c'était presque comme s'il les avait déjà lus quelque part.

Il tourna le document et remarqua une feuille repliée au verso sur laquelle se trouvait une large et imposante signature ainsi qu'une date : *Michel de Nostredame – 2 mars 1566.*

Nostradamus ? Des quatrains originaux de la main de Nostradamus ?!

Le cœur de Michael se mit à battre plus fort tandis qu'il prenait conscience de ce qui se trouvait devant lui. L'astrologue français du XVIe siècle et prophète de renommée avait entretenu des liens étroits avec l'Église de Rome, Michael le savait, mais il n'en savait guère plus sur cet homme. La date de mars 1566 plaçait l'écrit au milieu de la Renaissance, une période durant laquelle l'astronomie et l'astrologie étaient toutes deux acceptées comme études scientifiques légitimes, surtout parmi les dirigeants de l'Église, qui tenaient à surveiller de près leurs ouailles. Le pape Paul III, l'un des bienfaiteurs les plus hauts placés de Nostradamus, à l'époque, était obsédé par l'astrologie, comme plusieurs papes avant et après la papauté de Paul. Toutefois, c'était également à cette époque, vers la fin des années 1500, que l'Église avait commencé à séparer les deux disciplines, prenant ses distances avec l'astrologie et l'alchimie aux aspects hérétiques trop prononcés, ce qui tomba mal pour Galilée – astrologue durant ses jeunes années – qui en subit les conséquences directes.

Maintenant que Michael savait qui les avait écrits, il comprit pourquoi ces vers lui avaient semblé si familiers. Les quatrains poétiques de Nostradamus étaient rédigés avec une ambiguïté codée typique, principalement pour échapper à l'étroite surveillance des autorités de l'Église qui cherchaient à éradiquer les hérétiques.

Michael mit de côté le document pour étudier le second. C'était une lettre plus récente, rédigée sur une feuille de papier vergé ivoire. Elle était adressée au cardinal Mariano Rampolla, le Secrétaire d'État du Vatican du pape Léon XIII, et datait du 12 juin 1902. Son auteur était un certain abbé Bérenger Saunière, d'un village nommé Rennes-le-Château. Michael la lut rapidement en la traduisant grossièrement. Apparemment, il s'agissait d'une requête pour un arriéré de paiement dû depuis plusieurs mois, en lien avec « notre affaire d'importance spéciale pour notre Sainte Mère l'Église ».

Bizarre, pensa Michael. Quelle « affaire d'importance spéciale » pousserait le Vatican à effectuer des paiements ?

Le fait que les deux documents aient été réunis et cachés dans le double fond d'une boîte faite pour ressembler à un livre, était plus que déconcertant.

Bien que captivé par sa découverte, Michael n'avait pas le temps de s'y pencher, puisqu'il avait dit à Dante qu'il irait voir Mendoza.

Il étala les deux documents sur la table, écrasant les plis afin qu'ils soient aussi plats que possible, puis il sortit son iPhone, ouvrit l'application de scan, et téléchargea le tout sur le cloud, ainsi que ses traductions manuscrites. Il consulterait tout ça plus tard. Rassemblant les documents pour les remettre dans sa poche, Michael quitta sa chambre pour se rendre à l'appartement du préfet.

S'ÉTANT VISIBLEMENT REMIS de ses efforts, Calvino Mendoza se tenait dans l'entrée de son bureau et discutait avec un grand homme en soutane noire, une ceinture rouge et courte cape noire au passepoil rouge – la tenue distincte d'un cardinal – qui tournait le dos à Michael alors qu'il avançait vers les deux hommes.

Lorsqu'il s'approcha, Mendoza tendit chaleureusement le bras.

– Ah, Miguel, vous connaissez bien sûr le cardinal Petrini…

Enrico Petrini se tourna vers Michael, un sourire jusqu'aux oreilles, tendant les bras vers son protégé.

– Votre Éminence ! s'exclama Michael, surpris. C'est un tel plaisir de vous voir. Quand êtes-vous arrivé ?

– Je suis arrivé de New York hier. La nuit dernière, en fait ; j'ai pris le vol de nuit, dit Petrini, ses traits tirés révélant les effets d'un long voyage. Comment se passe ton travail ici, Michael ?

Pour un homme de son âge, Petrini était remarquablement en forme et portait une barbe blanche taillée de près et une crinière assortie sous sa calotte rouge. Il émanait de lui une autorité naturelle et il avait suscité le respect de presque tous ceux qui l'avaient rencontré, ce qui était un atout non négligeable dans un milieu où les rumeurs et les coups de poignard dans le dos étaient une pratique courante. Partout dans le Vatican, Petrini était connu comme un arbitre capable et consciencieux, quelqu'un qui était à la fois abordable et avenant, qui donnait des conseils avertis lorsqu'ils étaient requis – une des raisons pour lesquelles le pape avait autant d'estime pour lui et le comptait dans son cercle restreint.

– Je ne pourrais demander mieux, répondit Michael. Être ici, entouré des manuscrits et de l'art médiéval les plus remarquables au monde, est un rêve devenu réalité. Je ne sais exprimer combien je suis reconnaissant d'être là.

Encore fébrile après sa rencontre avec le manuscrit de Nostradamus et la lettre de Saunière, une pensée vint à l'esprit de Michael.

– D'ailleurs, il y a quelque chose dont j'aimerais discuter avec vous, quand vous aurez le temps.

Petrini haussa un sourcil intrigué.

– Je m'installe à la résidence Sainte-Marthe pour la semaine, et j'ai quelques réunions durant mon séjour, mais nous trouverons le temps, Michael. Peut-être pour le dîner, demain ?

– Parfait. Alors à demain, Éminence.

Petrini s'excusa et se dirigea vers le Palais Apostolique.

– Comment vous sentez-vous, Cal ? demanda Michael à Mendoza. Mieux, j'espère ?

– Oh, Miguel, je vais très bien, vraiment. Je suis incapable de manipuler certains de ces volumes. J'aurais dû éviter une tâche aussi irréfléchie et demander votre aide, admit-il timidement.

Mendoza regarda autour de lui pour repérer une quelconque présence.

– Dante m'a rendu ma clé de la *Riserva*, au fait, et m'a fait brièvement la leçon pour vous avoir permis de vous y rendre sans être accompagné, se plaignit le prêtre. Nous manquons tellement de personnel et comme vous avez été engagé ici pour m'aider, je vais essayer de vous en obtenir l'accès. Priez pour que mon plan fonctionne, Miguel. Nous devons encore terminer notre travail là-bas.

Michael pâlit en se souvenant de la table cassée.

– Je dois vous dire, Cal, que j'étais tellement accaparé par l'une de mes lectures dans la *Riserva* que la table s'est effondrée sous moi quand ma jambe s'est engourdie. Elle a besoin d'être réparée, à présent, avoua-t-il.

N'accordant aucune importance à la curiosité de Michael, Mendoza agita la main.

– Cette table, et d'ailleurs la plupart des meubles ici, a servi bien trop longtemps. Je demanderai à l'un des *sampietrini* de s'en occuper cet après-midi, dit Mendoza d'un ton léger. On se retrouve là-bas demain matin ?

– Bien sûr, répondit Michael. Disons à dix heures ?

CHAPITRE
SEPT

Le lendemain matin, les affaires allaient bon train au Pergamino Caffè après le footing de Michael. L'air de la salle bondée était riche de l'arôme de café torréfié alors que la signora Palazzolo servait les espressos pour la foule de clients qui faisaient la queue au comptoir. Tout en savourant la fraîcheur bienvenue d'un *caffè freddo*, Michael repensa à la lettre de Bérenger Saunière qu'il avait trouvé la veille.

Il ouvrit le navigateur de son téléphone et y chercha « Bérenger Saunière » afin d'en apprendre davantage sur lui et fut surpris de découvrir qu'il avait une page assez détaillée sur Wikipédia. Michael la survola rapidement et s'arrêta lorsqu'il rencontra une entrée surprenante, vers la fin :

FRANÇOIS-BÉRENGER SAUNIÈRE (11 AVRIL 1852 – 22 janvier 1917) était un prêtre catholique du village français de Rennes-le-Château… Il serait parfaitement inconnu aujourd'hui s'il n'était une figure centrale de nombreuses théories conspirationnistes entourant Rennes-le-Château… Saunière construisit un grand domaine entre 1898 et 1905 qui impliqua également l'achat de plusieurs parcelles de terre. Son domaine comprend la Villa

Béthanie de style Renaissance, la Tour Magdala (dont il se servait comme bibliothèque personnelle) reliée à une orangerie par un chemin de ronde et abritant des chambres en sous-sol, un jardin avec un bassin… le tout au nom de sa femme de ménage, Marie Dénarnaud… La rénovation entreprise par Saunière de son église et sa construction ostentatoire dans ce petit village perché sur une colline attira des réactions hostiles et des plaintes furent transmises par plusieurs sources à l'évêché de Carcassonne, qui avait mis en garde Saunière contre la vente de messes… *La controverse entourant Saunière fut à l'origine centrée sur des parchemins qu'il aurait trouvés cachés dans le vieil autel de son église… et que c'était de là que proviendrait sa source de revenus… les spéculations selon lesquelles Saunière avait entrepris des transactions financières… et que son revenu pourrait provenir du Vatican « qui avait peut-être subi un chantage politique à son plus haut niveau… »*

Il avait beau faire chaud dans la salle, Michael frissonna en se massant la nuque. Avait-il découvert la preuve du chantage dont Saunière était soupçonné ? Qu'en était-il des parchemins que le prêtre avait trouvés dans l'autel de son église, où étaient-ils, à présent ? Et en quoi pouvaient-ils être si accablants pour l'Église que le Vatican paierait un simple prêtre français afin d'éviter qu'ils soient révélés ?

Si la moindre de ces choses était un tant soit peu possible, les conséquences pourraient être stupéfiantes. Enquêter ne serait pas chose facile, mais l'attrait d'une telle recherche enflammait l'imagination de Michael. Il ne pouvait pas *ne pas* se pencher davantage dessus. Il devait en parler à quelqu'un. Mais qui ? Il commencerait par Petrini, le soir même, au dîner.

Après avoir enfilé sa soutane dans les toilettes, Michael remercia la signora et sortit dans la chaleur du matin pour se rendre à la porte Sainte-Anne.

• • •

Après avoir fait un saut chez lui pour récupérer les documents découverts la veille, Michael se rendit à la *Riserva* pour y retrouver Mendoza. Il était dix heures pile lorsqu'il entra dans la pièce, trouvant le frère assis à la table de lecture désormais réparée, attendant que Michael aille chercher le même gros registre qu'il avait désiré la veille.

– Bonjour, Miguel, dit Mendoza d'un ton joyeux. Comment était votre footing, ce matin ?

– Génial, Cal, et maintenant je suis prêt à entamer la journée. Qu'avez-vous prévu, ce matin ?

– Si vous voulez bien me donner l'épais volume qui a failli m'envoyer à l'hôpital, hier… répondit Mendoza en soupirant de façon exagérée.

Michael ouvrit la lourde porte de l'*armadio* et approcha le marchepied. Il monta dessus et plongea discrètement la main dans sa soutane, en sortit le paquet de documents qu'il y avait caché, et profita de ce que Mendoza avait le dos tourné pour soulever le couvercle de la boîte, faire basculer le double fond et dissimuler les documents dans leur cachette d'origine. Il remit en place le double fond, referma le livre et le descendit de son étagère, le tout d'un geste gracieux caché par sa longue soutane. Descendant de l'escabeau, il posa le registre sur la table.

– Miguel, vous devriez également trouver un volume étiqueté *Papa Gregorius VII* ; apportez-le-moi, s'il vous plaît. Le cardinal Dante a besoin de références liées au pape Grégoire pour une encyclique qu'il prépare pour Sa Sainteté. Une histoire d'adhésion aux vœux et d'affirmation de la prééminence de l'office pontifical, comme si on n'en avait pas déjà assez.

À nouveau juché sur son escabeau, Michael fouilla parmi les registres et, trouvant le codex désiré, il le souleva de l'étagère et redescendit pour le poser à côté du volume précédent.

Tandis que Mendoza parcourait les pages volantes dans le coffret en forme de livre, cherchant apparemment quelque chose en particulier, Michael retint son souffle, espérant que le moine ne découvrirait pas le double fond.

– Ah, le voilà, déclara Mendoza d'un ton satisfait. Admirez ça, Miguel.

Mendoza déplia délicatement un papyrus jauni, sublimement enluminé avec d'immenses initiales rouges et des illustrations colorées dans les marges, représentant des évêques vêtus de façon royale et des chérubins joueurs – le tout dans des couleurs aussi vives que le jour où elles avaient été dessinées 800 ans plus tôt. Michael décida de ne pas dire qu'il l'avait vu la veille, juste avant de casser la table devant laquelle ils étaient assis.

– Ceci est un des grands registres du pape Innocent III, relatant la Quatrième Croisade qui avait débuté quelques années plus tôt, en 1202. Le pape avait ordonné une expédition armée dans le but de reprendre la ville de Jérusalem qui, à l'époque, était entre les mains des musulmans. Vous vous souvenez peut-être que cette croisade est celle qui a renforcé le grand schisme d'Orient entre les Églises catholiques et orthodoxes. Miguel, pourriez-vous, je vous prie, apporter ce document à l'un de nos invités ? Il a été demandé par le Dr Simon Ginzberg, un universitaire dans le plus pur sens du terme et un vieil ami des Archives. Il connaît le règlement. Vous devriez le trouver dans la Salle de Lecture Pie XI, attenante à la Salle des Index. Je pars bientôt, ajouta Mendoza, étant donné que j'ai trouvé ce dont Dante a besoin. Si ça ne vous gêne pas, nous laisserons ces livres sur la table et nous nous en occuperons plus tard. J'ai compris la leçon.

CHAPITRE
HUIT

Traversant à nouveau la Galerie des Étagères métalliques pour prendre l'ascenseur, Michael se dirigea vers les salles de lecture. Il choisit le chemin le plus pittoresque à travers les Musées du Vatican, traversant la *Sala degli Animali* et ses dizaines de sculptures en pierre grandes et petites, et les majestueuses mosaïques datant du IVe siècle qui surplombaient les scènes de faune de la galerie.

La section suivante, la *Sala delle Muse*, abritait le célèbre Torso Belvedere, une spectaculaire sculpture fragmentaire grecque du Ier siècle représentant un jeune homme musclé, dont Michel-Ange s'était inspiré pour les nus masculins de la chapelle Sixtine. Cela avait beau être désormais son lieu de travail, Michael se sentait l'âme d'un touriste en déambulant parmi les collections d'art les plus précieuses du monde, les yeux et l'esprit complètement émerveillés par ces innombrables splendeurs.

Il arriva enfin à la Bibliothèque Apostolique et ses salles réservées à la recherche universitaire. La Salle de Lecture Pie XI était un havre de paix pour les visiteurs accrédités qui donnait sur la paisible *Cortile della Biblioteca*, l'une des nombreuses cours extérieures des Musées du Vatican permettant la méditation tranquille de ses visiteurs.

Michael demanda à sœur Odette, la religieuse au bureau d'accueil, où il pouvait trouver un universitaire du nom de Simon Ginzberg. Il y avait peu de gens dans la salle, mais la sœur désigna un petit homme maigre d'un âge avancé, avec une crinière de cheveux gris et une barbe Van Dyke bien entretenue encadrant son visage buriné. Il était assis à l'une des longues tables, les yeux rivés sur un manuscrit. Michael avança jusqu'à lui.

– Vous êtes bien le docteur Ginzberg ?

Le vieil homme leva la tête en clignant des yeux, émergeant de sa concentration.

– Oui, c'est moi, répondit-il avant un lourd accent moyen-oriental. Et vous êtes… ?

– Je suis le père Dominic. Frère Mendoza m'a demandé de vous apporter le registre du pape Innocent III, répondit-il en posant le parchemin sur la table avant de tourner les talons.

– Un instant, s'il vous plaît, père Dominic, dit Ginzberg. Je ne vous reconnais pas. Êtes-vous l'un des nouveaux pigeons voyageurs que Mendoza a pris sous son aile ?

Michael réprima un rire et fit face au chercheur.

– Je suppose, oui, dit-il en souriant. Et puis-je supposer que vous êtes l'un des inestimables trésors que le Vatican garde enfermés ici, docteur Ginzberg ?

– Ha ! Touché, mon ami. Belle répartie, répondit Ginzberg en lui tendant la main. Je vous en prie, appelez-moi Simon.

– Michael, dit le jeune prêtre en lui serrant la main. Puis-je me joindre à vous un instant ?

– Bien sûr, j'adorerais un peu de compagnie, acquiesça le vieillard en retirant ses lunettes pour se frotter les yeux. Alors, c'est le récit de la Quatrième Croisade, n'est-ce pas ?

– En partie, en tout cas, répondit Michael. Je présume qu'il y a d'autres registres, mais frère Mendoza a pensé que celui-ci contenait ce que vous cherchez.

– Ce doit être le cas, alors, dit Ginzberg. Michael, depuis quand êtes-vous ici ? Que pensez-vous de tout ça ?

Michael écarquilla les yeux et sa bouche se pinça tandis qu'il prenait une grande inspiration.

– Je dois admettre que c'est assez désarmant. Je ne suis ici que depuis quinze jours et je suis assez dérouté par la sollicitation constante des sens. Mes spécialités sont la paléographie et la codicologie médiévale. Et j'aide aussi à la numérisation des Archives secrètes.

Ginzberg grimaça en l'entendant parler de technologie.

– Ah, une perte de temps, si vous voulez mon avis, déclara-t-il. J'envoie des SMS et des emails, bien sûr, ces horribles nécessités de notre époque. Mais je préfère l'odeur de l'histoire, le toucher et la sensation des papiers anciens, la présence physique de tout ce qu'implique ma recherche. Manipuler les livres et manuscrits originaux, rédigés il y a des siècles par des scribes, à la plume, avec de l'encre faite de pigments et de teintures naturelles, est une expérience incomparable. Il est tout simplement impossible d'avoir ce genre de sensation avec un fichier numérisé – impossible.

– Je suis entièrement d'accord avec vous, admit Michael. Mais d'après ce que j'ai compris, chaque année, des milliers de personnes se voient refuser l'accès aux Archives, soit faute d'accréditation, soit par manque de place et de personnel disponible pour les aider.

– Je comprends bien sûr votre point de vue, Michael. Je suis on ne peut plus reconnaissant des privilèges qui me sont accordés ici, et je n'ai pas l'intention de m'arrêter. J'ai passé tant d'années dans cette salle que je me sens, comme vous l'avez si bien dit, comme l'une des splendides sculptures qui ornent les couloirs du Vatican.

– Quelle est la nature de vos recherches, si ce n'est pas indiscret ? demanda Michael.

– Mais pas du tout. En ce moment, j'ai deux pistes d'étude, toutes deux pour des articles que j'écris en tant que professeur émérite de l'Université de Teller à Zagarolo, près de Rome. Ce qui occupe mon travail aujourd'hui c'est, comme vous le voyez, la Quatrième Croisade et l'impact des occupations musulmanes et catholiques de Jérusalem, une ville également sacrée pour les juifs. C'est principalement une recherche personnelle, car je suis fasciné par les croisades en général. Mon domaine d'intérêt principal, toutefois, et celui auquel je consacre le plus gros de mon temps en ce moment, est de mieux comprendre la complaisance du Vatican pendant l'Holocauste, et en particulier le rôle de Pie XII dans la collaboration avec les nazis. J'ai un intérêt profondément personnel dans cette question, Michael, car je suis moi-même un survivant de Dachau. Je n'étais qu'un jeune enfant à l'époque, bien sûr, mais j'ai regardé ma mère et mon père subir toutes sortes de torture. Je n'oublierai jamais l'odeur de la fumée sortant des crématoriums lorsque mes parents ont été gazés. Non, un enfant n'oublie pas ces choses.

Les yeux du vieil homme se remplirent de larmes tandis que ces souvenirs morbides et encore vifs lui revenaient à l'esprit.

– Je suis vraiment désolé, Simon, dit Michael en sentant ses yeux briller de compassion. Je ne peux imaginer comment vous avez pu affronter une telle tragédie.

– Pie XII a eu de nombreux partisans, au fil des ans, dit Ginzberg en revenant au sujet principal. Encore aujourd'hui, de fervents défenseurs demandent qu'il soit béatifié. Mais il doit encore répondre de nombreuses décisions prises au nom de l'Église. Avec les seize millions de pages d'archives historiques qui viennent d'être rendues accessibles aux chercheurs, je crois que je vais être ici encore longtemps.

Michael se leva et posa une main sur l'épaule de Ginzberg.

– Simon, s'il y a quoi que ce soit que je puisse faire pour vous aider dans vos recherches, je vous en prie, n'hésitez pas à demander.

– Oh, je suis sûr que nous allons beaucoup nous voir, Michael. Et si je peux vous rendre service d'une façon ou d'une autre, vous savez où me trouver.

Michael retourna à l'accueil et inscrivit dans le registre des entrées le nom du document qu'il avait confié à Ginzberg, comme il était d'usage. Regardant de nouveau le vieil homme, assis là, seul, en quête de réponses, l'estomac de Michael se noua tandis qu'il réfléchit à ce qui était en jeu pour chacun d'entre eux. Pour Simon, c'était clairement un besoin de tourner la page sur une sombre et douloureuse épreuve personnelle. Quant à Michael, son propre travail prenait une nouvelle dimension tandis qu'il voyait, à travers les yeux de Simon, l'impact personnel que les décisions du passé pouvaient avoir sur des vies bien réelles. Quoi qu'il ait encore à découvrir, cela pouvait profondément affecter d'autres personnes. Restait à savoir qui et comment.

Faisant demi-tour pour quitter la salle de lecture, Michael partit en direction de la cafétéria des employés du Vatican, où il avait prévu de retrouver son nouvel ami Karl Dengler pour le déjeuner.

LE JEUNE GARDE SUISSE était assis à une longue table familiale près de la fenêtre lorsque Michael entra dans la salle bruyante. Après s'être salués, ils firent la queue et choisirent des plats de pâtes, de cabillaud au four et de courgettes grillées, puis ils retournèrent s'asseoir.

— Dis-moi, Karl, c'est comment d'être dans la Garde suisse ? demanda Michael.

Dengler se tint un peu plus droit, fier qu'on lui pose la question.

— C'est un immense honneur. Très peu de candidats sont sélectionnés. Nous devons avoir servi dans l'armée suisse ; j'étais dans les Grenadiers, l'équivalent des Navy SEALs aux États-Unis, et nous suivons un entraînement au combat et aux armes très exigeant. En tant que piquier, mon rôle est de protéger le Saint-Père coûte que coûte, comme mes compatriotes l'ont fait pendant des siècles avant moi.

— Alors vous avez vraiment des armes quand vous êtes en service ? demanda Michael.

Dengler regarda autour de lui d'un air inquiet, puis il souleva la cape qui couvrait son pourpoint bleu, révélant le Sig Sauer P220 – un pistolet semi-automatique – rangé dans son holster d'épaule.

– Il ne me quitte jamais quand je suis en service, répondit-il avec sérieux.

Impressionné, Michael regarda dans les yeux bleus du jeune garde.

– Dans ce cas, mieux vaut qu'on reste amis.

Dengler éclata de rire puis il renvoya sa question à Michael.

– Je suis curieux, Michael. Étant aussi jeune, est-ce que tu trouves difficile d'être prêtre lorsqu'il s'agit de, euh, de relations sexuelles ? J'imagine que beaucoup te trouvent attirant ?

On lui avait posé cette question de nombreuses fois, et Michael avait beaucoup réfléchi à sa réponse.

– Bien sûr, c'est un défi, Karl. Je crois que j'aurais fait un bon mari et père, étant donné que je comprends l'amour, le sacrifice, et la responsabilité. Mais je n'ai pas grandi dans une famille traditionnelle, donc je ne l'ai jamais envisagé pour mon avenir. J'ai toujours été solitaire et je sais qu'être seul ne signifie pas que l'on souffre de solitude. J'ai été très attiré par la vie de jésuite, car cet ordre est entièrement dévoué au savoir et à l'érudition. Et oui, beaucoup ont essayé de me défroquer — et ont échoué, poursuivit-il en souriant timidement, et je dis cela dans les deux sens du terme. Je reste un homme, bien évidemment, et je sais apprécier la beauté sous toutes ses formes. J'ai beau penser que le célibat imposé est anachronique à notre époque et empêche de nombreux hommes de devenir prêtres, j'ai fait moi-même ce vœu, et je pense que je dois y rester fidèle.

Dengler fut visiblement inspiré par la réponse de Michael.

– Tu es plus fort que moi, Michael. Tu m'impressionnes. J'apprécie ta candeur. Mais dis-moi, ajouta-t-il en changeant rapidement de sujet. Est-ce que tu as prévu d'aller à la *Festa de Noantri*, ce week-end ? C'est l'une des plus vieilles traditions de Rome, et mes parents ont insisté pour que j'y assiste et leur envoie des photos. Tu es le bienvenu, si tu veux.

– Je n'en avais pas entendu parler, répondit Michael.

– C'est un hommage à la Vierge, avec un défilé qui transporte sa statue à l'église de San Crisogno. Des marchands ambulants, des danseurs et des musiciens se joignent au cortège.

– Ah oui, ça a l'air intéressant. Tu y vas seul ?

– Non, ma cousine Hana sera là, donc on a prévu d'y aller ensemble. Elle est journaliste pour *Le Monde*. Je pense que tu l'apprécieras, Michael. Comme toi, elle est brillante. Elle et son grand-père, mon grand-oncle Armand, arrivent ce soir.

Michael rit.

– Eh bien, tu me surestimes clairement, mais je serais ravi de rencontrer ta cousine et d'assister au spectacle avec vous.

– Le défilé commence à dix-huit heures samedi, à Trastevere, dit Dengler. On n'a qu'à se retrouver à dix-sept heures place Saint-Pierre. Mais pour le moment, ajouta-t-il en regardant l'horloge sur le mur, je suis de service à la grille. *Ciao*, Michael.

CHAPITRE

NEUF

Le Dassault Falcon 900 d'un blanc étincelant décolla en douceur de l'aéroport du Bourget, à Paris, à destination de l'aéroport de Rome-Ciampino, un vol confortable de deux heures.

– Désirez-vous une coupe de champagne, Monsieur le baron ? demanda le steward.

Armand de Saint-Clair leva les yeux en repliant les pages économiques du *Monde* sur ses cuisses.

– Oui, merci Frédéric.

– Et vous, mademoiselle Sinclair ? Je peux vous apporter quelque chose ?

Saint-Clair grimaça devant l'emploi anglicisé du nom de sa petite fille, comme chaque fois depuis qu'elle l'avait récemment adopté. Pour Hana, la raison était simple. Souvent, des occasions se présentaient à elle qui avaient moins à voir avec sa réussite personnelle qu'avec l'influence de la noblesse européenne dans laquelle elle était née. Pour elle, changer Saint-Clair en Sinclair pour des raisons professionnelles avait été un geste libérateur, l'affranchissant des liens profonds et historiques que sa famille entretenait avec divers évènements politiques de l'histoire et de la perception par ses pairs que sa naissance privilégiée lui offrait certains avantages.

— Non merci, Frédéric, rien pour l'instant, répondit-elle en notant la gêne de son grand-père.

Assise en face du vieil homme alors qu'ils étaient seuls dans la cabine spacieuse, à l'exception des membres de l'équipage, Hana était heureuse d'avoir son attention pour elle seule, ce qui était très rare. Alors qu'elle formulait ses pensées et cherchait le meilleur moyen de les présenter, elle regarda par le hublot tandis que le jet virait vers le sud-est, gagnant en altitude au-dessus de la Ville Lumière, l'ombre de la tour Eiffel s'étirant sous le soleil de cette fin d'après-midi.

— Le président Valois t'envoie le bonjour, grand-père, commença Hana. Tu savais que je l'avais vu hier ?

— Ah bon, ma chérie ? répondit Saint-Clair avec une touche de dérision dans la voix. Et penses-tu qu'un autre journaliste n'ayant pas ton nom de famille aurait eu le privilège d'obtenir un tel entretien ?

— Oh, je t'en prie, pépé, on ne va pas recommencer. Tu sais que je suis fière de ma famille ; mais il y a des fois où je trouve ce nom encombrant sur le plan professionnel. Je veux que ma réussite soit jugée pour elle-même, pas à cause d'une quelconque influence ou intimidation. Quant à mon parrain, poursuivit-elle d'un ton satisfait, il a toujours insisté pour que je le traite comme un membre de la famille, et c'est ce que je fais.

Saint-Clair soupira, conscient qu'il ne gagnerait pas cette dispute. Comme sa défunte mère, sa petite-fille était obstinée, et peu de choses pouvaient la faire changer d'avis une fois que ses ambitions étaient fixées.

— Alors, en quoi Pierre t'a-t-il été utile ? demanda-t-il.

Hana répondit en sortant le paquet de photos de sa serviette pour les poser sur ses cuisses, sous ses mains jointes.

— Je travaille sur une série d'articles étudiant l'étendue de la complicité de la France avec les nazis durant la guerre, et en particulier en ce qui concerne le pillage des capitaux juifs. La CIA américaine et le MI6 britannique ont récemment déclassifié des documents décrivant le rôle des autorités françaises dans l'arrestation de quelque treize mille Juifs français, dont quatre mille étaient des enfants, pépé, avant de les déporter à Auschwitz. Et ça, c'était seulement une rafle de deux jours à Paris, mais en tout, plus de soixante-seize mille Juifs français ont subi le même sort atroce.

Saint-Clair écouta attentivement, surpris par les chiffres récemment révélés, mais pas par les actions elles-mêmes, étant donné l'occupation de la France par les nazis et la collaboration du régime de Vichy.

– En parallèle, poursuivit-elle, environ quatre-vingt mille comptes bancaires français appartenant à des Juifs ont été gelés. Moins de trois mille des Juifs arrêtés ont survécu aux camps, et quant aux soixante-dix-sept mille comptes restants, les proches des juifs assassinés ont été incapables de récupérer les capitaux de leur famille, puisqu'ils ne pouvaient pas, pour des raisons évidentes, fournir les certificats de décès requis. Et, comme tu le sais, les Suisses n'ont guère été neutres dans ces actions, dit-elle d'un ton colérique en gigotant nerveusement sur son siège. Les banques allemandes ont fait en sorte de blanchir l'équivalent de milliards de dollars américains grâce à l'or qu'ils ont confisqué aux banques centrales des pays européens occupés, y compris des tonnes de plombages en or et de bijoux arrachés aux victimes de l'Holocauste. Le tout a de façon très commode voyagé jusqu'en Suisse, où les banques n'ont eu aucun scrupule à agir comme intermédiaires en proposant des prêts aux nazis en échange de l'or fondu. Ces « faveurs » ont permis de prolonger la guerre tout en confortant la Suisse dans son rôle de « capitale bancaire neutre ».

L'agitation d'Hana atteignait son paroxysme. Elle appuya sur le bouton d'appel.

– Frédéric, dit-elle lorsque le steward approcha. Je veux bien du champagne, à présent.

Saint-Clair resta assis en silence, scrutant le regard déterminé de sa petite-fille tandis qu'elle parlait.

– Hana, commença-t-il. Si je ne peux pas répondre des actions des autres, je tiens d'abord à t'assurer que la Banque suisse de Saint-Clair n'a effectué aucune transaction directe avec les banques allemandes compromises, ni indirecte au travers d'autres institutions suisses ou étrangères. Mon père et moi avons pris de grands risques afin d'éviter d'être complices des nazis, même face aux menaces de châtiment d'Hitler envers ceux qui refusaient de coopérer avec lui. C'était une époque dangereuse pour tout le monde, non seulement pour les Juifs et les autres groupes ciblés, mais aussi pour les gouvernements dans leur ensemble, ainsi que pour les entreprises dont les activités étaient utiles au Troisième Reich. La Suisse a payé un lourd tribut moral pour son simulacre de neutralité, un coût qui continue d'affecter la façon dont nous menons nos affaires aujourd'hui.

« Même le Vatican doit répondre de beaucoup de choses, poursuivit-il. Lorsque l'Allemagne commença à comprendre que la guerre touchait à sa fin, des membres haut placés du parti nazi cherchant à échapper aux poursuites ont versé la moitié de leurs capitaux, dont les biens qu'ils avaient dérobés à leurs victimes, à la Banque du Vatican en échange de la promesse qu'ils seraient protégés, échappant ainsi à l'arrestation et aux poursuites judiciaires. Je parle du centre névralgique des dirigeants nazis, des noms comme Adolph Eichmann, Klaus Barbie, Eduard Roschmann. Y compris le Dr Josef Mengele, « l'Ange de la Mort » d'Auschwitz. Le Vatican a procuré de nouvelles identités et des passeports à ces criminels et des dizaines d'autres, en plus de garantir leur fuite vers des endroits sûrs comme l'Argentine, le Brésil, l'Australie, et même les États-Unis. À part ceux qui se sont suicidés ou qui ont été jugés à Nuremberg, beaucoup des pires nazis ont échappé à la culpabilité pour les crimes indicibles qu'ils ont commis pendant cette horrible période.

Elle avait beau être au courant du silence apparent du pape

Pie XII sur la question de l'Holocauste durant et après la guerre, puisque la preuve des conséquences de ce silence avait été révélée au monde entier, Hana fut ravie d'apprendre ces nouveaux détails et elle les nota dans son petit carnet. Elle fit ensuite glisser les photos sur la table de réunion en bois de ronce.

– J'ai trouvé ces photos dans les archives de la BnF, à Paris. Comme toi et Pierre avez combattu ensemble dans le maquis, je me demandais si tu reconnaissais certains de ces hommes.

Saint-Clair prit les photos et les étudia attentivement tandis que les souvenirs de son combat dans la résistance française lui faisaient face. Lorsqu'il arriva à la troisième photo, il pointa son doigt sur un homme – grand avec un monosourcil caractéristique, des yeux hypnotiques, et un nez prononcé.

– Lui, dit-il. C'était le chef de notre groupe, un jeune homme vaillant qui se faisait appeler « Achille ».

La réaction d'Hana fut viscérale et son visage afficha un mélange de joie et de surprise.

– Tu connais son vrai nom, grand-père ? C'est justement l'homme que je cherche.

Saint-Clair hésita un instant avant de répondre.

– Je crains que non, ma chérie. Il était d'usage de ne jamais utiliser nos vrais noms par crainte que l'on soit arrêtés et interrogés. Mais pour autant que je sache, Achille a survécu à la guerre. Cela dit, je suis bien incapable de te dire où il peut être aujourd'hui.

Hana reprit la photo. C'était celle sur laquelle Pierre Valois s'était arrêté la veille. Elle scruta le visage d'Achille, le laissant imprégner sa mémoire.

Elle leva à nouveau la tête vers son grand-père.

– Pierre a regardé cette même photo et je suis sûre qu'Achille a attiré son attention quand il l'a reconnu, mais il a fait mine de ne rien savoir. Pourquoi a-t-il fait ça, à ton avis ?

La question laissa Saint-Clair indifférent et il agita la main comme pour la balayer.

– Peut-être que tous les visages lui ont été un peu familiers, mais pas suffisamment pour le mentionner. C'était il y a si longtemps, et je ne comprends pas bien pourquoi c'est important. Pourquoi tu t'intéresses à cet homme ?

– Dans mes recherches, je suis tombée sur de nombreuses références à Achille et aux actions qu'il a entreprises pour suivre la trace des capitaux juifs, tout en aidant à sauver de nombreuses vies. Comme beaucoup d'experts qui étudient cette époque, je pense que d'importantes réserves d'or sont encore à découvrir dans les banques françaises et suisses, qui devraient être rendues à leurs propriétaires légitimes. Ces fichiers déclassifiés le suggèrent, en tout cas, et je crois que nous pouvons participer à une enquête plus approfondie à ce sujet. Hélas, je ne suis pas seule dans cette quête, ajouta-t-elle. J'ai appris qu'un autre journaliste du *Figaro* menait ses propres investigations, je joue donc contre la montre. Je dois suivre toutes les pistes possibles pour être la première à révéler cette affaire. Et je dois le faire vite.

– Eh bien, garde à l'esprit que la Banque du Vatican est impliquée, également, dit Saint-Clair. Mais c'est un travail difficile qui t'attend, Hana. Si tu crois que les banques suisses vont être un défi, tu n'auras pas la moindre coopération de la part du Vatican. Tu risques d'être confrontée à un déni catégorique.

Son grand-père avait raison, bien sûr. Tout le monde savait que ces banques-là maintenaient une confidentialité totale au sujet de leurs affaires, et une journaliste était bien la dernière personne pour qui ils ouvriraient leurs registres. Quant à la Banque du Vatican, elle n'avait de compte à rendre à aucun autre gouvernement excepté le sien. Elle devait trouver un autre moyen.

Le reste du vol se déroula en silence : Saint-Clair se replongea dans la lecture de son journal et Hana réfléchit au travail qu'elle avait à mener au cours des prochains jours. Elle se cala contre le dossier en cuir et regarda par la fenêtre. *M'a-t-il dit la vérité concernant l'implication de notre famille ?* se demanda-t-elle, l'esprit rongé par le doute. *Toutes les banques ont cédé sous l'influence d'Hitler. Comment la sienne aurait-elle pu être épargnée ?*

Le jet entama bientôt sa descente et la vaste étendue de lumières indiqua leur arrivée imminente à Rome et, elle l'espérait, la réponse à certaines de ses questions.

Lorsque le jet se gara dans le hangar privé de l'aéroport Ciampino, une limousine papale, une Mercedes S500 blanche, les attendait. Son moteur tournait et son chauffeur était posté à côté de la portière ouverte. Armand de Saint-Clair et sa petite-fille sortirent de l'avion alors qu'un membre de l'équipage plaçait leurs valises dans le coffre du véhicule.

– Demain, mon rendez-vous avec Sa Sainteté ne devrait pas durer plus d'une heure, Hana, dit le baron alors qu'ils montaient en voiture. Tu veux que je t'envoie un texto quand j'aurai terminé ?

– Ne t'inquiète pas, Grand-Père. Je vais déjeuner avec Karl. Ça fait quelques semaines qu'il a rejoint la Garde suisse, et je suis sûre qu'on aura des tas de choses à se dire. Je lui passerai le bonjour de ta part.

CHAPITRE
DIX

Avec ses hautes arches de briques rouges, le plafond du Ristorante dei Musei ressemblait aux galeries du Vatican, sauf qu'il était rempli de clients bavardant autour des tables nappées de blanc et couvertes de mets. Des touristes, des locaux et des membres du clergé du monde entier venaient savourer la cuisine romaine traditionnelle dans ce restaurant qui n'était qu'à quelques pas de Saint-Pierre, juste au nord du mur du Vatican. Les effluves de pain sortant du four et de sauce tomate infusée au basilic et à l'ail frais accueillaient les passants et les clients jusqu'à l'autre côté de la rue.

Le père Michael Dominic et le cardinal Enrico Petrini étaient tous deux en tenue de ville afin de pouvoir discuter sans attirer l'attention ou être reconnus. Ils commandèrent tous deux le plat de pâtes du jour et partagèrent des *antipasti* et des *carciofini*, de petits artichauts violets qui poussaient à Rome et étaient servis couverts d'huile d'olive poivrée. Ils avaient également demandé une bouteille de Chianti Classico et Michael espérait qu'elle aiderait Petrini à accueillir de façon favorable la nouvelle qu'il s'apprêtait à lui annoncer. Si le brouhaha du restaurant rendait la conversation difficile, elle permettait en revanche d'éviter que les tables voisines ne les entendent aborder des sujets sensibles.

– Rico, commença Michael, je suis tombé sur quelque chose, et j'aimerais avoir votre avis sur la question. Mais d'abord, j'aimerais vous informer du contexte.

Il raconta à Petrini ce qui s'était passé dans la *Riserva* avec Mendoza, qu'il avait ramené à son appartement avant de retourner dans la chambre forte où il avait pris le temps de parcourir les documents de la boîte, ainsi que l'histoire de la table qui s'était cassée lorsqu'il était tombé dessus, lui permettant de découvrir le double fond et son contenu. Il sortit alors les photos des documents sur son téléphone et les montra à Petrini tout en expliquant la traduction qu'il en avait faite et ses brèves recherches sur Bérenger Saunière.

Le cardinal, suffisamment intrigué pour cesser de manger, remplit à nouveau leurs verres de vin avant de diriger son attention sur les images. Il les grossit afin de mieux inspecter les trouvailles de Michael.

– Ce sont des découvertes spectaculaires, Michael, en particulier le parchemin de Nostradamus. Assez rare, j'imagine. Les as-tu montrées à quelqu'un d'autre ?

– Non, seulement à vous, répondit Michael.

Petrini dévisagea son protégé.

– Eh bien, pour être honnête, ton audace me surprend un peu. La *Riserva* renferme les documents les plus sensibles du Vatican, et j'ose imaginer que son accès n'est pas restreint pour rien. As-tu pensé que cela faisait partie de tes responsabilités, ou as-tu été dominé par ta curiosité ?

Michael rougit de honte à être ainsi questionné.

– Je sais, Rico. J'ai très probablement abusé de ma position, en effet, mais j'ai remis les documents à leur place le lendemain. Et le frère Mendoza dit qu'il va me donner ma propre clé, alors…

Il ne termina pas sa phrase, suppliant le cardinal du regard.

Petrini but une gorgée de vin en réfléchissant.

– D'accord. Puisque tu me demandes mon avis, je vais te le donner. Je ne prétends pas savoir grand-chose des quatrains, mais ils méritent d'être étudiés de plus près, dit-il. En revanche, je connais un peu l'histoire de l'abbé Saunière et les mystères qui entourent Rennes-le-Château. Au-delà de ce que tu as lu à son sujet, les spéculations n'ont jamais manqué concernant ce qu'il aurait trouvé là-bas. Certains disent qu'il a découvert des documents faisant référence à l'emplacement du Saint Graal ou de l'Arche d'alliance, le prétendu trésor que les cathares ont caché pendant la Croisade des Albigeois. D'autres ont fait l'hypothèse que l'abbé avait trouvé le trésor des Templiers, ou même la tombe de Marie Madeleine et de ses enfants mérovingiens. De nombreux livres ont été écrits à ce sujet.

« Mais ce que tu tiens là, chuchota Petrini d'un ton enthousiaste, cette lettre écrite par Bérenger Saunière en personne exigeant un paiement au Vatican… ! Cela semble confirmer une des autres théories selon laquelle Saunière faisait chanter à l'Église en échange de sa promesse de taire une information pouvant nuire à l'institution. On prétend qu'il aurait acquis une grande fortune sans raison apparente ; il l'aurait utilisée pour restaurer sa chapelle, le presbytère, et d'autres bâtiments du village. Si c'est le cas, Michael, tu tiens peut-être quelque chose d'assez extraordinaire. Cela dit, ce pourrait également être une simple requête au pape pour qu'il poursuive sa dotation.

Nerveux, Michael reprit son téléphone et ferma l'application avant de le ranger dans sa poche.

– Que pensez-vous que je doive faire, Rico ?

– Eh bien je ne sais pas trop… admit Petrini, déstabilisé par ce qu'il venait de lire.

Il servit à nouveau du vin et planta sa fourchette dans ce qu'il lui restait de pâtes.

– Mais je connais quelqu'un, ici, qui connaît bien les légendes du Graal, et je ne serais pas surpris qu'il en sache bien plus que moi sur Nostradamus. C'est un universitaire respecté que l'on trouve habituellement aux Archives ; c'est quelqu'un de bien. Il s'appelle Simon Ginzberg. Je le connais depuis de nombreuses années, et tu peux lui faire confiance.

– Je l'ai rencontré aujourd'hui ! s'exclama Michael. On a parlé seulement quelques minutes, mais j'ai pensé que c'était un personnage fascinant, qui connaît très bien l'histoire, sans parler de son histoire personnelle.

La mine de Petrini s'assombrit et il baissa la voix pour se pencher à l'oreille de Michael.

– Michael, je préconise de faire extrêmement attention avec ces informations. Selon ce que Simon dira à propos de ce que ces documents représentent, il serait imprudent d'impliquer qui que ce soit d'autre, à ce stade.

Michael regarda Petrini dans les yeux en hochant la tête, saisi d'un vertige dû à l'excitation et accentué par les effets du Chianti.

Après avoir payé l'addition, ils marchèrent jusqu'à la porte Sainte-Anne, respirant le parfum de chèvrefeuille qui embaumait l'air chaud depuis les jardins du Vatican.

Tôt le lendemain matin, avant que le soleil ne soit complètement levé et que les touristes n'envahissent les rues de Rome, Michael Dominic et Karl Dengler se retrouvèrent sur la place Saint-Pierre pour un footing prévu depuis longtemps.

Grâce à l'entraînement rigoureux exigé par sa formation de Garde suisse, le grand soldat blond était en excellente condition physique, parfaitement capable de suivre le rythme de Michael, qui avait couru toute sa vie.

Leur parcours commença à l'Ospedale Santo Spirito, près de la place Saint-Pierre, puis ils montèrent au Castel Sant'Angelo, la forteresse pontificale cylindrique à l'est du Vatican. Dengler, de nature curieuse, avait de nombreuses questions pour le prêtre alors qu'ils couraient vers le nord-est, sur les berges du Tibre.

– Dis-moi, tu as déjà eu une petite amie, Michael ? Ou quelqu'un dont tu as été particulièrement proche ?

– J'avais quelqu'un avant d'entrer au séminaire, oui ; mais j'ai rompu, pour des raisons évidentes.

– Ce quelqu'un était une fille… ou un garçon ? demanda Dengler.

Souriant d'un air gêné, Michael tourna la tête vers son ami tandis qu'ils traversaient le fleuve sur le pont Cavour.

– C'était une fille.

– Est-ce que tu es déjà sorti avec un homme ? demanda Dengler d'un ton nerveux tout en évitant le regard de Michael.

– Eh bien, si on veut, admit Michael en hésitant. J'ai joué à la crosse, au lycée, et le capitaine de l'équipe et moi étions proches. Très proches. Je ne sais pas si je dirais que c'était pour expérimenter ou pas, mais on était jeunes et on n'avait pas de limites, à l'époque. Lui et moi avions tissé un lien très fort. Je n'ai jamais été aussi émotionnellement ou physiquement attiré par quelqu'un. Mais pour répondre à la question que tu me poses, si ma vie avait suivi un chemin différent, je dirais que je suis hétéro. Cela dit, ça n'a guère d'importance, maintenant.

Ils coururent en silence, rivalisant en gravissant les cent trente-huit marches de l'Escalier de la Trinité-des-Monts. Lorsqu'ils firent une pause pour reprendre leur souffle, Dengler en profita pour poursuivre leur conversation.

– Je n'ai jamais fait mon coming-out devant personne, Michael, déclara-t-il d'un ton hésitant, mais franc. Tu es le premier.

Michael regarda Dengler sous un jour nouveau, même s'il s'était attendu à l'aveu.

– Karl, je ne peux te dire combien je suis honoré que tu aies choisi de me le dire. Pour être honnête, je n'aurais jamais deviné que tu étais gay.

– Bon, ce n'est pas comme si j'étais un membre encarté de la mafia lavande ! répondit Dengler, faisant référence au célèbre « lobby gay » du Vatican. Le fait est que je ne suis encore sorti avec personne. J'aurais sans doute eu l'occasion quand j'étais dans l'armée, mais j'étais assez naïf à l'époque, et j'avais trop peur des conséquences. Maintenant j'ai vingt-cinq ans et je suis sans doute trop vieux !

– Crois-moi, Karl, dit Michael en riant, un homme comme toi n'aura aucun mal à trouver quelqu'un. Enfin, regarde-toi. Tu es plutôt un beau parti !

Dengler était pensif lorsqu'ils reprirent leur course en direction du Forum Romain et du Colisée, mais il sembla enfin trouver les mots.

– Si tu étais du même bord que moi, Michael, est-ce que tu me trouverais attirant ? demanda-t-il timidement.

Michael ralentit avant de s'arrêter. Debout devant les eaux ruisselantes de la fontaine de Trevi, il fixa tendrement le regard bleu et interrogateur de Dengler.

– Karl, commença-t-il d'une voix douce. Si les choses étaient différentes, je serais l'homme le plus chanceux d'Italie de t'avoir.

Il prit son ami dans les bras.

– Sache qu'il y a quelqu'un pour toi quelque part. Tu le trouveras.

Faisant de son mieux pour garder son calme tout en luttant contre ses émotions, Karl serra fort Michael contre lui.

– Allez, viens, reprit Michael joyeusement. Il nous reste encore quelques kilomètres. Je veux te montrer le Subure, mon quartier préféré de Rome.

CHAPITRE
ONZE

Simon Ginzberg était installé à sa place habituelle dans la salle de lecture Pie XI lorsque Michael l'aborda.

– Bonjour, Simon, dit-il en s'asseyant en face de lui. Avez-vous quelques minutes à m'accorder ?

– Michael ! Quel plaisir de vous revoir ! En quoi puis-je vous aider ?

Il n'y avait qu'une poignée d'usagers dans la salle, tous concentrés sur leur propre travail, et aucun n'était suffisamment près pour entendre leur conversation.

– J'ai dîné avec le cardinal Petrini, hier soir, chuchota Michael, et il a pensé que vous pourriez peut-être m'aider avec un sujet plutôt sensible.

Intrigué, Ginzberg posa son crayon et croisa les bras en s'appuyant contre le dossier de sa chaise.

– Petrini ? Eh bien, vous avez toute mon attention, à présent, dit-il. Comment connaissez-vous notre bon cardinal ?

– Eh bien, il est comme un père pour moi, depuis ma naissance. Ma mère était son employée de maison quand il était curé, à New York.

Le vieil homme dévisagea Michael, impressionné qu'il soit

aussi proche d'un de ceux qui étaient pressentis pour être le prochain souverain pontife.

– Continuez, le pressa-t-il.

Michael expliqua sa trouvaille de la même façon qu'il l'avait racontée à Petrini.

– Vous n'avez pas dû vous ennuyer, dit Ginzberg d'un ton de remontrance. Vous avez pris un sacré risque en sortant ces documents de la *Riserva*.

Michael leva les yeux au ciel.

– Oui, le cardinal Petrini a eu la même réaction. Mais c'est fait, à présent, et je ne peux plus revenir en arrière. Et puis, comme vous le verrez, les conséquences pourraient être retentissantes. En tant que chercheur vous-même, vous devriez comprendre, non ?

Ginzberg pencha la tête sur le côté en signe d'acquiescement.

– Eh bien, il est vrai que je comprends ce qui motive les hommes curieux comme nous. Donc, fini la culpabilisation. Montrez-moi ce que vous avez trouvé.

Michael afficha les photos sur son téléphone et le tendit à Ginzberg pour qu'il puisse les étudier.

– Elles sont trop petites pour que je puisse les examiner correctement. Vous ne les avez pas imprimées ? Peut-on sortir les originaux des Archives ?

Michael pâlit, rien qu'en y pensant.

– Je n'ai même pas dit à frère Mendoza que je les ai trouvés, et je les ai remis dès que possible dans leur boîte secrète. Le cardinal Petrini a insisté pour que je n'en parle qu'avec vous et vous ne devez en apprendre l'existence à personne.

– Je vous propose quelque chose, Michael. Seriez-vous d'accord pour mes les envoyer par email, afin que je les examine chez moi ? *Ça,* gronda-t-il avec un geste dédaigneux en direction du téléphone, ce n'est pas le meilleur moyen pour moi d'étudier quelque chose que vous considérez comme si important. Serait-ce possible ?

Ginzberg nota son adresse email sur une feuille et la glissa sur la table vers Michael.

Michael repensa à la mise en garde de Petrini, puis à ce qu'il lui avait dit sur Ginzberg. *Tu peux lui faire confiance.* Il entra l'adresse email dans son téléphone.

– Du moment que ça reste entre nous, acquiesça-t-il en fronçant les sourcils. Je ne sais pas encore ce que pourraient impliquer ces documents. Mais Petrini les a vus, et il m'a conseillé d'être discret.

– Fiston, je suis la discrétion incarnée lorsqu'il s'agit de questions historiques majeures, et surtout de découvertes non vérifiées. N'ayez crainte. Nous en reparlerons demain, lorsque j'aurai vu ce que vous avez trouvé.

DEPUIS LE BALCON de l'étage qui surplombait la salle de lecture, le cardinal Dante, les bras croisés, observait l'échange entre les deux hommes. Il était au courant des recherches que menait Ginzberg en ce moment – qui cherchaient à démontrer la culpabilité de l'Église, et de Pie XII en particulier, dans les atrocités de la Seconde Guerre mondiale. Le Secrétaire d'État ne serait guère ravi que le chercheur soit assisté dans ses recherches par l'un de ses propres archivistes. Il se promit de surveiller les activités de Michael de plus près.

CHAPITRE

DOUZE

L e téléphone de Michael Dominic vibra dans sa poche alors qu'il traversait le Subure en courant, le lendemain matin. C'était un SMS de Simon Ginzberg : **Retrouvez-moi au Pergamino à 08h.**

Parfait, se dit Michael. Il était à environ dix minutes du Pergamino Caffè, ce qui lui laissait le temps de reprendre son souffle et de se changer avant le rendez-vous.

En arrivant, Michael fut surpris de voir que Ginzberg était déjà là, installé à une table sur le trottoir, perdu dans ses pensées. Il commanda son *caffè freddo* habituel et se faufila parmi la foule de clients pour s'asseoir en face du vieil homme. La mine de Simon lui sembla grave et, d'une certaine façon, il semblait plus âgé que la veille.

– Eh bien, Michael, commença-t-il d'un ton pensif, Il est clair que vous avez déniché quelque chose d'une importance remarquable. Je n'ai pas beaucoup dormi cette nuit, après avoir lu ce que vous m'avez envoyé. Je ne sais pas trop par où commencer… Que savez-vous de Bérenger Saunière ?

– Pas grand-chose, en fait, en dehors du peu que j'ai lu sur Internet et de ce que le cardinal Petrini m'a dit lorsque l'on a dîné ensemble.

92

Les yeux rivés sur son café, Ginzberg prit une grande inspiration et se réinstalla sur sa chaise. Il ferma les yeux, comme pour se remémorer un souvenir, puis il expliqua ce qu'il savait du mystère qui entourait le petit village français et son abbé excentrique.

– Tout a commencé en juin 1885… commença-t-il.

Michael se pencha en avant et sirota son café glacé, écoutant attentivement le récit de Ginzberg.

PERCHÉE SUR UNE montagne escarpée de la région du Languedoc, entre Montségur et Carcassonne, se trouve la minuscule commune de Rennes-le-Château, un village méconnu, mais riche en histoire, qui se situe au pied des Pyrénées-Orientales.

Le premier jour de juin marqua l'arrivée de l'abbé Bérenger Saunière, le nouveau curé de l'église Sainte-Marie-Madeleine, un sanctuaire ancien consacré en 1059, mais dont les fondations wisigothes dataient du VIe siècle.

Mille ans d'intempéries et de guerres avaient fortement abîmé l'église délabrée, et le jeune prêtre ambitieux s'attela à un modeste projet de restauration qui s'étendrait sur plusieurs années. Avec l'aide de son assistante et femme de ménage de dix-huit ans, Marie Dénarnaud, Saunière commença à rénover et renforcer l'édifice là où celui-ci en avait le plus besoin, utilisant une partie du maigre revenu qu'il recevait – un salaire de soixante francs annuels, auxquels s'ajoutaient quelques petites donations – pour accomplir sa mission. La plupart des hommes de tout juste trente ans, surtout ceux possédant la jeunesse, les traits charmants et le physique athlétique de Bérenger Saunière, se seraient vite lassés de la vie provinciale qu'un poste aussi modeste leur offrait. Mais Saunière était né et avait grandi dans un village non loin de Rennes-le-Château, et il était heureux de consacrer sa vie à un projet aussi utile, dans le paysage familier de son enfance.

Au début de l'automne, Saunière entama la réfection de

l'autel de l'église, ce qui l'amena à retirer la pierre qui chevauchait deux piliers en marbre de l'époque wisigoth. Il fut surpris de découvrir que l'un des piliers était en partie creux et encore plus étonné lorsqu'il trouva plusieurs tubes en bois à l'intérieur, préservés grâce à des sceaux de cire. Après les avoir délicatement retirés, Saunière en sortit plusieurs rouleaux de parchemins et de papyrus anciens, mais ayant bien résisté au temps. Deux des manuscrits avaient quatre cents ans d'écart, l'un datant de 1244, l'autre de 1644. Tous deux dressaient une sorte d'arbre généalogique qui remontait à environ mille ans ou plus. Deux autres documents, apparemment rédigés à la fin du XVIIIe siècle par un abbé précédent, ressemblaient à une série de références sans queue ni tête, probablement des codes ou des messages cryptés.

Excité par ses découvertes, en mars 1892, Saunière apporta les documents aux autorités ecclésiastiques de Paris, qui le renvoyèrent à des spécialistes des textes anciens. Les trois semaines suivantes changèrent à jamais la vie de Bérenger de Saunière – du jour au lendemain.

Durant son bref séjour à Paris, le simple curé de village de Rennes-le-Château devint soudain une figure centrale parmi l'élite de la ville et sa célèbre sous-culture ésotérique. Il fut acclamé par certaines des plus grandes sommités de Paris, dont Claude Debussy, la chanteuse d'opéra Emma Calvé, et même le secrétaire d'État à la Culture.

On ne sait pas grand-chose de ces trois semaines à Paris, mais peu de temps après être rentré à Rennes-le-Château, Saunière se consacra à son projet de restauration avec une ferveur renouvelée – sauf qu'à présent, ses ressources semblaient illimitées. Il commença à dépenser de façon extravagante pour la réfection des routes du village, une nouvelle tour pour l'église, une maison somptueuse pour son assistante, madame Dénarnaud, des jardins extraordinaires, de la vaisselle en porcelaine importée, et bien plus encore.

Saunière entama une correspondance vigoureuse et troublante avec de nombreuses personnes en Europe, et il accueillit divers visiteurs notables dans son humble cure, dont l'archiduc Johann von Habsburg, cousin de l'empereur autrichien Franz Josef. Après sa visite, l'archiduc versa – sans raison apparente – d'importantes sommes d'argent sur le compte bancaire personnel de Saunière.

L'évêque local, alerté par la largesse inhabituelle de Saunière, demanda au prêtre qu'il justifie l'origine de sa nouvelle richesse, sans quoi celui-ci affronterait des accusations de corruption et il le suspendit temporairement de ses fonctions lorsqu'il refusa. Saunière écrivit immédiatement au Vatican et, étonnamment, il fut aussitôt innocenté et put retourner à sa paroisse.

Lorsqu'il mourut en 1917, Bérenger Saunière avait dépensé des dizaines de millions de francs pour reconstruire la modeste église et son village. Toutefois, son testament révéla qu'il était démuni. Juste avant sa mort, on apprit que Saunière avait légué tous ses biens à sa fidèle femme de ménage, Marie Dénarnaud.

Au cours des quarante années suivantes, Marie mena une vie calme, mais confortable, promettant qu'avant sa mort, elle révélerait un « secret » qui rendrait son détenteur non seulement riche, mais puissant – le secret que Bérenger Saunière détenait et qui avait fait de lui un homme exceptionnellement riche.

Cependant, en 1953, Marie subit un AVC foudroyant qui la laissa incapable de parler et d'écrire, et elle mourut quelques jours plus tard, emportant avec elle le secret de Rennes-le-Château…

— IL EST TOUT À FAIT possible, Michael, dit Ginzberg en concluant son récit, que votre lettre soit en rapport avec les fonds considérables que Saunière percevait de sources inconnues. Cela dit, penser qu'il faisait chanter le Vatican est inconcevable ! Il n'empêche que beaucoup ont essayé, au fil des années, de percer les secrets de l'abbé – apparemment sans succès – et je ne serais pas du tout surpris que des membres de l'Église soient impliqués.

Fasciné par l'histoire, Michael n'avait pas dit un mot. Or, des dizaines de questions lui accaparaient désormais l'esprit, surtout concernant les derniers propos de Ginzberg.

– Que voulez-vous dire par « beaucoup ont essayé de percer ses secrets » ? Qui, par exemple ?

– Les nazis, premièrement, répondit Ginzberg sans hésiter, comme s'il s'attendait à cette question. Beaucoup de hauts fonctionnaires du Troisième Reich étaient profondément impliqués dans les croyances occultes et toutes sortes de pratiques mystiques. Adolf Hitler lui-même pensait que les racines de la race suprême aryenne provenaient de la civilisation antique de l'Atlantide. Joseph Goebbels était fasciné par les prophéties de Nostradamus, convaincant même Hitler que l'astrologue mystique avait prédit la défaite des Britanniques dans leurs futurs projets de guerre. En 1943, le siège nazi à Berlin comptait même quelque trois mille cartomanciens qui planchaient sur les stratégies de déploiement des troupes, en fonction de ce que les cartes leur disaient des opérations alliées.

« Non seulement les Alliés étaient au courant, mais le MI6 de Grande-Bretagne embaucha des équipes d'astrologues pour établir le thème astral d'Hitler et soumettre des rapports au *War Office*, le ministère britannique de la Guerre de l'époque, prédisant la façon dont les astrologues du Führer devaient le conseiller en termes de stratégie. On pense même que Churchill ordonna que le penchant pour l'occulte des nazis soit maintenu secret, afin que les criminels apparaissant devant le tribunal de Nuremberg ne puissent être déclarés fous et donc irresponsables, ce qui leur aurait permis d'échapper aux poursuites.

Mais venons-en à présent à Heinrich Himmler, ajouta Ginzberg, le regard perdu dans le lointain. Himmler était lourdement investi dans un mélange particulier de pseudosciences et de sciences occultes. En tant qu'architecte de la Schutzstaffel, mieux connue sous le nom SS, Himmler avait accumulé des pouvoirs inimaginables, et en 1944, presque un million de soldats étaient placés sous ses ordres. Toutefois, c'est sa détermination à posséder le Saint Graal qui le fait entrer dans notre récit. En tant que médiéviste, Michael, vous connaissez l'Ordre du Temple et les cathares du sud de la France, n'est-ce pas ?

Michael hocha la tête en silence, fasciné par le récit de Ginzberg.

– Donc, reprit l'universitaire, au XIIIe siècle, la rumeur voulait que les cathares aient été en possession d'un immense trésor. Beaucoup pensaient qu'il s'agissait du Saint Graal, ou de richesses terrestres et d'un savoir mystique d'une importance religieuse majeure.

Il faut également préciser que les cathares attribuaient une grande importance à Marie Madeleine, en tout cas, plus grande que l'Église. Elle était une éminente passeuse de savoir en son temps, ce qui confortait la croyance des cathares selon laquelle les femmes pouvaient également être des guides spirituels. Et même s'ils vénéraient Jésus Christ, ils rejetaient en bloc la résurrection, pensant qu'il s'agissait plutôt d'une réincarnation. On peut supposer qu'ils n'adoptaient pas ces positions sans fondement.

« Lorsque les cathares furent décimés à la fin de la Croisade des Albigeois, au XIIIe siècle, plusieurs soldats-prêtres, ou *parfaits*, seraient descendus en secret de leur forteresse de Montségur, et le mythe veut qu'ils aient enfoui leur trésor dans l'une des nombreuses grottes de la région.

« En fait, poursuivit Ginzberg, la légende du Graal a même été associée aux nazis et à Rennes-le-Château, qui n'est qu'à cinquante kilomètres de Montségur. Le parti nazi avait une grande estime pour la discipline qui régnait au sein de l'ordre cathare : leur mode de vie sophistiqué, la rigueur de leur régime alimentaire et leurs prouesses physiques, leurs croyances gnostiques innovantes – tout cela faisait partie des objectifs et des aspirations nazis pour la race aryenne idéale.

« Durant l'occupation des nazis en France, le Reichsführer Heinrich Himmler envoya un jeune et ambitieux lieutenant SS du nom de Otto Rahn dans la région du Languedoc, dans une quête fiévreuse d'objets religieux, et en premier lieu le Saint Graal. Rahn était un historien compétent dont les écrits avaient été publiés, et il était profondément fasciné par la légende de *Parzival*, de Wolfram von Eschenbach. Il passa plusieurs années à explorer toute la région autour de ces deux villages clés. Les soldats nazis qui participèrent aux fouilles furent même logés à la Villa Béthanie, à Rennes-le-Château, la somptueuse demeure que Bérenger Saunière avait construite pour Marie Dénarnaud et où elle avait vécu de nombreuses années.

Michael était bouleversé par cette histoire riche et complexe, liée d'une façon ou d'une autre à la lettre toute simple qu'il avait trouvée. Il regarda sa montre.

– Simon, j'ai un milliard de questions à vous poser, mais le frère Mendoza doit me chercher. Aurez-vous du temps cet après-midi ? Je présume que vous serez à la salle de lecture ?

– Bien sûr, Michael ; pardonnez-moi d'avoir trop parlé. Oui, retrouvez-moi cet après-midi. J'ai encore quelques éléments à vous expliquer.

Les deux hommes se levèrent et se serrèrent la main. Michael entra dans le café pour récupérer sa soutane auprès de la signora Palazzolo, se changea et ressortit du café l'esprit frémissant de théories.

CHAPITRE
TREIZE

Lorsque Michael entra dans le bureau de Calvino Mendoza, le préfet perdait patience, debout à côté de sa chaise.

– Mais *où donc* étiez-vous, Miguel ? Je vous ai cherché toute la matinée !

– Je suis vraiment navré, Cal. Je suis tombé sur le Dr Ginzberg au Pergamino, après mon footing, et j'ai perdu la notion du temps tandis qu'on discutait autour d'un café. Cet homme a vraiment des histoires fascinantes à raconter.

– Oui, je n'en doute pas, rétorqua brusquement Mendoza d'un ton légèrement jaloux. Le cardinal Dante m'a interrogé à votre sujet ce matin, au fait. Il se demandait ce que vous maniganciez avec Ginzberg.

Michael grommela. *C'est quoi son problème, à ce type ?*

– On ne *manigance* rien du tout, Cal. On a simplement des centres d'intérêt communs. Alors, commença Michael en changeant de sujet, une main posée sur l'épaule du moine. Qu'est-ce que je peux faire pour vous, aujourd'hui ?

Mendoza rougit légèrement et esquissa un sourire narquois en secouant la tête.

– J'ai dit à Dante que vous faisiez quelque chose pour moi ce matin, et que je ne savais rien au sujet de vous et Ginzberg, ce qui est vrai. Ce n'est pas comme si nous devions pointer, après tout. Ah, en parlant de travail, je vous ai inscrit à la conférence sur les Études médiévales et de la Renaissance à Paris, la semaine prochaine. C'est une occasion à ne pas manquer dans votre spécialité et ils ont un atelier important sur la codicologie numérique, j'aimerais que vous y assistiez à ma place. J'ai déjà réservé votre billet de train, dit Mendoza en désignant les billets et la brochure de la conférence posés sur son bureau. Je présume que vous n'aviez rien prévu d'autre ?

– Pas du tout ! s'exclama Michael d'un ton enthousiaste, ravi de voyager.

– D'ici là, ajouta Mendoza en lui tendant une pile de formulaires de requêtes, voici les documents demandés par les usagers des salles de lecture Pio et Sisto. Ils les attendent.

Michael prit les formulaires, vérifia les emplacements des documents dans l'index, et s'attela à sa matinée de travail.

Lorsqu'il eut retiré et livré tous les documents requis par les visiteurs de la matinée, Michael retrouva Simon Ginzberg à sa place habituelle, dans la Salle de Lecture Pio.

– J'ai un peu de temps libre maintenant, Simon, si ça vous convient, dit-il en s'asseyant en face du chercheur.

– Bien sûr, Michael, répondit Ginzberg en écartant le document qu'il étudiait. Il y a encore deux informations que je voulais vous transmettre. J'ai oublié de vous dire que d'après les rumeurs, Otto Rahn, l'archéologue allemand, aurait découvert *quelque chose* d'importance dans le Languedoc, à Montségur ou à Rennes-le-Château. Mais personne n'a jamais su précisément ce qu'il avait trouvé en dehors de Heinrich Himmler.

« Peu de temps après, Rahn, qui était ouvertement homosexuel et n'a jamais complètement adhéré à la politique nazie, a été assigné comme garde à Dachau, en guise de punition. Oui, précisément le camp où mes parents et moi étions enfermés. Une coïncidence répugnante. Bref, arriva le moment où la Gestapo l'aborda pour lui « suggérer » de se suicider, a priori à cause de son comportement antinazi.

« Il est mort en 1939 ; on l'a trouvé congelé sur le flanc d'une montagne autrichienne. Si sa mort a été attribuée à un suicide, il est tout à fait possible qu'il ait été assassiné par les nazis afin qu'il n'ébruite pas ce qu'il avait découvert en France. Himmler était terriblement mystérieux au sujet de son musée d'objets de culte au château de Wewelsburg. C'est là que la découverte de Rahn aurait été conservée.

Les yeux chassieux de Ginzberg s'éclaircirent – à l'évidence, il ne croyait pas au suicide de Rahn.

– Je vous conseille de trouver une traduction du *Parzival* d'Eschenbach, Michael. Je me souviens d'y avoir lu la mention d'un « château inatteignable » qui pourrait bien faire référence à Montségur. Il se pourrait que vous y trouviez d'autres informations, étant donné que *Parzival* était l'une des motivations principales d'Otto Rahn, dit Ginzberg.

« Ensuite, concernant vos quatrains : ils sont très intrigants et, vous le verrez par vous-même, ils sont étonnants à plus d'un égard. Nostradamus composait des strophes cryptiques, ce qui poussait les gens de l'époque à croire que ses prophéties étaient le résultat d'un savoir ésotérique, que des pouvoirs suprêmes lui transmettaient. Et qui sait ? C'était peut-être le cas.

« Le fait est qu'il écrivait surtout en code pour éviter d'attirer l'attention de l'Église, qui l'aurait étiqueté comme sorcier ou hérétique, deux péchés qui l'auraient fait excommunier. Bref. Si je ne me trompe pas dans ma compréhension des quatrains que vous avez trouvés, ils contiennent des révélations surprenantes qui ne se sont peut-être pas encore produites.

Ginzberg avait imprimé l'email que Michael lui avait envoyé, un quatrain par page. Il plaça le premier devant lui.

Un fléau charnel fend le siège épiscopal,

Un ciel noir pleut à travers les frontières :
La tache du péché abondante,
Déchirant les fidèles qui gémissent.

L A VOIX du vieil homme n'était guère plus qu'un chuchotement tandis qu'il interrogeait Michael, le regard pétillant.

– Alors, Michael, est-ce que « fléau charnel » vous fait penser à quoi que ce soit, au cours des deux dernières décennies ?

Michael n'avait pas beaucoup repensé aux écrits de Nostradamus depuis qu'il avait trouvé le parchemin du XVIe siècle, mais il se concentra désormais sur les quatre lignes sous ses yeux, lisant chaque vers en silence. Le « siège épiscopal » était une référence claire à la juridiction du pape. Mais « fléau charnel » ?

Soudain, la réponse à la question de Ginzberg le frappa comme un éclair foudroyant – *les scandales d'abus sexuels qui ont publiquement secoué l'Église depuis les années 1990 !*

– Mon Dieu, je n'en reviens pas ! chuchota-t-il en retour. Ça me semble tellement limpide, maintenant ! En supposant que c'est l'interprétation juste…

– Bien sûr, répondit Ginzberg. Il n'y a aucun moyen d'en être vraiment *sûr*, on peut seulement formuler des hypothèses. Mais si l'on se fie à l'histoire pour juger de ses incroyables prédictions, nous avons peut-être sous les yeux une preuve supplémentaire de ses authentiques capacités de prescience. À présent, poursuivit-il, regardons le second quatrain.

D ANS LA TREIZIÈME année d'un siècle nouveau,
Le vicaire se retirera :
Et dans son ombre viendra
Un souverain d'argent.

· · ·

– Celui-ci m'a donné du fil à retordre, admit Ginzberg en enlevant ses lunettes pour les nettoyer avec un mouchoir en tissu, jusqu'à ce que je me concentre sur la dernière ligne. Vous vous souvenez bien sûr que le pape Benoît a pris sa retraite en 2013, ce qui serait ici « la treizième année d'un siècle nouveau » et « le vicaire se retirera ». Oui ? Eh bien, je n'arrivais pas à comprendre le quatrième vers, jusqu'à ce que je réalise qu'un « souverain d'argent » ne parlait peut-être pas du tout du métal ou d'une pièce de monnaie, ce qui était ma première impression. Alors, quand j'ai recherché les autres significations du mot en italien, et pris les autres facteurs en compte, un nouveau sens en a émergé.

Les mots se précipitaient désormais de la bouche de Ginzberg tandis qu'il essayait de décrire ses méthodes.

– Étymologiquement, « Argentina » n'est pas espagnol, mais italien, et signifie, dans sa forme masculine, *argentino*, « fait d'argent » ou « couleur argent ».

Ginzberg marqua une pause pour laisser Michael absorber ce détail, mais le jeune homme ne suivait pas.

– Quel est le rapport avec l'Argentine ? demanda-t-il.

— En premier lieu, réfléchis à ce qu'est un souverain, si ce n'est pas une pièce de monnaie ? le poussa Ginzberg.

— Un roi, ou le dirigeant d'un pays ?

– Eh bien, d'où vient notre pape actuel ?

– D'Argentine… *pas possible* ! cria presque Michael.

Les têtes se tournèrent vers lui pour voir d'où venait le raffut avant de se remettre au travail.

Ginzberg sourit, ravi que son camarade ait enfin compris.

Michael était secoué par ce que ça impliquait.

– Vous voulez dire que Nostradamus a prédit la retraite de Benoît *et* l'ascension de François au trône de Saint-Pierre ?!

– Si nous nous fions à nos interprétations, il semblerait que Nostradamus a su prédire deux faits historiques majeurs qui se sont produits au cours de notre vie, déclara-t-il d'un ton satisfait.

Michael dévisageait Ginzberg, éberlué par ces révélations.

– En revanche, ce dernier quatrain reste un mystère, même si j'ai mon idée de ce qu'il signifie.

Ginzberg posa la troisième et dernière page sur la table.

LA VÉRITÉ ALBIGEOISE EST INVOQUÉE,
Alors que le dernier berger de Rome s'enfuit :
La Mère sacrée rend son dernier souffle,
Le troupeau ère au crépuscule.

– « ALBIGEOISE » fait clairement référence aux cathares du sud de la France. Quant à leur « vérité », on peut supposer que cela fait référence à leur trésor perdu, qui n'est pas forcément une chose physique, souvenez-vous. D'aucuns ont suggéré que celui-ci pouvait être d'une importance spirituelle majeure, remarqua Ginzberg avant de désigner le second vers. Le « dernier berger de Rome » me semble être très précis ; une référence au dernier pape.

« Dans son livre datant de 1139, *La Prophétie des Papes*, saint Malachie, un archevêque irlandais du XIIe siècle, avait établi une série de prédictions basées sur une vision qu'il avait eue en se rendant à Rome, déclarant qu'on lui avait donné les noms des cent douze papes qui seraient élus à partir de ce jour-là, jusqu'au tout dernier pape qui dirigerait l'Église. Ses prophéties semblent avoir été assez justes jusqu'à Benoît XVI compris, qui était identifié comme le cent onzième pape. Donc, si son calcul est juste, François est soit actuellement le cent douzième pape, soit un autre viendra après lui : un pape identifié comme *Pierre le Romain*. La prédiction finale est un peu floue, sur ce point.

Ginzberg fouilla parmi ses documents pour montrer l'écrit de Malachie à Michael et le lui mit sous les yeux.

. . .

*D*ANS *LA* PERSÉCUTION *finale de l'Église romaine sacrée, trônera...
Pierre le Romain, qui guidera ses brebis au travers de nombreuses
tribulations, et lorsque ces choses prendront fin, la cité des sept collines
[Rome] sera détruite, et le terrible juge jugera son peuple. Fin.*

– C'EST la traduction de la prophétie de saint Malachie, dit
Ginzberg. Elle fait référence aux derniers jours de l'Église de
Rome et, de fait, à la fin du monde. Or, Nostradamus n'a pas pu
voir le travail de Malachie, étant donné qu'il n'a été publié qu'en
1595 et que votre document date de 1566. La coïncidence est
donc autre.

Ginzberg recula sur sa chaise et s'étira.

– La seule conclusion que je peux en tirer est que Malachie et
Nostradamus, deux prophètes, si l'on veut, ont prédit le même
évènement à partir d'éléments différents. Et dans le cas de
Nostradamus, il semble que ça ait un lien avec le trésor caché par
les cathares, quel qu'il soit.

« Le plus curieux à mes yeux, poursuivit-il, est que ces deux
documents aient été mis ensemble et gardés secrets dans ton
registre à double fond, alors qu'ils parlent a priori tous deux
d'évènements apocalyptiques. Saunière mentionne qu'il possède
une information vitale pour l'Église – ce qui renvoie aux évènements historiques s'étant produits dans sa région et sa proximité
géographique avec le trésor perdu des cathares. Puis, nous avons
le troisième quatrain de Nostradamus, ici, précédé de deux
autres qui semblent assez exacts. Ça donne à réfléchir, n'est-ce
pas ?

– En effet. Mais pourquoi pensez-vous qu'ils aient été cachés
ensemble ? demanda Michael. Qui aurait fait ça ?

– Eh bien, dit Ginzberg, ravi que Michael ait posé la question.
Il y a quelque quatre cents ans, on pense que l'un de tes prédécesseurs aux Archives secrètes, un archiviste extrêmement vigi-
lant du nom de Gonfalonieri, avait découvert de nombreux
documents provocateurs qui, d'après lui, aurait pu nuire à

l'Église ou l'embarrasser. Réticent à l'idée de les détruire étant donné leur importance historique, il aurait simplement rassemblé plusieurs documents et les aurait cachés ou intentionnellement perdus, afin qu'ils ne soient pas retrouvés facilement. Il est tout à fait possible que lui ou quelqu'un d'autre ait dissimulé le parchemin de Nostradamus dans ton registre, même si cela n'explique pas pourquoi la lettre de Saunière a été mise avec, puisqu'elle a été écrite plusieurs siècles plus tard.

« Ainsi, déclara Ginzberg en souriant, nous sommes face à une énigme classique, enveloppée d'un mystère et littéralement cachée dans une énigme. Il nous reste encore à savoir ce que Bérenger Saunière détenait qui poussait le Vatican à acheter son silence. Et j'espère que vous pourrez trouver des pistes à la Bibliothèque Nationale, à Paris, où les documents de Saunière ont été archivés.

Le visage de Michael s'illumina.

– Eh bien, je vais justement à Paris la semaine prochaine, pour une conférence à laquelle Mendoza m'a demandé d'assister.

– Fabuleux ! La BnF est un endroit merveilleux, Michael. Je regrette de ne pas pouvoir y aller avec vous, mais mon travail ici est trop urgent.

– Merci pour votre aide, j'apprécie énormément, dit Michael. Je suis sûr que l'on se reverra avant que je ne parte la semaine prochaine.

Lorsque Michael se leva de sa chaise et se tourna, il remarqua un grand prêtre maigrichon, debout derrière lui, à l'autre bout de la salle de lecture, ses longs bras joints dans le dos. L'homme avait les yeux rivés sur lui, mais il évita rapidement son regard en baissant la tête, puis il tourna les talons et disparut par la porte qui menait aux Jardins du Vatican.

QUATORZE

Le cardinal Fabrizio Dante était assis derrière un imposant bureau en noyer toscan du XIXe siècle, placé au centre de son cabinet opulent situé au quatrième étage du Palais du Saint-Office, dont les fenêtres donnaient sur le dôme de la basilique Saint-Pierre. Une immense tapisserie illustrant une session de l'ancien Sénat romain pendait sur le mur derrière lui. Son bureau au revêtement en cuir bordeaux était vide, à l'exception de quelques objets personnels et d'un cendrier en verre de Murano couleur ambre, placé dans l'angle.

Face à lui, sur un fauteuil aux allures de trône réservé aux invités, était assis un grand prêtre maigre, dont les bras grêles étaient croisés devant lui, une cigarette coincée entre les doigts osseux de sa main droite.

– Ils avaient une discussion plutôt animée, Éminence, dit le père Bruno Vannucci, dont le zézaiement prononcé résonnait contre le haut plafond de la pièce.

Il tapota sa cendre dans le bol en verre.

– Je n'ai pas tout entendu, poursuivit-il, mais j'ai saisi quelques noms : Nostradamus, l'auteur allemand Otto Rahn, et je crois les avoir entendu parler d'un lieu qui s'appelle Rainy Château, ou quelque chose comme ça.

– Rennes-le-Château ? demanda Dante en haussant un sourcil.

– Oui, c'est possible. Le père Dominic semblait très excité par ce que le Dr Ginzberg lui disait. Ça semblait être en lien avec des documents qu'ils examinaient. J'ai eu du mal à comprendre quoi que ce soit d'autre. Ah, et Dominic a dit qu'il allait à Paris la semaine prochaine.

– Je vois. Bien. Merci, père Vannucci, répondit Dante en tendant au prêtre un bout de papier. Voici mon numéro de portable personnel. Écrivez-moi si vous voyez ou entendez quoi que ce soit d'autre.

– Bien sûr, Votre Éminence. Y aura-t-il autre chose ?

– Non, ce sera tout, rétorqua Dante en lui faisant signe de sortir.

Vannucci écrasa sa cigarette dans le cendrier, agita la main pour disperser les dernières volutes de fumée, et esquissa un sourire nerveux à l'intention du cardinal en tournant les talons pour partir, refermant doucement la porte derrière lui.

Dante empoigna le combiné de son téléphone, composa un numéro à treize chiffres, et se cala dans son fauteuil.

– *Gović*, répondit une voix avec un accent slave prononcé.

– Petrov, j'aurai peut-être besoin de vos services. Pouvez-vous être à Paris la semaine prochaine ? Bien. Je vous recontacterai.

CHAPITRE

QUINZE

Les cloches tonitruantes de la place Saint-Pierre venaient de sonner cinq heures lorsque Michael Dominic repéra Karl Dengler, assis sous les colonnes du Bernin, en pleine discussion animée avec une belle jeune femme à ses côtés sur les marches de la basilique. Voyant son ami approcher, Dengler agita le bras et lui et la jeune femme se levèrent.

– *Ciao*, Michael ! dit Dengler avec un large sourire. Voici ma cousine, Hana Sinclair. Hana, je te présente le père Michael Dominic.

– C'est un plaisir de vous rencontrer, père Michael, dit Hana tandis qu'ils se serraient la main.

– Je vous en prie, appelez-moi Michael quand je suis en jean. En vous pouvez me tutoyer.

Hana rit en le toisant du regard.

– Très bien, mais seulement si tu me tutoies en retour. Dis, j'imagine qu'on te dit souvent ça, et j'espère ne pas te manquer de respect en le disant, mais à l'école, on avait un surnom spécial pour les beaux prêtres comme toi : « Père – »

– « Quel-Gâchis » ? termina Michael en levant les yeux au ciel. Ouais, je connais.

109

Hana et Dengler rirent et Michael rougit, se redressa et se passa la main dans les cheveux.

– Croyez-moi, c'est plus un fardeau qu'une bénédiction, déclara-t-il.

Forçant la foule de touristes sur la place Saint-Pierre à s'écarter, Dengler ouvrit la voie et ils se dirigèrent tous trois vers le quartier de Trastevere. La chaleur de cette fin d'après-midi était plutôt agréable et, en marchant à l'ombre des arbres qui bordaient le Tibre, Hana et Michael poursuivirent leurs présentations tandis que Dengler s'activait avec son appareil photo, immortalisant à peu près tout ce qu'il voyait. Lorsqu'ils rejoignirent la foule de spectateurs, Hana expliqua au prêtre les origines du festival.

La *Festa de Noantri, annuelle,* remontait à 1535, lorsque des pêcheurs locaux avaient découvert une statue en cèdre de la Vierge Marie dans les eaux du Tibre, pendant une tempête féroce. Ils firent don de la statue à l'église Sant'Agata, où elle est vénérée tout au long de l'année, et n'en sort que pour ces évènements du mois de juillet. Vêtue de voiles blancs, la statue de la Madonna Fiumarola est emmenée par un cortège de porteurs d'église en église sur le chemin de la procession, puis par un bateau sur la rivière, où une petite flottille de vaisseaux joue une reconstitution de sa découverte.

– Le meilleur endroit pour voir le cortège sur la rivière, expliqua Hana, est depuis le *Ponte Sisto*, un ancien pont pédestre qui traverse le Tibre. Il y a de nombreux restaurants à proximité ; on pourrait peut-être manger un bout, après.

Des hordes de locaux et de touristes avaient déjà commencé à se rassembler sur le pont Sisto lorsqu'ils y arrivèrent. Habitué à gérer des hordes de gens, Karl Dengler les précéda et se fraya un passage jusqu'à un emplacement au milieu du pont, côté sud, où ils se postèrent pour assister à la cérémonie.

Dissimulé dans la foule, le père Bruno Vannucci, vêtu en civil et coiffé d'une casquette aux couleurs de l'AS Rome, les avait discrètement suivis depuis la place Saint-Pierre, restant suffisamment près pour entendre leur conversation sans être repéré.

– Tu sembles en savoir beaucoup sur la culture romaine, Hana, dit Michael. Tu as passé beaucoup de temps, ici ?

– Je suis née et j'ai grandi en Suisse, mais j'ai vécu ici pendant cinq ans quand j'étais à l'internat de l'école St Stephen. Ensuite, mon grand-père a été le conseiller officieux de plusieurs papes au fil des ans, et je me suis souvent jointe à lui lors de ses voyages à Rome. Mais, actuellement, mon travail me retient surtout à Paris. D'ailleurs, j'y retourne la semaine prochaine pour faire des recherches à la bibliothèque Richelieu.

– Quelle coïncidence ! s'exclama Michael. Je vais à Paris en train la semaine prochaine pour une conférence au Park Hyatt Paris-Vendôme. Et j'ai moi aussi des recherches à faire à la BnF.

Hana y réfléchit un instant.

– Écoute, Michael, que dirais-tu d'aller à Paris avec moi dans notre avion ? Ce sera beaucoup mieux qu'un voyage en train de douze heures, et ça me ferait plaisir d'avoir de la compagnie. Mon grand-père va à Castel Gandolfo avec Sa Sainteté la semaine prochaine, donc il n'aura pas besoin du jet.

– Tu as ton propre *jet* ?! s'étonna-t-il, clairement impressionné.

– Eh bien, c'est celui de sa banque, mais ça ne le dérangera pas qu'on l'utilise pendant son absence.

– Ce serait *génial* ! J'accepte avec plaisir, merci.

Une flottille de bateaux colorés se dirigeait vers le pont, menée par la péniche transportant la Madonna Fiumarola, que Dengler ne manqua pas d'immortaliser. Se tournant vers Hana, Michael lui demanda si elle savait quelque chose d'un petit village nommé Rennes-le-Château.

– Eh bien oui, en fait. Nous avons une très grande famille, dispersée un peu partout en Europe. Mon arrière-grand-mère vivait près de Rennes-le-Château, dans la cité médiévale de Carcassonne, et je lui ai souvent rendu visite quand j'étais petite. Cette région de France est très chargée en histoire et de nombreux mystères entourent Rennes-le-Château. J'ai plus ou moins grandi avec ces légendes.

– Alors tu dois connaître Bérenger Saunière ! s'exclama Michael.

– Bien sûr. Saunière génère pratiquement toute l'industrie touristique à lui seul. Pourquoi ?

Michael se demanda un instant s'il devait révéler à Hana le contenu de la lettre de l'abbé et l'analyse qu'en avait faite Ginzberg.

– Et si je t'en disais davantage pendant le trajet vers Paris ? Le sujet est un peu sensible, donc ce doit être officieux. Ça te va ?

– Bien sûr, Michael, ça restera confidentiel. Si un universitaire du Vatican de ton calibre fait des recherches sur Bérenger Saunière et que le sujet est délicat, eh bien, ça m'intéresse.

Après avoir observé la parade pendant un long moment, Dengler, Hana et Michael marchèrent vers le centre-ville et s'installèrent dans une pizzeria non loin du pont Sisto.

Bruno Vannucci, craignant que Michael ne le reconnaisse dans une *trattoria* aussi petite, resta sur le pont, où il rédigea un message à l'intention de Dante, résumant ce qu'il avait vu et entendu. La poussée d'adrénaline liée à sa mission d'espionnage se dissipa et il se glissa dans un bar voisin, le Garbo, où il commanda une bière pour se rafraîchir avant de retourner au Vatican.

CHAPITRE
SEIZE

Petrov Gović, agent spécial de liaison croate, était dans son bureau au siège lyonnais d'Interpol, feuilletant une pile de notices bleues ciblant des citoyens serbes et croates impliqués dans des menaces terroristes potentielles au sujet desquelles l'agence avait été alertée. Différentes des notices rouges qui déclenchaient l'arrestation de certains individus pour des crimes spécifiques, les notices bleues permettaient d'identifier et de localiser certains sujets, autorisant leur surveillance, quelle que soit la raison donnée par une nation membre du réseau, bien que cela soit généralement en lien avec une enquête criminelle.

Petrov sourit ironiquement en étudiant les rapports. Il frotta sans y penser la bague qu'il portait à son annulaire droit, lissant avec son pouce le crâne gravé sur la SS-Ehrenring modifiée – le mythique anneau à tête de mort. Façonnée de façon énigmatique avec une croix gammée stéganographique modifiée et des runes symboliques, la bague signifiait que son porteur était un fervent serviteur de l'une des organisations qu'Interpol cherchait justement à identifier par le biais de ses notices bleues.

Dans un rapport récemment publié, le Conseil de l'Europe avait exprimé son inquiétude au sujet d'imminents actes extrémistes provenant de groupes néo-fascistes liés à l'Oustacha, le gouvernement fantoche croate et ultranationaliste originellement formé avec les nazis pendant la Seconde Guerre mondiale. Si l'Oustacha avait prétendument été dissoute à la fin de la guerre, les autorités des états balkaniques s'inquiétaient – à raison – que le mouvement puisse surgir à nouveau.

L'Oustacha était considérée comme une organisation terroriste, comme le parti nazi. Durant la guerre, les Oustachis – de fervents catholiques romains – avaient persécuté des milliers de Juifs, de Serbes, de Roms et de Tsiganes afin de créer une Croatie racialement pure sous un régime de catholicisme imposé.

Les camps oustachis avaient compté jusqu'à sept cent mille prisonniers, dont la plupart avaient été sauvagement exterminés avec une brutalité qui avait choqué même les nazis.

Comme leurs alliés allemands, les Oustachis avaient pillé d'immenses quantités d'or et de fonds juifs et serbes, et la presse avait récemment révélé que les Oustachis avaient envoyé 200 millions de francs suisses directement au Vatican, sans doute avec la complicité du pape Pie XII.

Le Vatican avait en effet entretenu des relations diplomatiques avec l'Oustacha et, à la fin de la guerre, il avait permis la fuite de criminels de guerre nazis en lieu sûr, grâce à des filières clandestines organisées par des prêtres catholiques, en particulier des membres de l'ordre franciscain.

Si la guerre était finie depuis longtemps, l'Oustacha maintenait des factions secrètes et clandestines un peu partout dans les Balkans et l'Amérique du Sud, cherchant encore à créer une nation fasciste et catholique idéale par le biais d'influences politiques et même – si besoin – par la purification ethnique.

À présent, l'un des objectifs principaux de Petrov Gović était d'établir des « camps d'entraînement de mercenaires » en Europe de l'Est et de l'Ouest ; une lueur d'espoir pour les jeunes activistes conservateurs déçus par les principes de démocratie libérale de l'Ouest. Cela faisait des années que la « Novi Oustacha » achetait des couvents abandonnés, des monastères et des vignobles en Italie, en France et en Allemagne, y aménageant des salles de classe et des camps d'entraînement – des écoles servant à forger l'esprit d'une nouvelle génération de dirigeants catholiques d'extrême droite qui adhéraient à la vision du monde de l'Oustacha.

Le père de Petrov, Miroslav Govič, avait été maréchal dans la milice oustachie pendant la Seconde Guerre mondiale, mais grâce à l'intervention efficace de sympathisants oustachis en charge des dossiers officiels du personnel, rien ne liait Petrov à la nouvelle Oustacha. Rien, excepté l'Ehrenring secrète que seuls les membres de l'organisation connaissaient. En tant que dirigeant régional de la Novi Oustacha France, Petrov Govič distribuait des bagues similaires au compatriotes qu'il commandait. Et les adhésions augmentaient.

Le poste unique de Petrov Govič à Interpol était le moyen parfait pour lui d'étudier les listes de recrues fascistes qualifiées et de leur proposer d'adhérer à l'Oustacha, après que les autres agences internationales membres d'Interpol avaient identifié les sympathisants d'extrême droite – les servant sans le savoir à Petrov sur un plateau d'argent.

Triant les notices bleues, Govič plaça les candidats croates sur une pile et tous les citoyens serbes sur une autre. Les noms et les adresses des Croates seraient transmis à son lieutenant en charge du recrutement, Roko Sirola, comme conscrits potentiels, et leurs notices bleues seraient rétrogradées au rang de simples demandes de renseignement. Les notices serbes resteraient bleues et en vigueur. Celles-là n'étaient pas son problème.

Accroissant ses activités secrètes en lien avec l'Oustacha, Petrov Govič fournissait également des services mercenaires particuliers à des clients triés sur le volet, dont l'influence pouvait lui être utile dans sa mission nationaliste. Parmi ceux-ci se trouvait le Secrétaire d'État du Vatican. En contrepartie de l'aide personnelle et discrète de Govič, le cardinal Fabrizio Dante lui proposait de l'argent ainsi que d'autres services confidentiels offerts par la Banque du Vatican, tel un accès limité aux réserves en or de comptes dormant depuis longtemps – des comptes directement liés à d'anciens membres oustachis et datant de la Seconde Guerre mondiale. C'était l'arrangement idéal, sur lequel les deux hommes comptaient de façon régulière.

La mission que Dante lui avait assignée cette semaine semblait plutôt simple. Gović commença par se connecter au terminal ECHELON d'Interpol, accédant ainsi à la base de données nominative afin de placer des directives visant à l'interception des emails de Michael Dominic, Hana Sinclair et Simon Ginzberg, dont les coordonnées lui avaient été transmises par le cardinal. L'interception désormais mise en place, Gović recevrait une notification par SMS dès qu'un message serait envoyé ou reçu via Internet par l'un des trois sujets.

Dante ayant insisté, Mendoza lui avait fourni le programme de Michael à Paris, qu'il avait ensuite fourni à Gović. Ce dernier se tourna maintenant vers l'écran de son ordinateur, se connecta au site de la SNCF et réserva un siège en première classe sur le TGV Lyon-Paris pour la semaine suivante.

Il réserva ensuite une chambre au Park Hyatt Paris-Vendôme.

CHAPITRE

DIX-SEPT

Michael Dominic venait de s'asseoir sur le siège en cuir du Dassault Falcon lorsqu'un steward approcha pour lui proposer une coupe de champagne avant le décollage. Michael commanda plutôt un café.

– J'ai du mal à me faire à l'idée que des gens vivent ainsi, dit-il à Hana tandis qu'elle s'asseyait en face de lui, une flûte de champagne à la main.

– Mon grand-père voyage beaucoup, répondit-elle. Comme de nombreux individus très fortunés, il a besoin de scrupuleusement maîtriser le temps, et l'avion, en ce sens, est parfait. Mais aujourd'hui, pendant qu'il s'encanaille avec le pape, ça nous rend bien service !

Hana sourit en appuyant sur le bouton pour incliner son siège en arrière.

– Maintenant, père Michael, commença-t-elle timidement, parle-moi un peu de ton intérêt pour Bérenger Saunière. Qu'est-ce que tu manigances ?

Même s'il avait encore des doutes quant aux conséquences qui en découleraient, Michael avait décidé qu'il pouvait faire confiance à Hana en lui parlant de sa découverte. La journaliste n'était pas sans influence et ses contacts hauts placés pourraient lui être utiles. Toutefois, il tenait à ce que seul un petit nombre de personnes soit au courant.

— Ce que je m'apprête à te dire, Hana, pourrait avoir de profondes implications, que je ne connais pas encore moi-même. Je dois donc exiger que cela reste entre toi et moi.

— Tu as ma parole, promit Hana en levant trois doigts, à la manière des scouts lorsqu'ils prêtent serment.

Le jet décolla de l'aéroport Rome-Ciampino pour se diriger vers Paris et Michael prit une grande inspiration avant de raconter ce qu'il avait trouvé sur Bérenger Saunière et les quatrains de Nostradamus.

— Je comprends pourquoi tout ça peut être dérangeant, Michael, en particulier pour toi, admit Hana d'un ton sérieux tandis que son instinct de journaliste d'investigation était en état d'alerte. Je ne sais pas grand-chose de Nostradamus, mais son héritage me fascine et j'ai hâte d'en savoir plus. Quant à Rennes-le-Château, poursuivit-elle, d'autres ont passé des années à essayer de trouver le trésor de Saunière ou quelque chose qui expliquerait ce qu'il pouvait être. Je me demande si quelqu'un a repris le rôle de Saunière, depuis sa mort. Tu penses que le Vatican continue de verser de l'argent à quelqu'un ?

— Bonne question, dit Michael, intrigué. J'espère que nous en apprendrons davantage à la bibliothèque. Simon m'a dit que les documents de Saunière y étaient archivés. Mais dans ce cas, qui pourrait effectuer et *recevoir* des paiements pour ce type d'information ?

L'idée même qu'une conspiration et un chantage se poursuivent ouvrait la porte à d'innombrables possibilités.

— Quitte à être en France, peut-être qu'on devrait aussi se rendre à Rennes-le-Château, proposa Hana. J'ai une tante qui habite près de là-bas, à Montazels. Elle est assez impliquée dans la communauté et elle pourrait connaître quelqu'un susceptible de nous aider. Il faudra prendre le train depuis Paris, mais ça ne prendra que quelques heures. Je l'appellerai, si tu veux.

– On trouvera le temps, confirma Michael. En dehors de mes recherches à la BnF, je dois me présenter à la conférence au Park Hyatt, mais ça ne prendra pas plus d'une demi-journée.

Hana étudia Michael d'un air inquiet.

– Es-tu certain de vouloir t'engager sur ce chemin, Michael ? Il pourrait ne mener à rien, bien sûr, cela reste une possibilité. Mais si c'est bien ce que tu soupçonnes, et j'aurais tendance à être d'accord avec toi sur le fait que tout ça n'est pas *rien*… ça implique que le Vatican est profondément compromis. Cela dit, pour être honnête, ce ne serait pas la première fois qu'il serait lié à un scandale.

– Tu fais référence à un scandale en particulier, ou tu dis ça de façon générale ? ironisa Michael en riant. Si ce n'est pas indiscret, sur quoi portent tes recherches, dans la semaine à venir ? Tu travailles sur un scoop ?

Hana décrivit brièvement le sujet sur lequel elle travaillait, expliquant la complicité de l'Église avec les nazis durant la Seconde Guerre mondiale et les capitaux juifs qui avaient transité par les banques françaises et suisses.

– Ah, eh bien voilà un scandale qui mérite d'être étudié ! Mais tu ne vas pas te faire d'amis au Vatican… Et, si ton grand-père est dans la banque, que pense-t-il de ton enquête ?

– Ah, ça, c'est une autre histoire, répondit Hana en secouant la tête. Nous avons nos différends, mais il m'a assuré que la banque familiale n'avait jamais travaillé avec les nazis. Mais pour revenir à ma question précédente : penses-tu que les risques que tu prends valent la récompense potentielle ? Je suis curieuse.

– Eh bien… je suis trop impliqué à présent pour laisser les choses telles qu'elles sont, répondit Michael. J'ai été formé à creuser les mystères de ce genre. S'il y a la moindre chance que Saunière ait été en possession de documents anciens, et qu'ils puissent encore être découverts, j'ai besoin d'en savoir plus. Je sais que ce n'est pas gagné, mais puisque l'on commence par là où tout a débuté, pourquoi ne pas suivre l'enquête pour voir où cela nous mène ?

Hana comprenait bien la situation de son nouvel ami, et elle appréciait sa détermination à venir à bout d'un problème – une détermination qu'elle partageait. Sa motivation et ses ambitions personnelles étaient similaires. *On fait une bonne équipe pour ce genre d'aventures*, pensa-t-elle.

Elle ouvrit son sac à main et en sortit son carnet d'adresses pour y chercher le numéro de sa tante à Montazels. Elle saisit le téléphone par satellite installé à côté de son fauteuil et composa le numéro. Pendant qu'elle parlait à sa tante, Michael se leva pour s'étirer, émerveillé par le train de vie des « un pour cent » tandis qu'il balayait du regard la cabine opulente.

– Tout est réglé, déclara Hana d'un ton enthousiaste. Il s'avère que ma tante connaît la nièce de Marie Dénarnaud ! Elles appartiennent toutes les deux à l'Association des Jardins du Languedoc-Roussillon. Elle est assez âgée et vit quasiment en ermite, mais elle va faire en sorte qu'on puisse la rencontrer.

– Hana, je ne sais pas comment te remercier ! déclara Michael, tout excité. Ça va au-delà de mes attentes. J'espère seulement que nous ne nous méprenons pas.

– On ne peut plus reculer maintenant, Michael. La fête ne fait que commencer.

Ils avaient entamé leur descente et le pilote annonça qu'ils se poseraient bientôt à Paris. Hana et Michael se regardèrent d'un air exalté alors que le train d'atterrissage du Falcon se dépliait, puis ils attachèrent leurs ceintures, prêts pour l'aventure qui les attendait.

CHAPITRE

DIX-HUIT

La bibliothèque Richelieu, l'un des quatre lieux accueillant l'immense Bibliothèque nationale de France, est une structure néoclassique située au cœur du 2e arrondissement de Paris, au nord de l'opulent Palais-Royal. Construite au milieu du XVIIIe siècle, Richelieu abrite, entre autres, plus de 225 000 manuscrits datant du Moyen Âge, dont beaucoup furent pillés au Vatican durant l'invasion de Rome par Napoléon Ier en 1798.

Hana et Michael se présentèrent à l'accueil avec les autorisations de recherche obtenues auprès du ministère de la Culture, puis ils avancèrent dans la vaste salle de lecture Labrouste, un sublime atrium comportant seize piliers en fonte imitant des arbres et soutenant un réseau de dômes en terre cuite, de murs ornés de fresques représentant des nuages, des arbres et des écureuils qui observaient depuis leurs perchoirs les nombreuses rangées de tables de lecture recouvertes de cuir noir. Cinq étages au-dessus, des faîtières baignaient la pièce dans une lumière si naturelle que les visiteurs avaient l'impression d'être assis dehors.

Lorsqu'ils se présentèrent au guichet, ils furent accueillis par le conservateur en chef des manuscrits médiévaux, M. Bernard

121

Duchamp, qui prit leurs demandes de consultation de documents. Michael avait réclamé les papiers officiels de l'abbé Bérenger Saunière de Rennes-le-Château, les journaux de l'archéologue allemand Otto Rahn, ainsi qu'un des premiers exemplaires de *Parzival*, par Wolfram von Escenbach. Quant à Hana, elle avait choisi des archives photographiques de la Résistance française ainsi que des microfiches de l'énorme base de données Gallica pour des journaux datant d'entre 1943 et 1945 – tout ce qui mentionnait mot clé « maquis ». Elle utilisa son accès nouvellement obtenu aux Archives spéciales pour demander une série de documents précis provenant du Quai d'Orsay, le ministère des Affaires étrangères, en lien avec les enquêtes menées à propos de l'or juif dans le système bancaire français. Si ces documents n'étaient pas classés, ils étaient estampillés « confidentiels » et ne devaient pas être étudiés hors de leur contexte. Sans la permission du président Pierre Valois, le personnel de la Bibliothèque n'aurait pas permis à une journaliste de consulter de tels fichiers.

Les journaux d'Hana furent immédiatement accessibles au bureau des microfiches et elle s'y attela tandis que Michael restait dans la salle de lecture Labrouste avec sa première sélection – un codex en parchemin du XIIIe siècle du chevalier bavarois Wolfram von Eschenbach, relatant et illustrant la légende du Graal de *Parzival*, avec ses sublimes enluminures de couleurs vives et ses trois colonnes de texte rédigées en moyen haut allemand – un chef-d'œuvre de la littérature médiévale.

Le poème épique raconte l'histoire de Parzival, un jeune homme naïf élevé dans la forêt, coupé du monde et de ses coutumes. Il se lance dans une odyssée afin de devenir chevalier et obtient finalement une place à la Table ronde du roi Arthur. Après avoir effectué un long voyage et une quête spirituelle, Parzival revient à la cour et, ayant correctement répondu à une question fâcheuse, il est acclamé nouveau roi du Graal.

Parzival était considéré par beaucoup comme plus authentique qu'apocryphe, ayant traversé les siècles de façon orale.

D'ailleurs, les chercheurs avaient longtemps débattu pour savoir si le Saint Graal provenait en fait du trésor de Salomon, qui comportait un reliquaire – un ossuaire – saisi par le roi wisigoth Alaric en 410 de notre ère et qui aurait ensuite été déplacé de Rome jusqu'à Carcassonne, en Gaule.

Von Eschenbach décrivait également une grotte particulière dans le sud de la France, une allusion à l'endroit où l'on pourrait peut-être trouver le Graal. Bien que le poème épique fût composé de 25 000 lignes, Michael se souvenait de l'emplacement du passage recommandé par Ginzberg grâce à sa première lecture du texte à l'Institut pontifical – la mention d'un « château inatteignable » lui revint à l'esprit. Feuilletant le codex, il trouva enfin le passage en question et le traduisit rapidement dans son carnet :

En un pays lointain pour vous inaccessible,
  Est un noble château du nom de Montsalvat ;
  Un temple lumineux s'y trouve au beau milieu
  Rien sur terre ne peut égaler son éclat ;
  Là un vaisseau aux pouvoirs merveilleux
  Y est gardé, objet saint entre tous :
  Pour que les hommes veillent sur sa pureté,
  Il fut descendu là par une légion d'anges ;
  Une colombe vient du ciel chaque année
  Renouveler sa puissance miraculeuse :
  Il a nom le Graal – une foi infiniment pure
  Par sa vertu s'épand sur sa chevalerie.
  Et quiconque est élu pour servir le Graal
  Se voit armé d'une force surnaturelle,
  Devant lui tout mensonge, tout mal sont vains
  Pour qui le voit la nuit de la mort se dissipe.

* * *

Je comprends pourquoi Simon a pensé que Montsalvat pouvait être assimilé à Montségur, se dit Michael. Cela collerait à la théorie de nombreux chercheurs étudiant le Graal. Le « temple lumineux », « l'objet saint entre tous » pouvaient faire référence au trésor des cathares, et « sa chevalerie » voulait sans doute dire les cathares eux-mêmes. De nouvelles pièces du puzzle se rassemblaient.

M. Duchamp arriva avec les archives de Bérenger Saunière et Otto Rahn, qu'il posa sur la table. Ayant fini de consulter *Parzival* pour l'instant, Michael le rendit au conservateur et s'attaqua d'abord au dossier de Saunière.

Il était étonnamment léger ; il s'agissait essentiellement de registres administratifs et de baptêmes paroissiaux. Toutefois, un document se détachait du reste par ce qu'il révélait : le testament de Bérenger Saunière, daté d'avril 1912, cinq ans avant son décès.

Je soussigné Bérenger Saunière, prêtre, ancien curé de Rennes-le-Château, déclare que ce document est mon testament et qu'il stipule mes dernières volontés. Tout d'abord, je révoque par le présent document tout autre testament qui pourrait exister et être présenté.

Je lègue à Marie Dénarnaud, ma voisine, tous mes biens mobiliers et immobiliers. Je lui laisse l'ensemble des meubles, le linge et les ustensiles du presbytère, la Villa Béthanie ainsi que les dépendances. Je lui fais don de toutes les provisions de la maison, les vins, le bois, l'argent et les biens de valeur.

En conséquence, Marie Dénarnaud me remplacera dans la possession de tout ce qui m'appartient au moment de ma mort.

Je laisse tout ceci à Marie Dénarnaud sans qu'il ne soit besoin de fournir un inventaire, ce dont je souhaite la protéger à tout prix, en tant que seule et unique héritière.

Étant donné que Saunière avait tout légué à Marie Dénarnaud, il était tout à fait possible que sa nièce sache ce qu'était le supposé trésor, ou si sa tante Marie en avait reçu une partie, comme le voulait l'abbé. Il avait beau savoir qu'il ne devrait pas entretenir trop d'espoirs, Michael ne pouvait s'en empêcher. Il avait hâte de rencontrer la nièce un peu plus tard dans la semaine et était infiniment reconnaissant pour l'aide d'Hana, qu'il appréciait chaque jour un peu plus. Elle était une partenaire idéale dans cette quête.

Mettant Saunière de côté, Michael passa aux journaux d'Otto Rahn ; un récit fascinant de ses exploits à Montségur et à Rennes-le-Château, entre autres nombreux sites qu'il avait fouillés dans le Languedoc à la recherche du Graal.

Rahn était un historien talentueux et, lorsqu'il mourut à l'âge de 35 ans, il avait écrit deux livres : *Croisade contre le Graal* et *La Cour de Lucifer*, qui tous deux exploraient la légende du Graal et détaillaient le travail de toute une vie : sa quête du trésor mystique. Le chef des SS, Heinrich Himmler, avait nommé Rahn *Obersturmführer*, faisant de lui son enquêteur en chef pour tout ce qui avait trait aux sciences occultes, ce qui procurait au jeune lieutenant largement assez de temps et d'occasions pour mettre en œuvre sa vision, en plus de mettre à sa disposition les troupes SS dont il avait besoin pour accomplir sa mission.

Comme Ginzberg, Rahn pensait également que Montsalvat et Montségur, la forteresse cathare perchée dans les Pyrénées françaises, n'étaient qu'un seul et même endroit. Son journal contenait une longue argumentation expliquant pourquoi il était certain que les cathares avaient été les derniers à posséder le Graal, et que celui-ci avait « disparu » avec eux à la fin de la Croisade des Albigeois, lorsque les derniers cathares avaient été envoyés au bûcher sur ordre du pape. Toutefois, même Rahn ne savait pas sous quelle forme le Graal se présentait : était-ce le calice de la Cène ? La lance de Longin qui avait percé le flanc droit de Jésus lorsqu'il était sur la croix ? Ou était-ce une sorte de relique spirituelle qui garantissait la jeunesse éternelle ? Les légendes étaient nombreuses et variées.

Attablé face aux documents, Michael laissa son imagination

s'égarer jusqu'au XIIe siècle, son époque préférée de l'histoire, en particulier les tribulations de l'un des mouvements les plus fascinants du renouveau gnostique, le catharisme. Violemment persécutés par l'Église catholique romaine, les cathares pratiquaient un culte paisible aux principes marqués et avaient élu domicile dans le sud de la France. Ils épousaient deux divinités opposées éternellement en conflit : *Amor*, qui représentait le dieu du Bien dans le Nouveau Testament et était le créateur de toutes choses spirituelles, et Roma, le dieu Maléfique de l'Ancien Testament, qui avait créé le Monde physique et toutes les choses matérielles. Lorsque le mouvement cathare se mit à grossir, l'Église romaine – dont le dogme ne permettait qu'un seul dieu – perçut les cathares comme des parias hérétiques qui devaient être détruits, d'autant plus que la théologie cathare se répandait comme un feu de forêt à travers le Languedoc, menaçant la mainmise de l'Église sur son troupeau d'ouailles obéissantes.

Encore une grave tragédie de l'Église, songea Michael. Ce genre de pensée le poussait à se demander pourquoi il avait choisi la prêtrise. Après tout, ce n'était pas comme s'il était fier de l'héritage institutionnel de son employeur – ça, c'était une évidence. L'on pouvait arguer que ces évènements avaient eu lieu il y a bien longtemps et sous l'égide de dirigeants déplorables... Cependant, on ne pouvait nier que des décisions politiques similaires continuaient d'être prises – dans un contexte plus moderne. En dépit de l'importance historique qu'il avait eu pendant deux mille ans ainsi que de l'abondance de ses trésors – dont Michael avait désormais la charge ! – le Vatican lui-même était encore gouverné par des forces aux intentions souvent maléfiques et dont le carriérisme flagrant était le passe-temps préféré de tous les membres, quel que soit leur statut.

Michael savait qu'il ne devrait pas poursuivre cette réflexion ; pas maintenant. Il lui fallait rester concentré sur la tâche présente et exigeante qui l'attendait. Il se sentit reconnaissant d'être éloigné et détaché des interminables machinations politiques de ceux qui étaient au-dessus de son modeste poste de *scrittore*. Il se pencha à nouveau sur Otto Rahn et sa quête du Saint Graal.

– Michael !

Michael leva la tête et découvrit Hana à ses côtés, le visage resplendissant de joie – un bol d'air frais après les cheminements lugubres de sa pensée.

– Tu ne devineras jamais ce que j'ai trouvé ! s'exclama-t-elle en lui tendant une vieille photographie sépia rangée dans une pochette plastifiée. Tu sais combien j'aime les énigmes. Regarde ces deux hommes…

Elle pointa du doigt deux individus qui se tenaient côte à côte dans une rangée de six hommes, devant un char de la cavalerie française S35 couvert de peinture de camouflage.

– Qui c'est ? demanda-t-il.

– Celui de droite est simplement nommé « Achille » ; c'est le chef d'un groupe de maquisards dont j'essaie de retrouver la trace. Le trouver m'a fait un choc, pour être honnête. C'est comme chercher une aiguille dans une botte de foin. Mais j'ai été encore plus surprise de reconnaître l'homme à ses côtés, poursuivit Hana en pointant son index sur l'homme de gauche, encore joufflu dans sa jeunesse, avec un front légèrement dégarni, des pommettes saillantes et des yeux clairement reconnaissables.

– Je ne le connais pas. Qui c'est ? demanda Michael.

– Ça, c'est mon parrain… Pierre Valois. Le président français.

DIX-NEUF

À quelques sièges de celui de Michael Dominic, sous les hautes voûtes de la salle Labrouste, un homme tourna la page du *Figaro* qui, grâce à ses grandes pages, le dissimulait à la vue de la femme qui s'apprêtait à s'installer avec le prêtre.

Petrov Gović se leva et s'éloigna discrètement avant de revenir s'asseoir à la table juste derrière celle de Michael. Plongeant la main dans la poche de sa veste de costume, il en sortit un iPhone, alluma le dictaphone et le posa à l'envers sur la table. Le micro n'était qu'à un mètre du couple derrière lui. Il se replongea ensuite dans la lecture de son journal.

— Valois m'a dit qu'il n'avait pas vu « Achille » dans une photo similaire lorsque je la lui ai montrée, donc soit il a menti, soit il cherchait à brouiller les pistes, dit Hana. Mais je ne comprends pas pourquoi. Mon grand-père l'a tout de suite reconnu.

— Peut-être que c'est simplement parce que c'était il y a long-temps. Il doit être assez âgé maintenant, non ? demanda Michael.

— C'est vrai, mais il ne serait pas le chef de la nation s'il n'avait pas toutes ses facultés mentales ou s'il était gâteux, répondit Hana, frustrée comme toujours lorsqu'elle était confrontée à la duplicité d'un proche. Tu as été chanceux dans tes recherches ?

– Je parlerais surtout d'heureux hasards, dit Michael d'un ton optimiste. Tout pointe vers Rennes-le-Château ou Montségur, d'une façon ou d'une autre.

Il décrivit ce qu'il avait trouvé dans les journaux d'Otto Rahn, la référence à la forteresse en montagne de *Parzival* et, enfin, sa joie d'avoir trouvé le testament de Bérenger Saunière.

– Il a tout légué à Marie Dénarnaud ! J'ai hâte de rencontrer sa nièce. Je regrette de devoir aller à cette conférence, maintenant, même si j'étais content, au départ. Je suis obsédé par le mystère de Saunière.

– Comme la longue liste de conspirationnistes avant toi… ricana Hana.

Michael éclata de rire avant de baisser la tête en rougissant, oubliant qu'il était dans une bibliothèque.

– J'attends encore les documents du Quai d'Orsay. Tu as vu la tête de Duchamp quand il a vu qui m'avait autorisé à accéder aux Archives spéciales ? Ils sont très scrupuleux, ils ne laissent pas n'importe qui les consulter. En parlant du loup…

M. Duchamp marchait vers eux, une chemise cartonnée à la main.

– Merci pour votre patience, mademoiselle, dit-il en lui tendant les documents. C'est tout ce que nous avons pu trouver concernant votre requête.

Hana prit la chemise, qui devait faire un centimètre et demi d'épaisseur, et remercia le conservateur pour son aide. Elle se rassit en face de Michael et se mit à parcourir les documents, ne sachant pas trop ce qu'elle cherchait, mais heureuse de pouvoir les consulter.

Plus tard, la nuque ankylosée, Hana regarda sa montre. Les longues heures passées dans la bibliothèque, à scruter l'écran des microfiches, l'avaient fatiguée. Elle étira ses bras et sa nuque, prit plusieurs grandes inspirations, et ajusta sa vue à la vision de loin, admirant la beauté des lieux et ses nombreux usagers concentrés dans leurs propres recherches.

C'est alors qu'elle remarqua l'homme assis derrière Michael qui lisait le journal. Elle l'avait vu arriver plus tôt, lorsqu'ils s'étaient installés, mais il avait alors été assis à l'autre bout de leur table – toujours avec le même journal. *C'est bizarre qu'il ait changé de place*, pensa-t-elle. *Et, était-ce le même journal ?* Elle était fatiguée. Ce n'était sans doute rien.

– Michael, je suis épuisée, dit-elle. Terminons ça demain matin, avant ta conférence à l'hôtel. Comme ça, pendant que tu seras là-bas, je continuerai mes recherches ici.

– Bonne idée. Ça te dirait de dîner ? demanda-t-il.

– On est à Paris ! Bien sûr qu'on va dîner, déclara-t-elle.

Ils rassemblèrent leurs documents et les déposèrent au guichet d'information, indiquant qu'ils reviendraient le lendemain matin pour terminer leur travail.

Ils se dirigeaient vers la sortie lorsqu'Hana regarda par-dessus son épaule en direction de la table où ils étaient assis. L'homme assis derrière Michael avait disparu.

CHAPITRE
VINGT

La salle de sport du Park Hyatt Paris-Vendôme était exceptionnellement bien équipée, comme il était de mise dans un des hôtels et centres de congrès les plus chics de Paris. Michael s'était réveillé tôt pour avoir le temps de se dépenser avant de rejoindre Hana pour le petit-déjeuner, mais il fut surpris de la trouver dans la salle de sport, grimpant avec vigueur un StairMaster, les cheveux attachés en queue de cheval, son corps svelte luisant de sueur. *Je comprends qu'elle soit en aussi bonne forme*, se dit-il, tempérant ses pensées.

Il saisit une serviette propre sur la pile près de la porte et choisit un tapis de course devant la machine d'Hana, puis il régla le chronomètre sur trente minutes et se lança.

— Notre train pour Montazels part à six heures du matin, donc on y arrivera en début d'après-midi, dit Hana en beurrant un croissant friable tandis que Michael buvait son café. Rennes-le-Château n'est qu'à trois kilomètres, donc on louera une voiture à la gare.

— Ta tante a pris contact avec la nièce de Marie ?

— Oui ! Elle s'appelle Élise Dénarnaud, et elle nous attend.

Elle a vécu toute sa vie à Rennes-le-Château, donc elle est particulièrement bien placée pour savoir tout ce qui s'y passe. J'ai transféré par email les détails de notre voyage à ma tante, pour qu'elle sache à quelle heure nous attendre.

Michael consulta la brochure de la conférence, étudiant le programme de la journée.

– J'ai trouvé presque tout ce que je voulais à la bibliothèque, donc je vais rester ici et assister à quelques conférences et ateliers pendant que tu finis ton travail là-bas. Ça te va ?

– Parfaitement, répondit Hana. Je n'en ai que pour quelques heures. Je te retrouverai ici. On pourra manger tôt et se coucher de bonne heure.

L'AIR MATINAL était chaud et humide lorsqu'Hana partit à la bibliothèque Richelieu à pied. Elle n'était qu'à une quinzaine de minutes et, tandis qu'elle admirait les vitrines de la rue Casanova, ses pensées se tournèrent vers Michael Dominic et l'homme doux qu'il était. Il était intelligent, plein d'esprit, d'un charme désarmant et d'une forme physique incroyable. *Qu'est-ce qui peut bien pousser un homme comme lui à devenir prêtre, bon sang ? Il pourrait avoir n'importe quelle femme – à moins qu'il ne préfère les hommes, bien sûr.* Toutefois, Hana n'avait pas cette impression et elle était plutôt douée pour repérer ce genre de chose.

Ça suffit, se réprimanda-t-elle. *Cet homme est intouchable.* Cela faisait longtemps qu'elle n'était pas sortie avec un homme, et encore moins quelqu'un avec qui elle se voyait passer sa vie. Comme son grand-père le lui rappelait sans cesse, elle était mariée à son travail. Or elle aimait son métier ; c'était ce qui la poussait à se lever le matin et attisait sa créativité.

Mais une femme pouvait rêver…

M. Duchamp était au bureau d'accueil lorsqu'Hana passa la porte de la bibliothèque. Elle signa la fiche et montra son autorisation, puis elle retira les documents qu'elle avait fait mettre de côté la veille avant de s'installer à l'une des longues tables, sous les voûtes lumineuses de la salle de lecture Labrouste.

Les documents étaient datés de 1949 à 1999 et étaient pour la plupart des rapports d'enquête officiels concernant trois des banques les plus prestigieuses de France, avant leur nationalisation après la guerre : la BNCI, le CNEP, et le Crédit Lyonnais. Les enquêtes faisaient état d'arrangements complexes avec d'autres banques en Europe et en Amérique du Nord ayant permis la saisie à tort de comptes et de contenus de coffres détenus par des clients juifs pendant l'occupation française. Parmi les banques américaines ciblées, les géants J.P. Morgan et Chase Manhattan étaient visés par des actions collectives en justice.

Hana feuilleta les rapports, cherchant des liens, des noms qui pourraient lui sauter aux yeux. Trop alambiqués pour les analyser en une seule lecture, elle prit son iPhone et scanna discrètement chaque page des rapports. Ne connaissant pas la politique de la bibliothèque à ce sujet, elle coupa le son ainsi que le flash, au cas où. Lorsqu'elle eut fini, elle retourna au guichet, rendit les documents et s'assit à l'un des postes informatiques situés contre le mur de la vaste salle.

Lorsqu'elle se tourna, Hana manqua de peu de percuter un homme à la forte carrure qui marchait vers la sortie – *l'homme qui était assis derrière Michael hier !* Elle le regarda droit dans les yeux, mais il fuit son regard, comme si elle n'existait pas. Il devait avoir la cinquantaine passée et ses traits sombres avaient un air slave, avec des cheveux noirs coupés en brosse, manifestement teints. Elle le suivit du regard tandis qu'il passait la porte avec la démarche confiante d'un homme habitué à ce qu'on s'écarte sur son passage.

Était-ce une coïncidence ? se demanda-t-elle.

DE RETOUR dans sa chambre au Park Hyatt, Petrov Gović consulta ses emails sur son ordinateur portable. Une copie de l'email d'Hana Sinclair l'attendait dans sa boîte de réception ; c'était celui qu'elle avait envoyé à sa tante et qu'ECHELON avait intercepté.

Il ouvrit le navigateur, se connecta au site de la SNCF, et réserva un siège en première classe pour Montazels. La journée allait être longue.

CHAPITRE

VINGT-ET-UN

Même à l'aube, la Gare Montparnasse grouillait de
touristes et de gens se rendant au travail, la plupart
tenant à la main leurs billets ou des gobelets Star-
bucks, beaucoup traînant leurs valises à roulettes tandis qu'ils
traversaient la foule en courant, essayant désespérément de ne
pas rater leur train. Hana expliqua à Michael que les TGV étaient
scrupuleusement à l'heure et que la SNCF avait désormais pour
politique de rembourser le billet de ses voyageurs si ses trains
avaient ne serait-ce que trente minutes de retard.

La jeune journaliste avait réservé deux chambres à la Maison
Beausoleil, une charmante chambre d'hôtes dans un village près
de Montazels, afin de ne pas déranger sa tante. Comme ils ne
prévoyaient d'y passer qu'une nuit, chacun avait pris un sac à
dos avec des vêtements de rechange, ainsi que des fruits, des
sachets de noix et des bouteilles d'eau pour le trajet en train de
sept heures. Ils avaient confié le reste de leurs affaires au
concierge de l'hôtel et les récupéreraient à leur retour à Paris.

Michael avait choisi des sièges face à face dans un carré,
séparés par une petite table. Il rangeait leurs sacs sur les racks
au-dessus de leurs têtes lorsque le train quitta la gare. Celui-ci
commençait à prendre de la vitesse lorsqu'ils s'installèrent pour

le long voyage, Michael avec *Croisade contre le Graal*, d'Otto Rahn, et Hana avec des mots-croisés.

– Alors comme ça, tu aimes les mots croisés ? lui demanda Michael.

– Je suis diablement douée pour ça ; j'y ai pris goût quand j'étais petite et je m'y suis penchée plus sérieusement en devenant journaliste d'investigation.

Elle leva la tête vers lui lorsqu'une idée lui vint – une question qu'elle voulait lui poser depuis un moment déjà.

– Dis-moi, Michael, commença-t-elle. Pourquoi as-tu choisi la prêtrise ? Qu'est-ce qui pousse un homme comme toi à opter pour une vie de service, de solitude et... euh, de célibat ?

– *Un homme comme moi* ? répéta Michael en riant d'un air gêné, même s'il savait ce qu'elle voulait dire. Eh bien, j'ai grandi dans un presbytère. Ma mère et moi avions des appartements séparés, bien sûr, mais j'ai toujours été entouré par la prêtrise et Enrico Petrini était le seul homme vers lequel je pouvais vraiment me tourner pour des conseils. En vérité, je n'ai jamais vraiment envisagé de faire autre chose.

« Cela dit, je ne dirais pas que j'ai une vocation particulière pour ce métier, ce qui me différencie sans doute de la plupart des hommes qui se tournent vers la prêtrise. Ce qui m'a vraiment attiré, c'est le sentiment d'accomplissement singulier qui provient du fait d'être au service des gens et de faire partie d'institutions historiques comme l'Église. J'ai intégré le séminaire en me disant « Ouais, je pourrais être doué pour ça ». Traditionnellement – si on met de côté les scandales de viol et de pédophilie au sein de l'Église – être prêtre est une fonction importante et respectée, admirée, même. J'avais besoin d'élever un peu mon statut, ou peut-être devrais-je dire, ma confiance en moi. J'ai été victime de harcèlement quand j'étais jeune, parce que j'étais élevé par une mère célibataire. Et je dois admettre que l'Église m'est apparue comme une sorte de sanctuaire. Mais pouvoir également mener des recherches académiques au sujet des trésors les plus sacrés de l'histoire était le véritable bonus.

En l'observant tandis qu'il parlait, Hana vit en Michael un homme rare et incroyablement sincère ; et elle sut sans l'ombre d'un doute qu'elle pouvait lui faire confiance et compter sur lui. Ses yeux devinrent brillants en l'écoutant.

– Quant à la question du célibat… poursuivit Michael. Celle-là est dure…

Hana éclata de rire en devinant le sous-entendu et elle se frotta les yeux, pour cacher sa gêne, mais aussi les émotions qui s'y étaient accumulées.

– Non ! Ce n'est pas ce que je voulais dire ! se dépêcha de préciser Michael, riant avec elle. Vilaine fille, gronda-t-il en gloussant. Ce que je voulais dire, c'est que la solitude est le défi le plus difficile à affronter. Nous avons tous nos doutes et nos angoisses quant aux véritables conséquences d'un engagement, qui finissent ou pas par disparaître. Ils me hantent tous les jours – surtout quand je rencontre quelqu'un comme toi. Tu es une femme remarquable, Hana. Vraiment, déclara-t-il en tendant la main pour couvrir la sienne.

Surprise, Hana rougit et tourna la tête vers la fenêtre. Le paysage défilait à plus de trois cents kilomètres-heure – à la même vitesse que son cerveau cherchant une réponse à ce que cet homme hors de portée venait de lui dire.

– Je ne peux pas imaginer combien ça doit être difficile pour toi, dit-elle enfin. Mais je peux te dire que je t'admire. Ta discipline personnelle et ta retenue devraient servir d'exemple à tous. Pour être honnête, je t'envie. Et… je suis déçue – et pas qu'un peu.

Ils se regardèrent tandis que leurs visages trahissaient leur mélancolie et leur acceptation forcée de la situation.

Hana se leva brusquement, s'excusant pour aller aux toilettes. Elle se dirigeait vers le wagon-bar et pensait à Michael lorsque, levant la tête vers la porte vitrée qui menait au wagon suivant, elle vit un homme s'éloigner d'elle, quittant le bar pour aller dans le compartiment adjacent.

C'est impossible ! L'homme de la bibliothèque est sur ce train ? Une fois, c'est un hasard. Deux fois, c'est une coïncidence. Mais une *troisième* fois ? Hana décida de le suivre.

Elle traversa le wagon-bar et sortit par la porte, mais elle ne le vit plus. Elle avança dans l'allée, étudiant chaque passager tandis qu'elle passait dans le wagon suivant, le dernier du train, mais il n'était pas là non plus. *Il n'a pas pu disparaître !* Elle voulut ouvrir la porte des toilettes, mais elles étaient occupées. Elle attendit.

Après quelques minutes, elle frappa à la porte.

— *Zauzeto !* gronda une voix slave d'un ton ferme. *Occupé !*

Hana s'assit sur le siège vide à côté de la porte des toilettes, prête à affronter l'homme lorsqu'il sortirait. Toutefois, au bout de dix minutes, elle se sentit un peu idiote et se leva pour retourner auprès de Michael, s'arrêtant en chemin pour utiliser d'autres toilettes.

— C'est très bizarre, dit-elle en s'asseyant. Quand on était à la bibliothèque, l'autre jour, il y avait un homme assis à l'autre bout de notre table. Il lisait le journal, mais il a changé de place pour s'asseoir juste derrière toi. Puis, je l'ai revu quand j'y suis retournée, hier. Je l'ai bousculé au guichet d'accueil, mais il ne m'a même pas regardée ; il est parti d'un pas pressé. Et maintenant, je viens de le voir dans ce train ! Tu ne crois pas que ça fait un peu trop pour que ce soit une coïncidence ? Ça fait au moins quinze minutes qu'il est aux toilettes. J'allais l'affronter, mais je me suis ravisée.

Michael avait l'air perplexe.

— J'ai du mal à croire que nos vies soient assez intéressantes pour qu'on nous suive… pas toi ?

— Je suppose que tu as raison, répondit Hana. Mais ça reste bizarre.

Michael repensa au grand prêtre maigre qui l'avait observé dans la salle de lecture Pie XI, mais il décida que ça ne méritait pas d'être mentionné. Les prêtres ne manquaient pas au Vatican.

• • •

Peu après, leur train commença à ralentir et une voix jaillit des haut-parleurs pour annoncer leur arrivée à Montazels. Michael prit leurs sacs dans le rack pendant qu'Hana faisait un dernier saut aux toilettes.

Lorsqu'ils descendirent sur le quai, Hana regarda autour d'elle, étudiant les voyageurs, curieuse de voir si l'homme descendrait aussi. Ne le voyant pas, elle et Michael allèrent au guichet de location de véhicules, une petite entreprise locale qui n'avait que deux vieilles Citroën, l'une noire, l'autre blanche – ce qui répondait parfaitement à leurs besoins. Hana s'occupa des papiers, payant avec le compte du *Monde*, puis ils roulèrent jusqu'à la maison de sa tante, près de la gare.

Après de brèves présentations et une conversation détendue autour d'un déjeuner composé de charcuterie, d'olives et de baguettes toutes fraîches, Hana obtint de sa tante les indications pour se rendre chez Élise Dénarnaud à Rennes-le-Château. Ils la remercièrent et lui dirent au revoir avant de se rendre au village historique.

CHAPITRE
VINGT-DEUX

La commune de Rennes-le-Château se situe au sommet d'une colline surplombant la vallée de l'Aude verdoyante, une vaste région située entre la mer Méditerranée et les Pyrénées, au nord de l'Espagne. De denses forêts riveraines de chênes, de bouleaux, de sapins et de châtaigniers dominent la campagne, avec de profonds canyons dont les rivières abreuvent les garrigues, les tourbières et les estives pyrénéennes de la région.

Peu de régions en France sont aussi historiquement riches que l'Aude. On a découvert des traces de civilisation humaine datant d'1,5 million d'années, et le plus vieux crâne humain d'Europe a été trouvé non loin de Carcassonne, une forteresse qui est elle-même l'une des mieux préservées de la période médiévale. Vers l'an 200 avant notre ère, les Romains y avaient déjà bâti des villes et des ports marchands. Plus tard, la région fut occupée par les Wisigoths, puis par les cathares. Et à travers tout cela, le petit village de Rennes-le-Château est resté bien ancré sur son plateau rocheux, avec des vues imprenables sur les pics et les crêtes déchiquetées qui mènent à son versant calcaire.

MICHAEL CONDUISAIT la Citroën blanche sur la route qui menait au village alors que la grande Tour Magdala de Bérenger Saunière dominait l'horizon, sa tour crénelée symbolisant les fortifications architecturales d'une époque lointaine. Hana avait lu dans la brochure qu'elle avait prise à la gare que Saunière avait construit la structure néo-gothique en 1906, dédiant la tour à Marie Madeleine, pour qui il avait montré une grande affection.

Ils se garèrent dans le village et marchèrent jusqu'à l'église Sainte-Madeleine, dont l'arc brisé des portes conférait au lieu un air de mystère vénérable. Pénétrant dans le narthex, ils furent surpris par une statue vivement colorée d'Asmodée, un démon terrifiant qui portait un bénitier sur le dos, un genou à terre, son visage anxieux et ses yeux sauvages typiques des chapelles anciennes du pays.

– Tu seras peut-être surprise de l'apprendre, dit Michael à Hana, mais traditionnellement, Asmodée, l'un des sept princes de l'Enfer, protégeait un trésor enfoui.

Hana étudia le démon et grimaça.

– C'est assez rebutant, non ?

Pour un petit village, l'église était étonnamment opulente dans son hommage à Marie Madeleine, avec des statues finement travaillées nichées dans des alcôves, de hauts vitraux projetant des losanges de lumière colorée dans toute la chapelle, d'antiques porte-cierges dont les flammes vacillaient dans les recoins sombres, une chaire dorée surélevée d'où Bérenger Saunière avait longtemps prêché face à ses fidèles, devant une abside dorée en demi-cercle, son autel doré scintillant dans la lumière naturelle.

Ils se promenèrent dans le petit jardin derrière l'église, admirant la Villa Béthanie – l'ancienne maison de Marie Dénarnaud – et la saisissante tour Magdala, que Saunière avait un jour utilisée comme bibliothèque et bureau.

Leur petite visite terminée, ils reprirent la voiture pour se rendre chez Élise Dénarnaud.

Ils s'arrêtèrent devant une maison à un étage charmante, mais délabrée, entourée par un luxuriant jardin. Lorsqu'ils sortirent de la voiture, Hana s'émerveilla devant les orchidées sauvages, les tulipes, les iris réticulés et les narcisses nichés parmi les parterres de fleurs sauvages et de graminées méditerranéennes. C'était clairement le domaine de quelqu'un qui adorait les splendeurs naturelles du jardinage. Une vieille femme vêtue d'un tablier, de gants et de caoutchoucs contourna la maison pour les saluer.

– Bonjour, dit-elle d'un ton joyeux, mademoiselle Sinclair ?

– Oui, bonjour, madame Dénarnaud, répondit Hana tandis que la vieille dame souriait en enlevant ses gants.

Hana lui tendit la main pour la serrer.

– Je vous en prie, appelez-moi Hana. Et voici mon collègue, le père Michael Dominic.

Michael, vêtu d'un pantalon noir et d'une chemise assortie avec un col romain blanc – espérant que son apparence ecclésiastique les aiderait dans leur mission – serra la main de la vieille femme.

– Enchanté, madame.

– Vous avez un jardin sublime, dit Hana en regardant autour d'elle d'un air admiratif.

– Merci beaucoup, répondit Mme Dénarnaud. C'est beaucoup de travail, mais je n'ai que ça pour m'occuper. Cela me comble, ajouta-t-elle en étudiant fièrement son travail. Je vous en prie, entrez. Je vais faire du thé.

~

– Ma tante Marie était une sacrée femme, à son époque, dit Mme Dénarnaud tandis qu'ils s'installaient au salon, des tasses de thé fumantes à la main. Je n'étais qu'une enfant, mais je me souviens qu'elle déambulait souvent en ville vêtue à la dernière mode parisienne, parée de bijoux dignes d'une reine. Les gens du village l'appelaient « la Madone », mais je crois que c'était surtout pour faire plaisir à l'abbé Saunière, qui idolâtrait sainte Marie Madeleine, expliqua-t-elle avec un clin d'œil sous-entendu. Cela dit, je crois qu'il aimait énormément ma tante. Ils étaient le sujet de tous les ragots. Je vous offre un thé ?

Hana et Michael, déjà servis, se regardèrent d'un air confus.

— Non merci, madame ; le thé est très bon, dit Hana. Est-ce que vous pouvez nous parler de l'abbé Saunière ?

— Eh bien, il est décédé longtemps avant ma naissance, répondit la femme alors que son regard se posait au loin. Mais ma tante parlait constamment de lui ; elle tenait beaucoup à lui. À en croire les photos, l'abbé était très beau. Comme vous, père Michael.

Michael rougit tandis qu'Hana et Élise Dénarnaud le toisaient du regard. Hana lui sourit d'un air lourd de sous-entendus, comme pour dire « je te l'avais dit ! ».

Michael choisit de changer de sujet.

— Madame, nous nous intéressons surtout à ce que l'abbé a pu avoir en sa possession et qui aurait pu le mettre sous le feu des projecteurs et lui permettre de reconstruire l'église, la Villa Béthanie, et une grande partie du village. En savez-vous quelque chose ?

La vieille femme parut perplexe.

— Eh bien, oui, l'abbé nous a construit une belle église. Vous l'avez vue ? Elle est vraiment charmante. Mais trop de touristes viennent la voir, maintenant. Dans son testament, ma tante a tout laissé à la famille Corbu, à qui elle avait aussi vendu la propriété que l'abbé Saunière lui avait léguée. Mais avant sa mort, elle m'a donné plein de petites choses qui avaient de la valeur pour elle. Je les ai gardées au grenier.

Elle se leva brusquement.

— Je suis confuse, j'aurais dû vous proposer du thé, déclara-t-elle en allant dans la petite cuisine.

Hana regarda Michael dans les yeux.

— Il faut qu'on voie le grenier ! chuchota-t-elle.

Mme Dénarnaud revint avec une théière remplie.

– Oh, vous êtes déjà servis. Mon Dieu, où ai-je la tête, ces temps-ci ? Vous savez, je devrais peut-être vous montrer ce que ma tante m'a laissé. L'abbé Saunière lui avait tout légué, mais elle m'a fait don de plusieurs choses que je n'ai pas vues depuis des années. Je vous en prie, suivez-moi.

Conscients de la sénilité potentielle de la vieille dame, mais reconnaissants qu'elle en vienne enfin à la raison de leur visite, Michael et Hana posèrent leurs tasses et la suivirent dans l'escalier étroit. Des photos encadrées de sa tante Marie, de Bérenger Saunière et d'autres personnes d'un âge avancé étaient accrochées au mur, les regardant passer tandis qu'ils montaient les marches.

Au bout du couloir, Mme Dénarnaud ouvrit une porte qui donnait sur un autre escalier encore plus raide. Elle alluma la lumière et ils montèrent dans un petit grenier rempli de souvenirs et de vieilleries de toute une vie : de vieilles chaises, quelques abat-jour et une bibliothèque, une vieille cage à oiseaux rouillée, une bâche couvrant une pile de peintures appuyées contre le mur et plusieurs cartons contenant tout et rien, depuis de vieux vêtements jusqu'à des livres encore plus anciens.

– Je ne sais ce qui appartenait à ma tante, mais ça doit se trouver quelque part par là.

Elle parcourut la pièce en regardant à l'intérieur des cartons, jusqu'à en trouver un qui lui semblait familier.

– Celui-ci en est peut-être un, dit-elle.

– Attendez, dit Michael, laissez-moi vous aider.

Il sortit le carton de sous l'avant-toit pentu et le posa sur une table poussiéreuse, sous l'ampoule nue qui pendait du plafond.

La boîte était remplie de vieux journaux, de livres, de deux albums photo et d'autres souvenirs d'une vie passée. Michael fouilla à l'intérieur, mais ne trouva rien d'intéressant.

– Il y en a un autre, là-bas, dit Élise depuis l'autre bout de la pièce.

Michael alla le chercher et le posa sur la table.

– Si ça ne vous gêne pas, je vais redescendre, dit la vieille dame. Ça sent trop le renfermé, ici. Prenez votre temps et regardez tout ce que vous voudrez.

Elle redescendit lentement le petit escalier étroit.

Un vieux tube en bois d'une trentaine de centimètres dépassait d'un coin du carton. Dessous, ils trouvèrent des paquets de lettres et de cartes postales noués par un fil de laine effiloché, un autre album photo et d'autres objets variés d'une époque lointaine.

Michael parcourut la liasse de lettres qui semblaient relever d'une correspondance routinière et dataient de bien après la mort de Bérenger Saunière, en 1917.

Il sortit le cylindre en bois du carton, trouvant le contenant bien étrange. Il était scellé à chaque extrémité par de vieux journaux fixés avec du fil, comme s'il n'avait pas été ouvert depuis des décennies.

– Ce bois est très ancien, Hana, dit Michael en remarquant les fissures réparées à la cire. Et la forme est un peu étrange, aussi.

Il regarda Hana d'un air interrogateur en haussant les sourcils.

– Eh bien, répondit Hana d'un ton enjoué, elle a dit qu'on pouvait regarder tout ce qu'on voulait, non ?

Dénouant avec précaution le fil qui retenait le papier journal, Michael regarda dans le tube, sous la lumière. Il devina un rouleau de papier à l'intérieur, mais son instinct lui dit de le retirer avec précaution. Il secoua délicatement le cylindre pour rapprocher le document de l'ouverture et recommença lorsqu'il vit que cela fonctionnait. Le contenu était désormais accessible. Il tira délicatement sur le papier pour s'assurer de sa robustesse et, sentant qu'il ne se déchirerait pas, il l'enroula davantage avec deux doigts afin qu'il ne soit plus plaqué contre les parois du tube, puis il l'en sortit.

Stupéfait, Michael sut immédiatement qu'il tenait entre les mains un manuscrit ancien sur papyrus.

Ce sentiment le saisit à nouveau : celui qu'il ressentait chaque fois qu'il était en contact avec des antiquités de papier.

Ses mains tremblaient et il regretta de ne pas avoir pris ses gants d'archiviste. Il posa le document sur la table, ramassa un vieux chiffon qu'il trouva dans le carton, et s'essuya les mains du mieux qu'il put pour les débarrasser de la poussière et des matières grasses qui pouvaient s'y trouver. Hana l'observa tandis qu'il déroulait délicatement le papyrus, les yeux pétillant de curiosité.

Michael pâlit en découvrant le document. Il était clairement très ancien ; au moins autant que les codex de Nag Hammadi ou les manuscrits de la mer Morte. Il prit une grande inspiration et se tourna vers Hana, le visage pâle, mais euphorique.

– Qu'est-ce qu'il y a, Michael ? demanda-t-elle en le voyant blanc comme un linge. Est-ce que ça va ?

Elle rapprocha une des vieilles chaises en bois. Michael s'assit lentement dessus, clairement secoué.

– Quoi que dise ce document, son âge lui attribue une grande valeur, dit-il. Il semble être rédigé en grec koinè, ce qui correspondrait avec les manuscrits bibliques du Ier ou IIe siècle que j'ai vus. À cette époque, le papyrus est devenu trop rare et trop cher pour être utilisé, donc la plupart des scribes se sont tournés vers le parchemin et le vélin. Ça signifie que ce document a pu être rédigé par ou pour quelqu'un d'importance. Il me faudra du temps pour le traduire, mais il est remarquablement bien conservé, surtout s'il est aussi ancien que je le pense. Je n'ai jamais rien vu de tel en dehors d'un musée ou de la Bibliothèque du Vatican.

Michael leva les yeux vers Hana, cherchant à voir si elle le comprenait.

– Il nous *faut* la permission de Mme Dénarnaud pour l'emporter avec nous, dit-il. Ne serait-ce que parce qu'il doit être conservé dans un environnement contrôlé, pas dans un grenier humide et poussiéreux. Sa valeur pour les historiens pourrait être immense.

– Alors, tu penses que c'est ce que possédait Bérenger Saunière et ce pour quoi le Vatican le payait ? demanda Hana.

Michael la regarda sans la voir, réfléchissant à toute allure aux multiples possibilités.

– C'est dur à dire, mais c'est possible, oui. On en saura plus quand j'aurai eu le temps de l'analyser. D'abord, je vais le scanner, ce sera déjà ça, dit-il essuyant la table avec le chiffon pour la débarrasser de la poussière.

Il déroula le document, bloquant ses coins avec des livres qu'il sortit d'un carton. Il prit ensuite son téléphone et ouvrit l'application de scan pour prendre plusieurs photos en haute résolution afin de les stocker en sécurité dans iCloud. Retirant précautionneusement chaque livre avant de laisser le papyrus s'enrouler naturellement, il le replaça délicatement dans le cylindre en bois, qu'il referma aussitôt.

Ils fouillèrent dans les autres cartons pour s'assurer qu'ils ne contenaient rien de similaire ou d'autres documents précieux. Ne trouvant rien de plus, Michael reposa les deux cartons par terre, éteignit la lumière et ils redescendirent au rez-de-chaussée.

– Madame, dit Michael en rejoignant la vieille dame au salon, nous avons trouvé quelque chose qui pourrait être précieux dans notre travail au Vatican, expliqua-t-il en lui montrant le tube en bois. Est-ce que cela vous poserait problème qu'on emporte ceci pour l'analyser ? Je vous promets qu'il sera entre de bonnes mains.

Mme Dénarnaud scruta le cylindre, puis le prêtre, tandis qu'un sourire s'étirait sur son visage ridé.

– Oh, oui. L'abbé Saunière lui-même l'a donné à ma tante. Comme moi, elle n'avait pas d'enfants, alors elle me l'a transmis avant de mourir, en me disant qu'il contenait un secret qu'il fallait protéger… quelque chose qui avait été crucial pour le travail de l'abbé au village, je crois. Mais c'était il y a si longtemps, et je ne l'ai jamais ouvert ; je n'en ai jamais eu besoin, en fait. Je préfère passer mon temps au jardin…

La femme se tourna vers la fenêtre, son regard vague se posant au loin.

Elle revint à Michael.

– Comme je le disais, mon père, je n'ai besoin de rien de ce qui se trouve dans cette maison. Je n'ai personne à qui léguer mes affaires, dit-elle en ouvrant les bras pour désigner la totalité de sa maison. Alors, quand Dieu me rappellera auprès de lui, tout ce que je possède ira à l'église. Donc non, ça ne me pose pas problème, père Michael. Je vous en prie, prenez-le. J'espère que ça vous sera utile.

– Madame, commença Hana, est-ce que quelqu'un est déjà venu vous voir pour vous parler de votre tante ?

– Oh non, ma chère, répondit-elle d'un ton confus. Peu de gens savent qui était ma tante, je veux dire, qu'on est de la même famille. Seuls quelques amis à l'Association des Jardins de Montazels – votre propre tante, en fait – connaissent le lien que j'ai avec l'abbé Saunière. Je préfère que ma vie reste privée, vous voyez, donc c'est très bien ainsi.

Michael n'en revenait pas d'avoir été aussi chanceux et il fit de son mieux pour cacher son enthousiasme.

– Que Dieu vous bénisse, madame. Vous êtes très généreuse. Nous apprécions énormément.

La vieille dame rougit et sourit, puis elle se tourna vers Hana pour lui faire la bise.

– Je dois retourner à mon jardin avant que le soleil se couche, dit-elle. Vous aimeriez un autre thé ?

Hana prit les mains de la dame dans les siennes et lui sourit chaleureusement.

– Non, madame, merci beaucoup, vous êtes très gentille. Nous devons partir, nous aussi.

Hana et Michael montèrent en voiture en la saluant de la main, puis ils s'éloignèrent lentement de la maison. Ni l'un ni l'autre ne remarqua la Citroën noire garée à deux maisons de celle de Mme Dénarnaud. Assis au volant, le conducteur avait vu le prêtre mettre un objet dans son sac à dos avant de le ranger dans le coffre.

Michael et Hana restèrent silencieux en descendant la côte en direction de Montazels, chacun réfléchissant à ce qui venait de se passer et à ce que pourrait révéler ce manuscrit.

Hana se tourna vers Michael avec un mélange de sérieux et d'étonnement. Michael la regarda dans les yeux et ils se dévisagèrent tous deux longuement.

– Qu'est-ce que c'est, à ton avis ? demanda-t-elle.

– Je n'ose pas l'imaginer, répondit-il. Mais si c'est lié de près ou de loin à la lettre que Saunière a envoyé au Vatican, et donc aux fonds énormes auxquels il a eu accès, je dirais qu'on va devoir faire très attention à ce qu'on en fait, et à qui on fait confiance. Je sais qu'on peut compter sur le Dr Simon Ginzberg, un universitaire que j'ai rencontré aux Archives. C'est peut-être un début.

Le soleil commençait à se coucher et Michael alla directement à la Maison Beausoleil, où ils prirent les clés de leur chambre avant de se rejoindre au charmant petit bistrot dans l'immeuble voisin.

La Citroën noire attendait désormais dans l'ombre du parking devant le bistro, Petrov Gović à l'intérieur, une cigarette à la bouche.

VINGT-TROIS

L e lendemain matin, Élise Dénarnaud venait de terminer son petit-déjeuner et s'apprêtait à entreprendre son travail au jardin lorsqu'elle entendit quelqu'un frapper à la porte. Elle se leva pour ouvrir.

– Bonjour, madame, dit l'homme qui se tenait sur le pas de la porte, ses cheveux noirs et couverts de brillantine luisant sous le soleil matinal. Je m'appelle Anton Dominic et j'espérais trouver mon frère ici, le père Michael Dominic ? Il a dit qu'il allait vous rendre visite.

– Oui, monsieur, votre frère était ici hier, avec une collègue. Mais vous les avez ratés. J'imagine qu'ils sont en chemin pour Rome, à présent.

La mine déconfite, Petrov Gović soupira longuement.

– Mon Dieu, il n'est pas facile à suivre, celui-là. J'espère qu'il a trouvé ce qu'il cherchait…

– Ça alors ; je ne sais pas si ce que je lui ai donné lui sera utile ou non, monsieur. Il semblait intrigué par quelque chose qu'il a trouvé dans un tube en bois, quelque chose que ma tante m'a laissé. Peut-être que vous pouvez l'appeler ?

– Merci, madame. C'est ce que je vais faire. Désolé de vous avoir dérangée.

VINGT-QUATRE

Le cardinal Dante posa son iPad sur son bureau et se posta à la fenêtre, regardant les jardins en contrebas. Le rapport de Petrov Gović concernant ce qui s'était passé à Rennes-le-Château lui avait été transmis via les serveurs Proton-Mail stockés en profondeur sous les Alpes suisses – des serveurs sécurisés très utiles à l'Église.

– Notre jeune père Dominic semble s'être lancé dans une sacrée aventure, Calvino.

Le frère Mendoza était mal à l'aise, assis sur le haut trône des invités, ses sandales pendouillaient sans même toucher le sol. Il était presque certain que Dante préférait que ses visiteurs se sentent intimidés en sa présence, comme des enfants.

Fabrizio Dante eut un rictus en réfléchissant à ses options. Lorsqu'il avait accepté le rôle de Secrétaire d'État du Vatican, Dante avait étudié les dossiers *Segreti* hautement confidentiels : des dossiers internes qui remontaient au début du XXe siècle et qui contenaient des sujets toujours très sensibles pour l'Église. Il était parfaitement au courant des sommes extraordinaires qui avaient été retirées du Denier de Saint-Pierre – la réserve privée du pape, gérée par la Banque du Vatican au nom de Sa Sainteté, sans suivi comptable – y compris celles qui avaient été versées au prêtre de Rennes-le-Château entre 1897 et 1917, l'année de la mort de Bérenger Saunière, et l'année où les paiements semblaient avoir cessé. Un rapport indiquait qu'en 1896, un légat du pape avait été envoyé par le cardinal Lucido Parocchi, le Secrétaire d'État au Vatican de l'époque, pour rencontrer l'abbé Saunière afin d'obtenir la preuve de ce que celui-ci prétendait posséder et qui pouvait être une grande source d'inquiétude pour l'Église. Cependant, le rapport ne précisait pas de quel genre d'information dangereuse ou provocatrice il s'agissait. Or les paiements avaient commencé cette année-là. Dante trouvait cette omission hautement étrange, surtout pour des documents protégés auxquels très peu avaient accès.

Comme beaucoup, Dante était au courant des nombreuses théories conspirationnistes qui entouraient Bérenger Saunière et le supposé trésor cathare. Toutefois, rien ne le poussait à croire que ces histoires étaient vraies, excepté les paiements mystérieux faits à Saunière lui-même. Les dossiers *Segreti* révélaient également qu'après la mort de l'abbé, des émissaires du Vatican avaient essayé d'obtenir de Marie Dénarnaud des documents personnels – sans succès. Plus tard, des démarches furent entreprises afin de soutirer des informations à la famille Corbu, après la mort de Mme Dénarnaud – à nouveau sans succès.

C'était un mystère très perturbant que Dante devait résoudre afin d'apaiser son esprit. Si Dominic était tombé sur quelque chose en lien avec cette histoire, Dante tenait à le savoir.

– Frère Mendoza, j'aimerais que vous me trouviez les dossiers personnels du cardinal Lucido Parocchi. Ils devraient être dans les archives du Secrétariat, sous la papauté de Léon XIII. Je m'intéresse particulièrement à tout ce qui a trait à l'abbé Bérenger Saunière, dans la paroisse de Rennes-le-Château, en France, et surtout à la visite d'un légat du pape à l'époque. Tenez-moi informé de ce que vous trouverez dès que possible, d'accord ? Je veux que vous vous en occupiez personnellement, et ne dites rien à personne, y compris au frère Dominic.

– Il va sans doute me falloir du temps pour trouver ces documents, Éminence, répondit Mendoza, qui redoutait cette tâche. Mais vous les aurez.

Le moine saisit le bord du bureau pour se tirer du fauteuil et il atterrit lourdement au sol. Il sortit ensuite du bureau et referma délicatement la porte.

Dante prit son iPad et envoya un message Telegram sécurisé à Petrov Gović : **J'attends les emails interceptés de Dominic et Sinclair. Envoyez-moi immédiatement des copies de tout.**

VINGT-CINQ

Après une nuit agitée pour tous deux, Hana et Michael montèrent dans le premier train qui les ramènerait à Paris, puis ils récupérèrent leurs bagages auprès du concierge du Park Hyatt et prirent un taxi pour Le Bourget afin de retourner à Rome en jet privé.

Après le décollage, Michael s'installa à la grande table de réunion de la cabine et retira soigneusement le papyrus de son étui en bois. Coinçant le haut et le bas sous des magazines, il commença à l'examiner, son carnet de notes et son portemine à ses côtés.

Hana s'était installée de l'autre côté de l'allée, lui laissant le temps et la tranquillité dont il aurait besoin pour une tâche aussi minutieuse. Pendant qu'il travaillait, elle passa en revue les rapports d'enquête concernant les banques françaises, grâce aux copies qu'elle avait scannées sur son iPhone.

– Est-ce que tu veux quelque chose à boire, Michael ? demanda-t-elle.

– Pas pour l'instant, merci. Mieux vaut ne pas approcher de liquide du papyrus, expliqua-t-il. Mais, en fonction de ce que je découvrirai, nous aurons peut-être une raison de trinquer, ajouta-t-il en la regardant d'un air enthousiaste.

Michael savait que traduire des manuscrits anciens n'était pas une tâche aisée. Au XVIIe siècle, il avait fallu soixante-dix hommes répartis en six comités et plus de quatre ans pour traduire l'Ancien Testament en anglais. Heureusement, le document de Saunière ne consistait qu'en une seule page rédigée en koinè, ou en grec « commun » d'une époque ancienne, qu'il maîtrisait plutôt bien. Toutefois, pour une transcription complète, il aurait besoin de dictionnaires spécialisés et d'ouvrages de référence. Heureusement, il avait sur son smartphone une application de traduction du grec ancien qui ferait l'affaire pour le moment.

Ce qui compliquait la traduction du grec ancien, c'était la profusion classique de marques diacritiques, de diphtongues, de digrammes et, trop souvent, le manque de ponctuation et d'espace entre les caractères. Les premiers manuscrits du Nouveau Testament étaient rédigés avec très peu de ponctuation ; or en anglais, la ponctuation pouvait conduire à une énorme différence d'interprétation. La connaissance des structures syntaxiques courantes, des prépositions et des conjonctions, des mots racines, des suffixes et des préfixes était un élément clé pour comprendre l'intention originale de l'auteur.

En dépit de cela, avec un vol de deux heures devant lui, Michael était ravi de se plonger dans son travail. Son premier jet serait la version la plus générique possible étant donné ses connaissances de base. Il ouvrit son application de traduction et enfila ses gants en coton.

Inspectant le document de près, il compta environ 700 caractères. La première ligne était assez courte, et c'est par là qu'il commença.

ἐγώ εἰμί Μάριάμ ἐκ Μάγδαλα

Michael savait que le pronom « Ἐγώ » se traduisait par « je », ce qui l'enthousiasma. *Est-ce que ce texte est rédigé à la première personne ?* se demanda-t-il. Si c'était le cas, ce pouvait être une lettre personnelle, et non un récit raconté à la troisième personne.

Prenant son téléphone, il entra « εἰμί ». L'application lui renvoya la traduction du verbe « suis ». « *Je suis* ». Une vague d'adrénaline se précipita dans ses veines. *Est-ce qu'un nom allait suivre ?!*

Les quelques glyphes suivants étaient plus complexes. Michael dut les entrer caractère par caractère afin d'observer ce qui apparaissait dans le traducteur, et après cinq lettres, rien de tangible n'était apparu. Jusqu'à ce qu'il entre la sixième lettre. C'est alors qu'un mot s'afficha. Un prénom de femme. Les six caractères « Μαριάμ » se traduisaient par « Mariam ».

Michael n'en revenait pas. « Mariam », et ses variations Miriam, Marian, Marie, et Maria ou, plus fréquemment aux États-Unis, Mary, étaient le prénom de femme le plus répandu de l'Ancien Monde, surtout dans des textes bibliques.

– Hana, c'est génial ! s'exclama-t-il en se tournant vers elle, l'air fou de joie. Pour l'instant, j'ai traduit la première ligne qui dit : « *Je suis Mariam* ». J'ai encore quelques caractères à étudier, mais tu devrais peut-être préparer le champagne.

Michael retourna à son travail. Il savait que les caractères suivants, « ἐκ » représentaient la préposition « *de* ». Il avait désormais transcrit quatre mots dans son carnet : « *Je suis Mariam de...* »

Il s'arrêta un instant et scruta la suite des glyphes. Ce faisant, son estomac se noua et la pression le fit se pencher en avant. Les deux caractères « Μά » étaient identiques aux deux premiers de « Mariam ». *Impossible !* se dit-il alors que son cerveau s'emballait. Ce qui lui traversait l'esprit lui semblait impensable. S'il avait raison, ce serait d'une importance extraordinaire, et une première dans l'histoire des documents anciens. Tremblant à présent, il termina la traduction.

$$M = M$$
$$\acute{\alpha} = a$$
$$\gamma = g$$
$$\delta = d$$
$$\alpha = a$$
$$\lambda = l$$
$$a = a$$

C'ÉTAIT JUSTE. « ΜΑΓΔΑΛΑ» se traduisait par « *Magdala* ». La première phrase du manuscrit stipulait désormais : *Je suis Mariam de Magdala.*

Il pâlit brusquement et se tourna vers Hana.

Sentant son regard sur elle, elle leva la tête.

– J'ai déjà vu cette expression, dit-elle d'un ton hésitant. Qu'est-ce qui se passe, maintenant ?

– Viens ici ! s'exclama-t-il en tournant son carnet pour qu'elle puisse lire sa traduction.

Hana se leva et s'assit dans le fauteuil en face du sien. Elle lut les cinq mots.

– Qui est Mariam de Magdala ? demanda-t-elle, ne comprenant pas de suite.

Le regard rivé dans ses yeux vert clair, manifestement stupéfié, Michael répondit :

– Tu la connais peut-être mieux comme la disciple favorite de Jésus Christ, Marie Madeleine.

CHAPITRE

VINGT-SIX

Hana Sinclair se redressa brusquement sur son siège et frissonna face à la l'immensité de ce qu'elle venait d'entendre.

– Qu'est-ce que ça signifie, Michael ? demanda-t-elle en croisant les bras.

Le jeune prêtre était perdu dans ses pensées.

– Si Marie Madeleine a vraiment écrit ce manuscrit, ce serait la première trace écrite que l'on a d'elle. En dehors de quelques références à elle dans les Évangiles, un papyrus a été découvert dans un marché aux antiquités du Caire, en 1896 – un texte gnostique appelé *L'Évangile de Marie* – traduit par un scribe en égyptien copte au Vème siècle. Et même s'il n'était pas écrit par Madeleine elle-même, le manuscrit décrit en détail ses interactions avec le Sauveur et d'autres apôtres, remettant en question beaucoup de ce que l'Église avait publié à son sujet dans les Saintes Écritures. Ce document pourrait être l'une des découvertes les plus importantes de l'histoire, Hana. Mais je ne peux pas faire beaucoup plus ici, sans mes manuels de référence pour transcrire le reste, admit Michael d'un ton nerveux, agacé de ne pas pouvoir aller plus loin. Je terminerai quand je serai de retour au Vatican, et seul. Je veux savoir ce que dit le reste du texte avant de décider à qui en parler et quoi en faire.

Gigotant sur son siège durant le reste du vol, Michael se contenta de fixer des yeux le papyrus, réfléchissant à l'importance majeure que le reste du texte pouvait contenir.

LE SOLEIL COMMENÇAIT à peine à se coucher lorsque le Falcon atterrit à Rome-Ciampino avant de se garer dans son hangar privé près des locaux de Signature Flight, à vingt kilomètres au sud-est de Rome. Le pilote avait prévu qu'un taxi les y attende et, lorsque les porteurs eurent chargé leurs sacs dans le coffre, ils partirent en direction du Vatican pour y déposer Michael.

– Mon grand-père a une suite attitrée au Rome Cavalieri Waldorf Astoria, donc je serai là-bas si tu as besoin de moi, dit Hana. Et s'il te plaît, appelle-moi dès que tu en sais plus. S'il y a quoi que ce soit que je puisse faire pour t'aider, tu sais comment me joindre.

Michael eut une autre idée.

– En fait, je crois qu'il serait plus sage que tu gardes le manuscrit pour l'instant. Si je l'amène au Vatican et qu'il est découvert, on pensera peut-être qu'il appartient aux Archives, étant donné la quantité de documents qui n'ont pas encore été répertoriés. J'apporterai mes livres à ton hôtel et on travaillera dessus là-bas. Est-ce que ça irait, comme ça ?

– C'est une bonne idée, Michael. Fais-moi confiance, j'en prendrai soin.

Sur le point de tendre le cylindre en bois à Hana, Michael se tint immobile devant elle, en pleine réflexion, puis il ouvrit les bras et la serra longuement contre lui. Aucune parole ne fut échangée.

Surprise par son étreinte, Hana y fut plus réceptive qu'elle ne s'y attendait. Elle s'appuya contre lui et eut l'impression que la forme de son corps était faite pour elle. Elle savoura l'instant.

Reculant lentement, Michael posa les mains sur les épaules de son amie.

– Merci infiniment pour ton aide. Toute cette histoire a été assez troublante, pour être honnête, et je suis soulagé d'avoir quelqu'un en qui j'ai confiance pour partager cette expérience.

Étonnée, Hana retrouva son souffle et scruta les yeux marron de Michael. Elle n'aurait su dire ce qu'elle y trouva, ni même ce qu'elle y cherchait. Son visage était un mélange de sincérité, de confiance en soi et d'affection véritable. Elle décida d'en rester là.

– Je t'écrirai quand je pourrai m'absenter et on continuera plus tard, d'accord ? dit Michael.

– J'ai hâte, répondit Hana.

C'était tout ce qu'elle avait pu répondre. Et elle le pensait sincèrement.

CHAPITRE

VINGT-SEPT

— La conférence a répondu à toutes mes attentes, Cal. Vous auriez dû venir.

Pendant que Michael parlait, Calvino Mendoza consultait les notes et les brochures que son assistant avait rapportées de Paris, notant certaines des dernières avancées en matière de codicologie numérique et de méthodologies de tatouages numériques.

– Peter Townsend n'a pas pu s'y rendre, non plus, donc je suis sûr qu'il appréciera ce que vous avez ramené, dit le préfet. Comment était le reste de votre séjour, Miguel ? demanda le moine en levant les yeux vers Michael, les sourcils arqués, conscient qu'il avait eu deux jours de liberté à Paris.

Michael avait préparé une réponse, au cas où.

– Eh bien, après avoir étudié le programme de la conférence, j'ai vu qu'il n'y avait que quatre sessions qui s'appliquaient à mon travail ou qui m'intéressaient ; et elles étaient toutes le même jour. Et comme on avait prévu trois jours pour le voyage, j'ai passé du temps avec une nouvelle connaissance. Quelqu'un qui a de l'expérience avec les manuscrits anciens et qui pourrait nous être utile à l'avenir.

N'étant pas à l'aise à l'idée de mentir, Michael avait préparé une explication s'approchant de la vérité qui satisferait le gentil moine autant que lui-même.

— Il est sage de se créer un réseau de collègues, Michael. On ne sait jamais quand on pourrait en avoir besoin. Maintenant, j'ai besoin que tu me trouves quelque chose, et en secret, s'il te plaît. Dante m'a demandé de localiser les vieilles archives d'un certain cardinal Lucido Parocchi datant d'environ 1896, sous la papauté de Léon XIII. Mais je dois vous dire, Miguel, que le cardinal m'a spécifiquement demandé de ne le dire à personne, y compris vous. Toutefois, c'est une tâche pénible et une perte de temps, même s'il semble penser que c'est une priorité. Je ne sais pour quelle raison il a besoin de remonter aussi loin en arrière, mais bon, « ce n'est pas à nous de demander pourquoi… »

— Bien sûr Cal, je m'y mets tout de suite. Je suis censé chercher quelque chose en particulier ?

— Ah, oui, se souvint Mendoza. Il voulait s'informer sur un légat du pape qui aurait visité un prêtre nommé Bérenger Saunière qui exerçait dans le village français de Rennes-le-Château.

Michael se figea, muet. *Ça ne peut pas être une coïncidence !* se dit-il. Soudain, l'histoire d'Hana prétendant que quelqu'un les suivait lui revint à l'esprit. *Mais pourquoi ? Ça n'a aucun sens ! Est-ce que je suis parano ? Ou est-ce Dante qui l'est ?*

Sans trahir sa panique, Michael quitta le bureau de Mendoza et se rendit à la section Divers à la recherche des archives Parocchi, se demandant s'il se trouvait ou non dans une situation fâcheuse. Il décida rapidement que ce n'était pas un hasard. *Dante doit savoir qu'on était à Rennes-le-Château ! Mais il ne peut pas savoir pourquoi… si ?* Malgré cela, Michael supposait que cela ajoutait une nouvelle dimension à sa découverte, qui exigeait qu'il fasse preuve de la plus grande discrétion dans ses activités – surtout si les espions de Dante l'observaient.

Préoccupé, Michael déambula dans la Galerie des Étagères métalliques, errant comme s'il était perdu dans le désert. D'étranges halos de lumière ressemblant au clair de lune suivaient ses pas tandis qu'il marchait lentement, sans but, évaluant la situation. Il était entouré de millions de pages d'histoire écrite de l'Église, glissées dans des carnets et des codex, dans des journaux et des registres en tous genres ; des documents que personne n'avait vraiment besoin de lire après qu'ils avaient été rédigés, et qui dataient pour certains du IX\ :superscript:`e` siècle. Or, depuis des centaines d'années, la politique du Vatican était absolue – chaque document qu'il produisait ou acquérait devait être conservé dans les Archives secrètes. Une pensée vint à Michael, et c'était loin d'être la première fois : *Que peut bien être caché ici... des bombes à retardement, silencieuses, attendant d'éclairer ou de détruire les gens et les institutions... ?*

Il avait atteint l'un des postes informatiques placés un peu partout dans la Galerie souterraine et, s'y connectant, il chercha la section Léon XIII dans l'index, puis la sous-section Parocchi. Une fois l'emplacement trouvé, il parcourut une vingtaine de rangées jusqu'à arriver à l'endroit voulu, puis aux folios numérotés contenant les archives Parocchi de 1896.

Le cardinal Lucido Parocchi avait été, à son époque, un prince très important de l'Église. Après une série de promotions et d'honneurs, il devint finalement chef des cardinaux de l'Église catholique. Huit ans plus tard, le pape Léon XIII le nomma Secrétaire de la congrégation pour la doctrine de la foi, le département qui avait été responsable des horribles Inquisitions, quelque trois siècles plus tôt.

Michael parcourut les dizaines de rapports, de fiches et de dissertations doctrinales, mais aucune ne semblait répondre aux attentes de Dante. Il arriva ensuite à une chemise intitulée « Gallia » – « France », en latin – et supposa que ce serait un bon point de départ pour ses recherches.

Feuilletant les documents classés par date – et remerciant en silence ses prédécesseurs pour leur organisation réfléchie – il trouva trois papiers pelure de la couleur du blé, rédigés soigneusement, agrafés les uns aux autres et intitulés en Italien « Rapport d'activités à Rennes-le-Château, France ». Elles étaient annotées « *Privato e Confidenziale* ».

De plus en plus nerveux, Michael emporta le dossier à la table de lecture la plus proche et s'y assit, allumant la lampe afin de ne pas se retrouver dans le noir lorsque les lumières du plafond s'éteindraient, faute de mouvements.

Le rapport lui-même était rédigé en Italien, de la belle écriture cursive de son auteur. Michael commença à le lire tout en le traduisant.

RAPPORT D'ACTIVITÉS À RENNES-LE-CHÂTEAU
PRIVÉ ET CONFIDENTIEL

Ce rapport est soumis le 11 juin 1896 par Monseigneur Franco Moretti, légat du Saint-Office, à la demande du cardinal Lucido Parocchi.

J'ai rencontré personnellement l'abbé François-Bérenger Saunière, de la paroisse communale de Rennes-Le-Château, dans l'Aude, en France, le 2 juin 1896. L'abbé Saunière avait écrit au Saint-Office à propos d'un manuscrit dont il est entré en possession et qui, d'après lui, pourrait avoir de graves conséquences pour l'Église.

Saunière m'a informé qu'après avoir été découvert dans la cavité d'une colonne creuse de sa chapelle, ce manuscrit avait été envoyé à Paris par monseigneur Félix-Arsène Billard, évêque de Carcassonne, pour s'enquérir de sa signification et de sa valeur. À son retour au village, il a écrit au Saint-Office pour demander une audience.

Lorsque je lui ai demandé de me montrer le manuscrit, il a d'abord refusé, me présentant plutôt la traduction qu'il s'était procurée auprès d'experts à Paris. Le contenu est, je dois l'admettre, assez effrayant, et je vous en ferai part en personne à votre convenance. Dans l'intérêt de la sécurité vitale de l'Église, je ne pense pas qu'il soit sage de relater ce contenu sous forme écrite.

À nouveau, j'ai insisté pour que Saunière me montre le manuscrit afin de prouver son existence. Ce n'est qu'à ce moment-là qu'il a accepté. Il m'a présenté un cylindre en bois duquel il a extrait un papyrus ancien. À mon œil d'expert, je le crois parfaitement authentique. Il était rédigé en grec koinè, et est apparemment de la main d'une personne ayant une profonde importance historique – un nom avec lequel nous sommes tous familiers. Encore une fois, je révélerai cela en personne, pour les raisons que j'ai déjà évoquées.

J'ai demandé à l'abbé pourquoi il avait contacté le Saint-Office à ce sujet. Sa réponse a été directe et concise et n'est rien d'autre qu'un chantage. Saunière demande des fonds importants pour restaurer l'église et les autres bâtiments dont il a la charge. En échange, il conservera le document en sécurité et le protégera afin qu'il ne soit pas révélé au public. Il m'a également informé que des dispositions avaient été prises afin que l'information soit révélée publiquement s'il lui arrivait un quelconque malheur.

Étant donné les circonstances et l'apparente légitimité du manuscrit que j'ai vu, et son contenu extrêmement dommageable, je recommande d'accéder à la demande audacieuse de l'abbé Saunière. Les fonds requis sont minimes comparés à la profanation néfaste et même, en effet, à la destruction potentielle que ce document pourrait entraîner pour notre Sainte Mère l'Église.

Je crois que le Saint-Père doit être informé de cette affaire immédiatement, et je recommande la réunion des individus appropriés pour parler en détail des éléments que j'ai omis ici. Cette affaire doit être traitée avec une extrême urgence et la plus haute confidentialité.

Signé / Monseigneur Franco Moretti, S. J.

MICHAEL RECULA SUR LA CHAISE, galvanisé par ce qu'il venait de lire. Son niveau d'angoisse était décuplé ; il était vital qu'il traduise le reste du document Madeleine. Il devait absolument découvrir ce que Moretti avait appris de Saunière.

Ses pensées se tournèrent vers Dante. Devait-il transmettre ce rapport dévastateur à l'homme qui le faisait sans doute suivre, pour des raisons inconnues ? Devrait-il le cacher dans une boîte, comme son confrère *scrittore*, Gonfalonieri, l'avait fait plusieurs siècles auparavant ? Ou peut-être devrait-il le garder pour lui et simplement donner le reste du dossier à Mendoza ? Il devait décider *tout de suite*. Avant cela, cependant, il scanna le rapport et le téléchargea sur son cloud.

Son éthique professionnelle exigeait qu'il laisse le document intact, mais après une brève prière – un acte de contrition adapté – il choisit de placer le document incriminant dans un autre classeur, comme s'il avait été mal rangé par mégarde. À côté du dossier « *Gallia* » se trouvait le dossier « *Anglia* », le mot latin pour Angleterre. Michael l'ouvrit, trouva un endroit où cacher le rapport Moretti et replaça l'épais classeur sur l'étagère. Il décida de donner le reste du classeur « *Gallia* » à Mendoza afin qu'il le fasse passer à Dante.

Il ressentit soudain un besoin désespéré de parler à Hana pour lui faire part de ce qu'il avait découvert. Pour mettre en place la suite. Pour se calmer. En attendant de la voir, cependant, il décida de lui envoyer le rapport Moretti par email afin qu'elle en prenne connaissance. Il ajouta un bref message :

*H*ANA *– j'ai trouvé le rapport ci-joint sur Bérenger Saunière, rédigé par un légat du pape qui lui a rendu visite à Rennes-le-Château en 1896 ! Lis-le et on en parlera quand on se verra ce soir – M.*

S*A* TÂCHE ACCOMPLIE, il rangea son téléphone, éteignit la lampe, saisit le folio pour Mendoza et Dante, et remonta à l'étage, au bureau du préfet.

CHAPITRE
VINGT-HUIT

Le bouton « Envoyer » sur l'application de courriel de Dominic déclencha la séquence normale d'évènements. Son message et la pièce jointe furent transformés en bits de données électroniques qui transitèrent par le serveur central du Vatican, qui l'envoya aussitôt à la dorsale Internet partagée de l'*Aviano Air Base* américaine située au nord de l'Italie. Cependant, avant d'être acheminés vers leurs destinations finales, tous les messages entrants passaient par un appareil de la taille d'un petit attaché-case qui, quelques années auparavant, avait été installé en secret par la U.S. National Security Agency afin de surveiller tout le trafic Internet entrant ou sortant d'Italie, qu'il soit public ou privé. Les circuits logiques intégrés à l'appareil avaient été programmés pour transférer tous les mots contenus dans le message à son Dictionnaire. Le Dictionnaire était mis à jour en permanence par la NSA, qui y ajoutait des mots clés ayant trait aux activités telles que le terrorisme, l'assassinat, et les coups d'État. On savait aussi que le Dictionnaire signalait des mots en rapport avec les intérêts commerciaux, les projets d'aviation spatiale et privée, par exemple, ainsi que certaines recherches effectuées dans les navigateurs, et ce dans des centaines de langues.

À la demande de Petrov Gović, les mots clés « Rennes-le-Château » et « Bérenger Saunière » avaient été ajoutés comme « contenu à traiter » légitime, et le message de Dominic ainsi que la pièce jointe contenant ces mots furent gravés sur une puce en arrière-plan où ils resteraient, non envoyés, jusqu'à ce qu'ils soient validés. Déclenchant un routeur classifié, le message entier fut ensuite brouillé et chargé en liaison montante dans une voie de communication ultra-sécurisée vers un satellite de communication Vortex qui était à ce moment-là en orbite basse au-dessus de la Lybie. Les transpondeurs à bord relayèrent le message par deux satellites adjacents de la flotte linéaire, jusqu'à ce qu'il soit transmis par liaison descendante à l'un des immenses radômes d'écoute blancs de Menwith Hill, une importante base de renseignements de la NSA située dans un champ de vaches, dans les landes isolées du Yorkshire, en Angleterre – une partie du réseau des « Five Eyes » le Groupe des Cinq comprenant les États-Unis, l'Australie, le Canada, la Nouvelle-Zélande et le Royaume-Uni. Identifié comme transmission de Priorité Une, le message fut immédiatement redirigé vers Fort Meade, dans le Maryland, le quartier général de la NSA, où une alerte se déclencha sur le tableau de commandes ECHELON.

Élaboré pendant la Guerre froide, ECHELON était désormais principalement utilisé pour filtrer les communications étrangères par téléphone, fax et Internet afin de signaler tout ce qui pouvait relever des intérêts des États-Unis. Le technicien qui travaillait au poste de contrôle était habitué à recevoir ce genre d'alerte tous les jours – comme par exemple les emails échangés entre les dirigeants d'Airbus et diverses agences gouvernementales européennes et qui traitaient de moyens de déjouer les projets de Boeing. Il s'agissait d'interceptions de routine et, en général, ils étaient transmis au Bureau de Liaison et de renseignement du Département du Commerce, parvenant inévitablement au siège de Boeing à Chicago. Il était rare que le technicien tombe sur un message provenant du Vatican et, en tant que catholique, il se sentit brièvement privilégié de pouvoir accomplir son devoir envers Dieu et son pays. Ayant interprété le code ID attribué au message par la base ECHELON de Menwith Hill, le technicien composa le numéro de l'officier responsable des relations avec les états secondaires, lui signalant qu'un message venait de lui être transféré. Lisant le contenu, il fallut moins d'une minute à l'officier en question pour rechercher et entrer une adresse où transférer le message, avant d'appuyer sur le bouton Envoyer.

Sur la console du technicien, une icône clignota à côté du message transféré par l'officier responsable sur le registre de trafic sortant. Un nouveau code avait été généré pour le traitement du message original. Le technicien entra une séquence de caractères et exécuta une commande qui permit au message original d'être envoyé à Hana Sinclair, puis retraça le chemin du message de Michael Dominic jusqu'à la puce d'arrière-plan en Italie, lui instruisant d'effacer le contenu.

Quelques secondes plus tard, une courte et discrète sonnerie annonça l'arrivée d'un message crypté sur l'ordinateur du Secrétaire d'État du Vatican. Il provenait de Petrov Gović.

Fabrizio Dante n'était pas là pour le lire. Mais cela attendrait.

VINGT-NEUF

De retour à son bureau d'Interpol, à Lyon, Petrov Gović venait de lire le rapport Moretti intercepté, envoyé par le père Dominic, quand son téléphone personnel vibra.

Appuyant sur le bouton vert, il tint l'appareil contre son oreille.

– Gović.

– Petrov, c'est Sirola. Tu peux parler ?

– Roko, mon ami, répondit Gović. Bien sûr, j'ai le temps. Tu appelles d'où ?

– Je suis en mission à Zagreb, cette semaine, dit Roko. Je crois que tu as des noms à me donner ?

Gović saisit les notices bleues croates qu'il avait mises de côté comme recrues potentielles.

– Tu as de quoi noter ?

Gović lut les noms de plusieurs citoyens croates dont les sympathies fascistes avaient poussé Interpol à les surveiller. Roko Sirola, l'un des agents les plus compétents de la grandissante Novi Oustacha, était chargé de la campagne de recrutement des nouveaux soldats.

– Roko, ajouta Gović en repensant à ce qu'il venait de lire.

Une opportunité assez intéressante vient de se présenter et pour laquelle j'aurai peut-être besoin de ton aide. Il y a un prêtre à Rome, quelqu'un sans importance, qui a peut-être découvert quelque chose qui pourrait avoir de la valeur pour nous. Je te donnerai les détails quand j'en saurai davantage. D'ici là, *Za dom-spremni !*

Terminant l'appel par le traditionnel salut oustachi signifiant « *Pour la patrie – Prêt* », Gović pesa les conséquences de sa duplicité mûrement réfléchie. Quoi que ce Dominic ait obtenu de Mme Dénarnaud, l'Église – en tout cas selon le rapport Moretti – allait juger qu'il était crucial de l'obtenir à tout prix. Une chose aussi précieuse pour le cardinal Dante pourrait s'avérer d'une valeur équivalente pour l'Oustacha. Si Saunière avait pu monétiser l'information, Gović le pouvait aussi.

Dans son bureau, le cardinal Dante venait de terminer la lecture du folio « *Gallia* » que Mendoza lui avait donné. Ne trouvant rien d'important à propos de Bérenger Saunière ou de Rennes-le-Château, il était profondément déçu.

Il ouvrit son iPad pour rédiger un message à Petrov Gović et découvrit qu'un message ProtonMail non lu de l'agent l'attendait dans sa boîte de réception. Se connectant au serveur sécurisé, Dante lut le message rédigé par Michael Dominic à destination d'Hana Sinclair, puis il lut la pièce jointe contenant le scan du rapport du légat du pape, monseigneur Moretti.

Fou de rage, Dante était outré que Mendoza ait enfreint le protocole, ignorant ses instructions on ne peut plus claires quant à l'implication de Dominic.

Dante était forcé de supposer que le père Dominic possédait *quelque chose*. À l'évidence, il avait trouvé le rapport Moretti et l'avait consciemment retiré du folio qu'il avait donné à Mendoza. Dante s'occuperait de cela plus tard, car la question la plus importante était de savoir ce que Michael Dominic avait en sa possession. Pourquoi s'intéressait-il à Rennes-le-

Château ? Qu'avait-il obtenu en rendant visite à cette Dénarnaud ?

Il réfléchissait à l'embarras auquel il faisait désormais face et un sentiment de vulnérabilité l'envahit peu à peu. Les évènements lui échappaient ; ils étaient hors de contrôle. De *son* contrôle.

Il devait procéder avec précaution. N'étant pas certain des enjeux, mais supposant qu'ils étaient immenses, étant donné la mise en garde de Moretti, Dante devait élaborer un plan.

CHAPITRE

TRENTE

Ayant terminé son travail pour la journée, Michael avait prévu de retrouver Hana à son hôtel. Il fourra ses ouvrages de référence dans un sac à dos et héla un taxi à la Porta Sant'Anna.

Il arriva au Rome Cavalieri et traversa le grand hall de l'hôtel pour prendre l'ascenseur jusqu'à la suite Palermo. Hana lui ouvrit la porte, l'air surpris.

– Michael ! Tu as été aussi choqué que moi en lisant le rapport Moretti ?

Toujours sur le pas de la porte, Michael lui sourit.

– Je peux entrer… ?

– Pardon, dit Hana en secouant la tête. Je suis tellement perturbée que j'en oublie les bonnes manières.

Michael entra dans le vestibule et regarda autour de lui. C'était de loin la suite la plus grande qu'il ait jamais vue. En fait, c'était un immense appartement s'étalant sur plus de 450 mètres carrés et comprenant quatre chambres, une salle à manger pour huit personnes avec sa cave à vin privée, un salon avec des fauteuils maharaja et des bronzes Empire, des tapis orientaux éparpillés sur un parquet en noyer, ainsi que des colonnes de marbre vert et de bois lustré soutenant des plafonds bordés de

173

moulures auxquels pendaient de grands lustres en cristal et, bien sûr, des toiles de maître sur chaque mur. Le tout avec une vue imprenable sur les splendeurs de Rome grâce aux immenses baies vitrées.

Admirant tout cela, Michael se tourna vers Hana et lui lança un regard stoïque.

– Comme si le jet privé ne suffisait pas. La finance internationale doit sacrément bien payer, de nos jours.

Hana parut déroutée et afficha une légère gêne face à l'extravagance somptueuse qui les entourait.

– La fortune de ma famille remonte à des générations, Michael. Je laisse rarement quiconque voir cette partie de ma vie. Ce peut être très déstabilisant pour la plupart des gens, donc s'il te plaît, ne me juge pas à cause de ma fortune. Je me bats du mieux que je peux pour me détacher des attributs inhérents à la richesse de ma famille.

– Je te promets que je ne te jugerai pas, dit Michael. D'ailleurs, je suis reconnaissant d'avoir un endroit sûr où faire mes recherches. Surtout maintenant. Alors, ce rapport Moretti ? J'étais estomaqué par ce que j'ai lu, moi aussi.

Il expliqua à Hana comment il en était arrivé à trouver le rapport, à la demande de Dante faite auprès de Mendoza, lui décrivant la section Divers et expliquant les difficultés qu'il y avait à trouver quoi que ce soit dans cette partie des Archives.

– Honnêtement, c'est presque un miracle de l'avoir trouvé, en fait. Je devrais aussi préciser, tant qu'on y est, que Dante a stipulé à Mendoza qu'il ne voulait pas que je sois impliqué dans la recherche de ce document. Heureusement pour nous, Mendoza a jugé que c'était une perte de temps pour lui. Le fait qu'il ait cherché à m'exclure implique que Dante sait ce qu'on fait. Je n'aime pas me sentir parano, Hana. Ceci étant dit, je crois qu'il faut qu'on parte du principe que Dante est au courant à propos de toi et de notre excursion à Rennes-le-Château. Je suis certain, maintenant, qu'on était bien suivi. Tout ça me dépasse, à vrai dire. À moins que Dante nous soupçonne de posséder quelque chose qu'il veut. Et si on était surveillé pendant qu'on rendait visite à Mme Dénarnaud ?

Hana tendit la main et serra celle de Michael.

– Eh bien, on ne peut pas revenir en arrière. Mais on peut faire plus attention à l'avenir. En attendant, allons travailler sur le manuscrit de Madeleine. Je l'ai mis dans le coffre ; je vais le chercher.

Elle quitta la pièce et Michael sortit de son sac à dos les ouvrages de référence dont il aurait besoin, puis il s'installa à la table de la salle à manger. Il avait également apporté avec lui quatre petits sacs de sable en cuir afin de fixer les coins du papyrus, ainsi que ses gants d'archiviste pour manipuler le papier ancien. Revenant avec le cylindre de bois, Hana le lui tendit. Il enfila ses gants et sortit précautionneusement le manuscrit du tube avant de le transférer dans une pochette plastique transparente sans acide, elle-même protégée dans un folio rigide pour une conservation plus solide et sécurisée. Ils n'auraient plus besoin du tube en bois.

– Ça risque de prendre quelques heures, donc, si tu as quoi que ce soit à faire, je te ferai signe quand on tiendra quelque chose.

– Prends ton temps, dit-elle en tournant les talons pour retourner au salon. Je n'ai pas fini d'étudier les rapports financiers que j'ai eus à la BnF.

Bien que le texte du manuscrit soit relativement court, le traduire était un travail laborieux. Lorsque l'on traduit les langues anciennes, il ne s'agit pas seulement d'interpréter ce que l'auteur a écrit mot pour mot. Cela implique également d'essayer de comprendre ce que l'auteur a voulu dire, de connaître les idiomes, la grammaire ancienne et les figures de style culturelles ; sans parler de l'absence de ponctuation qui crée parfois des phrases sans fin.

Michael se tourna vers l'un de ses manuels pour y trouver

des exemples comparables de grec koinè du premier siècle, durant l'époque byzantine, grâce auxquels il pourrait analyser le manuscrit Madeleine. Il remarqua que l'une des phrases était assez similaire.

Se servir de traductions de documents semblables tels que celui-ci – et d'un ouvrage de référence indispensable intitulé *Synopsis Quattuor Evangeliorum* – aida énormément Michael à identifier des marqueurs linguistiques et textuels uniques qui étaient utiles dans la plupart des projets de traduction du grec koinè vers l'anglais.

Tout d'abord, il examina le document entier plusieurs fois afin de distinguer des concepts ou des phrases clés, ou bien des mots qui se répétaient. Ensuite, il parcourut des yeux le texte pour y chercher des noms de personnages historiques, ou bien des noms de lieux qu'il pourrait reconnaître, tout cela dans le but de placer le manuscrit dans un contexte.

Un nom ainsi qu'un lieu attirèrent immédiatement son attention : *Jésus* et *Nazareth* ! Il reconnut ensuite deux autres noms de lieux : *Jérusalem* et *Gaule*. Il avait souvent rencontré ces mots lorsqu'il travaillait sur des parchemins bibliques.

Il progressa lentement mais sûrement avec son premier jet, mais le résultat était un méli-mélo de mots incohérents aux sens confus – un résultat fréquent avec les brouillons de traduction. Vint ensuite le moment d'utiliser le dictionnaire afin d'identifier des sens précis, en conservant toujours à l'esprit le contexte global.

Après deux heures d'effort, Michael avait terminé un premier paragraphe qui aida aussitôt son esprit fatigué à se reconcentrer.

Je suis Marie de Magdala. Voici mon témoignage sur Jésus de Nazareth.

Afin d'éviter ceux qui pourraient chercher à profaner les restes de notre Seigneur, j'ai quitté à la hâte Jérusalem, la terre coupable de la malheureuse persécution de notre Seigneur, et en secret j'ai emmené le corps de mon époux en Gaule, où ses restes seront enterrés aux côtés des miens lorsque mon heure viendra.

L'IMPACT de cette seule déclaration le fit chanceler. Marie Madeleine déclarait sans équivoque que Jésus était son mari ?! Et elle avait emporté son corps en France !

Michael savait que de nombreuses légendes voulaient qu'après la mort du Christ, Marie Madeleine, Joseph d'Arimathie et plusieurs autres disciples aient été envoyés à la dérive, dans un bateau sans rames ni voiles – exfiltrés à la hâte de Jérusalem par des compatriotes juifs pour les protéger des Romains – et qu'ils accostèrent finalement sur les rives du sud de la France où ils construisirent des églises et prêchèrent les évangiles.

Il se rappelait aussi que des légendes racontaient que Madeleine avait emporté un ossuaire – un coffre fait pour renfermer les ossements du défunt – avec elle dans ses voyages. *Cela pouvait-il être le reliquaire mentionné dans les légendes du trésor des cathares ? Un ossuaire contenant les restes du Christ ?*

Ses mains tremblaient à présent, mais Michael se remit au travail, souhaitant traduire tout le document avant de faire part à Hana de sa première découverte époustouflante. Désormais accoutumé à la plume de Marie Madeleine, il eut moins de mal avec la suite de la traduction. En deux heures, il avait terminé – et ce qu'il lut, dans son contexte, était sidérant.

Après Sa crucifixion, le Seigneur m'est venu dans une vision :

« Ne fais pas l'erreur de croire que ma résurrection soit celle de mon corps, ma bien-aimée, car seul mon esprit est monté au royaume de mon père, comme le fera le tien lorsque tu quitteras cette vie. »

Ensuite j'ai dit à Pierre : « Pierre, ne le dis pas aux autres, mais c'est l'esprit de notre Seigneur qui a quitté ce monde. Son corps ne s'est pas élevé comme les autres le croient... Joseph d'Arimathie m'a aidé à sortir le corps de notre Seigneur de la caverne et à le mettre en sécurité, pour le jour où l'on fuirait les Romains. »

Michael le lut encore et encore, s'assurant qu'il avait bien traduit les éléments les plus importants. En fin de compte, il était persuadé que sa traduction était aussi fidèle que possible. Il devait y avoir d'autres pages, quelque part, poursuivant son histoire. Mais des pages manquaient souvent lorsqu'on découvrait les textes anciens, comme pour l'*Évangile de Marie*. Ils étaient rarement découverts dans leur intégralité, ce qui laissait aux chercheurs la liberté d'interpréter ce qui manquait ou bien d'accepter la perte et de considérer ce qui restait pour ce que ça valait.

Il se leva en vacillant, prit une grande inspiration en s'étirant, retira ses gants et alla dans le salon, où Hana travaillait sur son ordinateur.

– Voilà encore cette expression, dit-elle en levant vers lui des yeux interrogateurs. Alors, qu'est-ce que tu as trouvé ? C'est important ?

– Hana, répondit-il en pâlissant, jamais le monde chrétien n'aura connu un document d'une importance aussi grande. Point à la ligne.

Il escorta Hana à la table et lui tendit son carnet. Elle s'assit pour lire sa traduction.

– MON DIEU, Michael, c'est *extraordinaire* ! Qu'est-ce qu'on est censés faire d'une telle information ?!

– Voilà justement le problème, concéda Michael, encore sous le choc. L'Église catholique, et d'ailleurs toute la théologie chrétienne, a pour fondement la mort et la résurrection *du corps* du Christ. La plupart des prophéties messianiques voient la Résurrection comme la promesse faite par Dieu que lorsqu'ils mourront, les croyants verront leur corps s'élever au paradis après le Second Avènement, comme le corps de Jésus l'a fait après sa crucifixion. Si ça ne s'est *pas* produit, toute l'eschatologie chrétienne est remise en question. Cela ferait de Jésus un simple mortel, ce qui remet donc en question sa divinité.

« Les chercheurs ont longtemps débattu au sujet de la tombe vide, poursuivit-il, se demandant si le corps du Christ avait réellement ressuscité ou si ce n'était qu'une ascension spirituelle et que le corps avait simplement été volé ou déplacé ailleurs dans les trois jours suivant la crucifixion. Ces paraboles ont été analysées et interprétées d'innombrables fois par les chercheurs et les théologiens au cours des siècles, mais personne n'a jamais pu avoir de certitudes. Jusqu'à maintenant.

Michael n'en revenait pas d'avoir prononcé ces paroles, et encore moins d'être celui qui avait redécouvert cette preuve longuement cachée qui contredisait non seulement la tradition orale, mais les Saintes Écritures reconnues.

– Pas étonnant que le Vatican ait accepté de payer Bérenger Saunière pour taire cette information, dit-il. Si jamais le public l'apprenait, cela mettrait l'Église à genoux. Il faudrait tout revoir, Hana. Les chrétiens du monde entier s'interrogeraient sur les fondements de leur propre foi, et bien sûr, sur les motivations des dirigeants de l'Église au cours de l'histoire.

Toujours debout, Michael se prit la tête dans les mains ; ses facultés mentales étaient à bout après les efforts requis par la traduction et son esprit était accablé par les ramifications de sa découverte. Percevant son épuisement et imaginant ce que cette information devait signifier pour lui, Hana se leva et prit le jeune prêtre dans ses bras. Cédant à un besoin inattendu de réconfort, Michael s'effondra contre elle, tremblant, sentant ses larmes couler sur les épaules de son amie.

– Ne t'en fais pas , chuchota-t-elle. Je sais que c'est dur à encaisser.

– Mais ça change tout, marmonna-t-il. Les fondements même de ma foi. L'une des raisons pour lesquelles je suis devenu prêtre. Tout ça n'est que mensonge.

Ils restèrent debout dans les bras l'un de l'autre, silencieux. Michael céda à la fatigue, accablé par son travail et la myriade de conflits qui en résultaient et qu'il devait maintenant affronter.

TRENTE-ET-UN

À une trentaine de kilomètres de Rome, la cité historique de Zagarolo – une commune médiévale ayant des racines dans la cité antique voisine de Gabii, sur les collines d'un cratère de volcan éteint – accueille l'Université Teller, une université de premier cycle centrée sur les études juives, dont l'hébreu, le Talmud et l'histoire juive.

Le professeur émérite Simon Ginzberg était dans son bureau au Palais Caprioli sur le campus de Teller lorsqu'il reçut un email de Michael Dominic provenant du serveur du Vatican.

SIMON – je vous laisse consulter la pièce jointe, seulement vous. Vous ferai voir le manuscrit original en personne. Quand et où pouvons-nous nous rencontrer ? – Michael

INTRIGUÉ, Ginzberg ouvrit la pièce jointe et commença à la lire. Lorsqu'il eut terminé, il eut l'impression d'avoir reçu un coup de poing dans le ventre. Il relut le texte en retenant son souffle, mais avec une vigueur toute retrouvée, époustouflé par les conséquences évidentes. *Nom de Dieu, mais qu'est-ce que notre jeune Michael vient de découvrir ?!* pensa-t-il.

Conscient qu'ils ne pourraient pas discuter de cela au Vatican, Ginzberg écrivit aussitôt un SMS à Michael : **Je propose que l'on se voie ici dans mon bureau. Êtes-vous libre demain soir ?**

La réponse arriva immédiatement : **Oui. On se voit demain soir.**

Ginzberg lui envoya les indications pour se rendre à son bureau sur le campus.

PETROV GOVIĆ ÉTAIT ASSIS dos au mur à une table de *Chez Antonin*, un bistro très fréquenté à midi, au cœur de Lyon, non loin du Rhône. Il venait d'entamer son filet de poulet de Bresse lorsque son téléphone vibra. Il reposa sa fourchette et soupira en mettant ses lunettes, découvrant qu'un autre message intercepté provenant de Michael Dominic l'attendait dans sa boîte de réception. Il but une gorgée du Beaujolais qu'il avait commandé et lut le message envoyé à Simon Ginzberg avant d'ouvrir la pièce jointe.

Relisant la traduction du manuscrit de Madeleine, il reprit sa fourchette et mâcha quelques petits bouts de viande en réfléchissant à l'impact de ce qu'il avait sous les yeux. Il reposa sa fourchette et regarda par la fenêtre, dans le vide, tandis que ses pensées se tournaient vers ce qu'impliquait cette information. La réponse lui apparut comme une évidence.

Il se leva d'un bond, jeta un billet de vingt euros sur la table, et sortit rapidement du restaurant, abandonnant un repas absolument délicieux.

Il avait beaucoup à faire.

CHAPITRE

TRENTE-DEUX

Après avoir accueilli ses invités sur le campus Teller, Simon Ginzberg les invita à s'asseoir et verrouilla la porte de son bureau avant de baisser les stores de toutes les fenêtres. La pièce s'assombrit tandis que le soleil couchant projetait une lumière orangée sur les stores blancs, créant une ambiance dramatique pour leur réunion. Michael présenta Hana à Simon et lui fit un bref résumé de son travail et de l'aide qu'elle lui avait apportée jusque là.

— Puis-je vous offrir un café ou un thé ? demanda Ginzberg.

Ils refusèrent tous deux et un silence pesant s'installa quelques secondes dans une atmosphère lourde d'anticipation. Ginzberg fut le premier à parler.

— Je présume que ce manuscrit a chamboulé tout votre univers, non ? demanda le vieil homme avec un sourire lourd de sous-entendus.

— J'étais sur le point de répondre « vous n'avez pas idée », mais je crois que vous comprenez très bien, Simon, dit Michael. Peu de choses m'intimident ou m'émeuvent jusqu'aux larmes. Mais cet exercice m'a anéanti. Honnêtement, je ne sais absolument pas quoi en faire ; c'est pour cette raison que je me tourne vers vous.

– Eh bien, commençons par voir ce que vous avez découvert, dit Ginzberg. Je n'ai pas été aussi excité depuis que j'ai eu accès aux évangiles gnostiques de Nag Hammadi, il y a quelques années. Saviez-vous que les manuscrits de la mer Morte de Qumran avaient été déclarés secrets d'État israélien lorsqu'ils ont été découverts au début des années 1950 ? C'est une appellation grotesque, bien sûr, et tristement typique d'une poignée d'hommes assoiffés de pouvoir qui essaient de s'approprier tous les objets rares et de valeur. À ce propos, ajouta-t-il en regardant Michael dans les yeux, imaginez-vous le zèle avec lequel le Vatican essaierait d'étouffer ça, étant donné leur chauvinisme historique ? Et c'est sans parler de l'impact qu'à leurs yeux ce contenu pourrait avoir pour les congrégations du monde entier !

Michael n'avait pas de réponse à tout cela – non pas qu'il n'ait pas déjà réfléchi à toutes ces questions.

Il retira le manuscrit de son sac à dos et le tendit à Ginzberg, qui alluma sa lampe de bureau pour admirer l'extraordinaire papyrus.

Comprenant parfaitement la langue koinè, le professeur lut chaque glyphe et conclut bientôt que la traduction de Michael était conforme à l'original, ou à peu de choses près.

Ginzberg enleva ses lunettes et se frotta le visage.

– Je ne saurais vous dire combien je me sens privilégié que vous soyez venu vers moi avec ce document, Michael, dit-il, les yeux brillants. De toutes les antiquités que j'ai traitées en plus de soixante ans, aucune ne m'a affecté autant que ce message de Madeleine. Il est profondément important à bien des niveaux. En dehors de ce qui saute aux yeux, à savoir que c'est le seul écrit existant de la main de Madeleine, ce document est le plus ancien témoignage direct de la crucifixion du Christ à jamais avoir été trouvé, et de la main de son épouse, qui plus est ! Et c'est en soi une remarque importante : nous avons désormais la preuve du mariage de Jésus avec Marie Madeleine.

« Partant de là, on peut tout à fait supposer l'existence de

Desposyni, de descendants du Christ, comme de nombreux historiens et chercheurs l'ont imaginé en se basant sur l'*Évangile oublié* de la British Library, potentiellement corroboré par *l'Évangile selon Philippe*, des apocryphes du Nouveau Testament. Mais le plus crucial, poursuivit Ginzberg qui parlait désormais à toute vitesse, c'est l'absence évidente de résurrection ! Toute la croyance chrétienne est fondée sur l'ascension du corps du Christ au paradis, et la promesse faite aux fidèles qu'ils s'élèveront eux aussi. Dire qu'un tel simulacre se joue depuis deux mille ans est parfaitement ahurissant. Toutefois, comme Otto Rahn l'a lui-même écrit, « La foi profonde trouve des oreilles attentives chez les gens influençables ». Je crois même me souvenir que le Nouveau Testament mentionne les conséquences qui en découleraient si le Christ n'était pas ressuscité… dans Corinthiens 1, je crois.

Il prit sa bible, trouva le passage au chapitre 15, et le lut à voix haute :

« ET SI CHRIST n'est pas ressuscité, alors notre prédication est vide, et votre foi aussi. Il se trouve même que nous sommes de faux témoins vis-à-vis de Dieu, puisque nous avons témoigné contre Dieu qu'il a ressuscité Christ. Or il ne l'a pas fait si les morts ne ressuscitent pas. En effet, si les morts ne ressuscitent pas, Christ non plus n'est pas ressuscité. Or, si Christ n'est pas ressuscité, votre foi est inutile, vous êtes encore dans vos péchés, et par conséquent ceux qui sont morts en Christ sont aussi perdus. Si c'est pour cette vie seulement que nous espérons en Christ, nous sommes les plus à plaindre de tous les hommes. »

GINZBERG PRIT une grande inspiration et concentra son regard sur le manuscrit.

— Et enfin, il y a le fait que Madeleine a emporté les ossements du Christ en France. Il est vrai que ce postulat a été fait depuis longtemps dans de nombreuses traditions orales. Cela rappelle d'ailleurs les cathares et la rumeur de leur trésor « saint ». Peut-être ne possédaient-ils pas du tout le saint Calice, mais quelque chose s'apparentant à un savoir sacré, comme on l'a largement supposé. Ce manuscrit constituerait ce genre de découverte, c'est certain. Et si ces histoires sont fondées, cet ossuaire pourrait bien être enterré dans l'une des profondes cavités de la grotte de Lombrives, en France, ou dans les grottes de Sabarthès, près de Montségur, toujours d'après la légende cathare. Dans tous les cas, Bérenger Saunière possédait très clairement quelque chose que l'Église, en la personne de monseigneur Moretti, croyait être suffisamment énorme pour acheter le silence de l'abbé. Je suis surpris qu'ils n'aient pas tenté de récupérer le manuscrit eux-mêmes par tous les moyens possibles, afin de garantir sa « conservation en lieu sûr ».

Michael se leva pour se dégourdir les jambes.

– Je n'ai rien trouvé qui laisserait croire que l'Église ait fait quoi que ce soit pour l'obtenir, dit-il en faisant les cent pas dans le petit bureau. Alors, à votre avis, que doit-on faire de ce manuscrit maintenant, Simon ?

Ginzberg joignit les doigts, réfléchissant longuement, avant de répondre.

– Tout d'abord, le manuscrit doit être protégé à tout prix, et pas au Vatican. Si vous avez accès à un lieu plus sûr, conservez là-bas pour l'instant.

– J'ai un coffre-fort dans la suite de mon hôtel ; il y était jusqu'à présent, répondit Hana.

– Bien. Quant à ce qu'il faut en faire, je crois que nous devons prendre le temps d'y réfléchir, dit Ginzberg. En attendant, l'authenticité du document reste à déterminer. Cela impliquerait entre autres une datation au carbone 14. Nous pouvons le faire ici, bien entendu, mais il faudra extraire un petit bout du papyrus pour l'analyser. Sommes-nous d'accord là-dessus ?

– Absolument, acquiesça Michael. Nous devrions également

pratiquer une spectroscopie moléculaire, tant qu'on y est. Toshi Kwan peut m'aider à la faire au labo. Quand aurez-vous les résultats, Simon ?

– Ça ne devrait pas prendre plus de quelques heures, pour peu que j'aie accès à l'appareil de spectrométrie de masse par accélérateur sans attiser la curiosité de mes collègues. Je le ferai ce soir, quand tout le monde sera parti. Après tout, en dehors des affaires clairement rentables de Saunière avec le Vatican, cela fait deux mille ans que le manuscrit est caché. Il peut bien attendre un peu plus longtemps afin qu'on réfléchisse à ce que l'on va faire. Je suis d'avis qu'on effectue les tests et qu'on se laisse le temps. Vous êtes d'accord ?

Michael soupira de soulagement.

– Oui, ça nous laisse le temps de réfléchir aux conséquences et de déterminer comment se passera la révélation du manuscrit ; *si* on décide que le révéler est la meilleure chose à faire. Pour l'instant, j'arrive à peine à formuler une phrase cohérente, et encore moins à faire des plans qui changeront à jamais le cours de l'histoire.

Ginzberg rit.

– Ne considérez pas tout cela comme un fardeau, Michael. C'est une aventure monumentale que nous vivons ! Ces choses ont tendance à se résoudre d'elles-mêmes, non ? Prenez l'exemple de l'*Évangile selon Thomas* et de l'*Évangile selon Marie*, des textes gnostiques que le monde ignorait avant leur découverte assez récente ; ils ont changé le cours de l'histoire, même s'ils continuent d'être examinés et interprétés plusieurs décennies après avoir été découverts. Quoi qu'il en soit, ajouta le vieil homme, le regard pétillant, sachez que votre rôle privilégié dans cette histoire est garanti, que ça vous plaise ou non.

– Je viens juste de penser à autre chose, dit Michael, le regard perdu au loin. Vous vous souvenez du troisième quatrain de Nostradamus, qui parlait d'invoquer « *la vérité albigeoise* » et de « *la Mère sacrée rendant son dernier souffle* » ? Si ce manuscrit est vraiment le trésor des cathares, c'est-à-dire des Albigeois, est-ce que révéler ce manuscrit pourrait marquer la fin de l'Église ? Ou la fin du monde ?

Ils restèrent tous trois assis en silence, envisageant l'impensable.

TRENTE-TROIS

Haut perché sur une grande colline dominant le lac Albano, le palais des papes de Castel Gandolfo sert de résidence secondaire au pape pour ses week-ends et ses étés, comme cela a été le cas durant des centaines d'années pour des dizaines de papes. Construit au début du XVIIe siècle, la totalité du palais apostolique est plus grande que le Vatican lui-même, avec cinquante-cinq hectares de jardins d'agrément et de bâtiments, confortablement installés dans un village endormi des monts Albains, à une centaine de kilomètres au sud-est de Rome.

Assis à une magnifique table en marbre rouge de Vérone, dans la spacieuse *Sala del Concistore*, la salle de conférence pour les dignitaires en visite, quatre des conseillers les plus proches du pape s'étaient réunis pour discuter d'un sujet délicat concernant les actifs financiers de l'Église : le cardinal Enrico Petrini, le membre du *Consulta* en qui le pape avait le plus confiance, le cardinal Fabrizio Dante, le Secrétaire d'État au Vatican, l'évêque Klaus Wolaschka, président de l'Institut pour les œuvres de religion, communément appelé la Banque du Vatican, et le baron Armand de Saint-Clair, président de la Banque suisse de Saint-Clair et membre du *Consulta* du pape.

– Messieurs, dit Wolaschka, je vous rappelle que cet or repose dans nos coffres depuis presque soixante-dix ans. Personne ne possédant une preuve acceptable de propriété n'a jamais cherché à le récupérer, donc je crois que l'on peut dire qu'il appartient à notre Sainte Mère l'Église. C'est la position que j'ai adoptée lorsque j'ai pris ce poste, et elle reste la même aujourd'hui.

– Évidemment, personne n'a demandé à le récupérer, Klaus, intervint Petrini d'un ton agacé. La plus grande partie appartenait à des Juifs et des Serbes et autres malheureux individus qui l'ont perdu durant les horribles purges nazies. Nous *devons* accéder aux requêtes faites par les organisations juives internationales représentant les survivants de l'Holocauste, et trouver un moyen convenable de le restituer. Ignorer leurs demandes va à l'encontre du travail fondamental de l'Église.

– Je ne suis pas certain d'être d'accord, Enrico, rétorqua Dante. Le simple fait d'admettre que la Banque du Vatican possède ces fonds ne ferait qu'entacher encore davantage la réputation de Pie XII et l'Église ne peut pas se permettre un nouveau scandale, cette année.

Dante faisait référence aux millions de dossiers récemment déclassifiés concernant le règne de Pie XII, ce qui était certain d'attirer – bien malgré elle – l'attention sur le rôle de l'Église pendant la Seconde Guerre mondiale.

– De quel montant parlons-nous, Klaus ? demanda Dante.

– Au cours actuel des marchés, il s'agirait d'environ 200 millions de dollars U.S, rien qu'en lingots d'or, répondit Wolaschka d'un ton nonchalant, évitant de croiser le regard des autres en tournant la tête vers les fenêtres donnant sur les jardins du palais.

Saint-Clair était stupéfait.

– C'est un montant choquant, Klaus ! Est-ce que cet or est noté dans les registres comme un actif de l'Église ? Ou est-il en suspens dans une sorte de compte caché ? demanda-t-il.

Le banquier sembla indifférent au coup d'éclat de Saint-Clair et ne répondit pas directement à la question.

– D'après ce que j'en sais, Armand, nous avons acquis ses réserves de façon légale, en agissant pour le compte de banques centrales européennes dont les actifs étaient saisis par les nazis. Et beaucoup ont mis la clé sous la porte à cause des actions du Reich. Qui peut dire à qui cet or appartient, aujourd'hui ? Sans papiers officiels mentionnant les transferts et pouvant prouver ces transactions, et sans héritiers acceptables présentant les documents adéquats tels que des certificats de décès, il n'y a en vérité rien que l'on puisse faire.

– Comment pourrait-on justifier d'exiger des certificats de décès pour les millions de Juifs massacrés dans les camps de concentration ?! demanda Petrini, outré par le concept même. Il est inhumain de demander cela aux survivants qui étaient des enfants à l'époque et qui ont tout perdu. Quelle preuve pourraient-ils bien fournir aujourd'hui ? Les nazis ne se sont jamais souciés d'établir des *certificats de décès* !

À cet instant, deux gardes suisses ouvrirent la porte de la salle avant de se mettre au garde-à-vous pour laisser passer le pape qui entra avec un saladier en cristal rempli de fruits dans les mains. Les quatre conseillers se levèrent et inclinèrent la tête.

– Bonjour, Votre Sainteté, dirent-ils à l'unisson.

– *Buongiorno*, mes amis, répondit le pape d'un ton joyeux, sentant l'atmosphère tendue qui régnait dans la salle. J'ai pensé qu'un peu de fraîcheur venant du jardin vous ferait plaisir… des pêches Giallone bien mûres venant du verger. Je viens juste de les cueillir moi-même.

Il posa le saladier sur la table en marbre, conscient que ce qui était en train d'être discuté ne le concernait pas.

– Je vous en prie, je ne veux pas vous interrompre. Nous quittons Castel Gandolfo cet après-midi, j'ai pensé que vous deviez en être informé.

Après avoir béni le groupe en souhaitant que leur travail porte ses fruits, le pape quitta la salle et les gardes suisses refermèrent les portes.

Saint-Clair baissa les yeux sur les chiffres mentionnés dans l'article entre ses mains.

– Laissez-moi vous citer le *New York Times* : « Les Suisses ont estimé que de septembre 1939 à juin 1945, la Banque Centrale allemande a acquis ou dépensé quelques 909 millions de dollars en or, au cours de l'époque ». Aujourd'hui, messieurs, cela équivaudrait à environ 12 milliards de dollars U.S., au taux de change actuel.

– Armand, votre propre banque doit détenir de vastes réserves en lingots d'or obtenus pendant la guerre, déclara Wolaschka. Tout le monde sait que les banques suisses étaient les refuges les plus sûrs pour les nazis. Ne faites-vous pas vous-même l'objet d'une enquête de la part des gouvernements britannique et américain ?

– À aucun moment la banque de ma famille n'a traité avec le Reich ! s'exclama Saint-Clair. Mon père a résisté avec succès à leurs demandes et à leurs menaces, même si d'autres n'ont pas eu autant de chance – ou devrais-je dire autant de jugeote – dans leurs négociations avec Hitler. Il est vrai que nous avons cherché à défendre ceux dont les capitaux étaient grandement menacés – principalement, la fuite d'importants capitaux juifs – et chaque centime a depuis été correctement retrouvé et rendu. Telle est la procédure responsable que toutes les institutions bancaires devraient adopter pour traiter cette question, dit-il en se tournant pour regarder Klaus Wolaschka dans les yeux.

Enrico Petrini vint à la rescousse de Saint-Clair.

– Savez-vous, Monseigneur Wolaschka, que des centaines de milliers de familles ayant survécu à l'Holocauste attendent encore d'être dédommagées ? *Plus de soixante-dix ans après les faits ?* Comment la Banque du Vatican peut-elle espérer éviter les accusations de complicité, à présent ? Mes amis, poursuivit-il en balayant ses confrères des yeux, le Saint-Père compte sur nous pour prendre la bonne décision en ce qui concerne ce grave sujet. Et vite.

Dante regarda sa montre.

– Je crains que nous n'ayons pas le temps de poursuivre aujourd'hui, messieurs, donc il faudra mettre ce sujet de côté pour l'instant. Klaus, j'aimerais m'entretenir avec vous dans mon bureau demain, afin que nous discutions des implications internes au Vatican. Et Armand, puis-je vous parler seul à seul ? Allons marcher dans les jardins.

LES JARDINS PONTIFICAUX parfaitement entretenus de la Villa Barberini, qui était autrefois la résidence secondaire de l'Empereur romain Domitien, au Ier siècle, répondaient aux besoins méditatifs des papes depuis plusieurs générations. Des pins parasols, d'immenses cyprès et des cèdres bleu-vert centenaires ombrageaient les sentiers qui longeaient des parterres géométriques rivalisant avec la beauté et la grâce naturelle des jardins de Versailles. D'anciennes grottes et des fontaines ornées de divinités aquatiques et de statues de la Vierge Marie et autres saints donnaient sur des pelouses et des haies parfaitement taillées.

Fabrizio Dante et Armand de Saint-Clair déambulaient le long des sentiers bordés de myrte dessinés par les architectes du pape Urbain, au XVIIe siècle, savourant les pêches Giallone que le pape avait cueillies dans le verger attenant.

– Armand, commença Dante, je ne crois pas me tromper en disant que votre petite-fille collabore avec l'un de nos employés des Archives, le père Dominic, sur une affaire qui pourrait affecter l'Église.

Le cardinal marqua une pause pour mordre à nouveau dans le fruit, dont le jus coula sur les graviers.

– Je ne connais pas encore les détails, poursuivit-il, mais je crois qu'il serait dans notre intérêt à tous les deux que leurs manigances, quelles qu'elles soient, n'apparaissent pas en une du *Monde*. Ni sur aucune page, d'ailleurs.

– Hana ? s'enquit Saint-Clair, surpris. Je ne vois pas pourquoi elle pourrait avoir besoin des Archives, Éminence. Je sais qu'elle travaille sur la question de l'or juif et la complicité des banques suisses pendant la guerre – un sujet d'actualité si l'on en croit notre réunion d'aujourd'hui – mais je ne vois pas pourquoi cela requiert l'aide de votre employé. Je lui poserai la question, si vous le souhaitez.

– Ce serait fort aimable, Armand. Comme vous le savez, le père Dominic est plus ou moins une pupille du cardinal Petrini, et ce depuis l'enfance. Mais étant donné que c'est moi qui supervise Dominic, je suis certain que l'on peut gérer ça en interne.

– Pour revenir à cette question épineuse, dit Saint-Clair, pourquoi Wolaschka est-il si intraitable au sujet des réserves d'or du Vatican ? Au moins une partie de cet or ne peut pas être déclarée comme un actif de l'Église, c'est évident ! Penser l'inverse serait illogique.

– Klaus est une tête de mule quand il s'agit de chiffres, et, en bon Allemand, il est d'une efficacité redoutable. C'est une question délicate pour l'Église, à une époque périlleuse, étant donné le dossier Pie XII dont la presse s'empare. Mais le Saint-Père souhaite que nous trouvions une solution à l'amiable.

– Je le souhaite également, acquiesça Saint-Clair tandis que les deux hommes repartaient en quête de fraîcheur dans le Palais Apostolique.

CHAPITRE

TRENTE-QUATRE

Depuis le hublot au dernier rang du vol Croatia Arilines 5434 en provenance de Zagreb et à destination de Rome Fiumicino, Roko Sirola observa les gros nuages blancs que le jet survolait, faisant tourner sans y penser son Ehrenring alors qu'il regardait les photos de Michael et d'Hana pour sa nouvelle mission.

Un prêtre et une journaliste, qui plus est une journaliste riche, songea-t-il. Gović doit vraiment vouloir ce document pour interrompre mon recrutement jusqu'à ce que cette mission soit accomplie. Mais pour cinq mille euros par jour, difficile de se plaindre.

Parmi ses nombreux talents – dont le seul à être légal était celui de baratineur, utile dans son rôle de recruteur pour la Novi Oustacha – Roko Sirola était également expert en vol et perçage de coffres-forts. L'ordre de Gović était le suivant : obtenir un document placé dans un cylindre en bois, rangé dans le coffre-fort de la suite d'Hana Sinclair. *Travail facile, argent facile*, se dit-il en souriant alors que le pilote annonçait leur descente vers Rome.

～

Trois heures plus tard, Hana Sinclair avait fini de travailler pour la journée. Elle n'était toujours pas plus avancée pour ce qui était de trouver « Achille », mais elle avait beaucoup appris à propos de la fuite de l'or juif et des systèmes bancaires suisse et français, un travail qu'elle poursuivrait demain.

Refermant son ordinateur portable, elle alla dans la chambre principale pour choisir la tenue qu'elle mettrait pour son dîner avec Michael – un dîner au cours duquel ils discuteraient de leurs options concernant le manuscrit de Madeleine.

Étudiant sa garde-robe, elle choisit un pantalon habillé Armani noir et un chemisier blanc Carolina Herrera, ajoutant une fine chaîne en or avec un crucifix.

Elle regarda l'heure sur l'horloge murale. Dix-huit heures quarante. Michael serait bientôt là.

– Une vodka pure, une Akvinta, si vous avez. Sinon, une Punzoné, dit Roko Sirola à la serveuse, assis dans le petit salon du hall du Rome Cavalieri.

Tous les hôtels de luxe servaient de la Punzoné, la vodka italienne de premier choix, mais Roko préférait le goût de son pays avec l'Akvinta triple distillation. D'ailleurs, même une Stoli ferait l'affaire. Il avait seulement besoin d'un shot tonifiant pour calmer ses nerfs.

Observer les gens entrer et sortir des halls d'hôtel étaient l'un des passe-temps de Roko lorsqu'il attendait d'effectuer un travail, surtout dans les plus grandes villes du monde. Il aimait voir les princes saoudiens dans leurs qamis blancs et leurs ghutras rouges et blanches, les géants de l'industrie dans leurs costumes de luxe italiens, les cardinaux, prêtres et nones dans leurs habits divers et, les plus pénibles de tous, les hordes de touristes en tenues décontractées aussi atroces que variées – surtout les Américains, pensa-t-il, qui n'avaient aucune notion de la bienséance. De surcroît, ils étaient bruyants et odieux.

Les yeux rivés aux ascenseurs et au grand escalier, attendant de voir l'une des cibles dont il avait mémorisé les visages dans l'avion, Roko sirotait sa Punzoné, savourant la chaleur voluptueuse qui fouettait son palais.

C'est alors qu'il vit le prêtre entrer par la porte principale, en tenue de ville plutôt qu'en habit religieux, vêtu d'un pantalon beige et d'un polo noir épousant son torse musclé. Il alla tout droit vers le téléphone du hall, sans doute pour appeler la femme, supposa Roko.

Il raccrocha et se dirigea vers le salon où se trouvait Roko, s'asseyant près de lui. Roko sortit son téléphone et fit mine d'être concentré sur quelque chose, tenant son verre d'une main et son téléphone de l'autre, la tête baissée.

Quelques minutes plus tard, la femme sortit de l'ascenseur et le prêtre se leva pour la rejoindre. Ils sortirent ensuite par la porte principale de l'hôtel.

Roko vida ce qui restait de sa vodka, saisit le sac en bandoulière qu'il avait apporté, et marcha jusqu'à la réception, où un groupe de touristes s'enregistraient. Il resta près d'eux alors que chacun recevait la carte magnétique de sa chambre puis, repérant la cible la plus facile – une femme ronde portant plusieurs sacs de shopping – Roko la bouscula et glissa sa main dans son sac à main pour en extraire la carte d'accès qu'elle venait d'y ranger.

Il repéra ensuite les toilettes pour hommes, y entra et s'enferma dans une des cabines. Il s'assit et sortit de son sac un petit boîtier noir qui tenait dans une main, un appareil spécialisé permettant de pirater les composants RFID des cartes magnétiques. Il y inséra la clé volée et appuya sur deux boutons pour activer la conversion. Exploitant les vulnérabilités bien connues des logiciels utilisés par de nombreuses marques de clés électroniques, quelques minutes plus tard, il tenait entre les mains une clé passe-partout qu'il pouvait utiliser dans toutes les chambres de l'hôtel.

Roko prit donc l'ascenseur jusqu'au septième étage et localisa la suite Palermo. Il frappa à la porte et attendit quelques secondes, puis il frappa à nouveau. Certain que la suite était vide, il introduisit la clé magnétique. Le verrou émit un cliquetis et la LED verte s'alluma. Utilisant la manche de sa veste pour abaisser la poignée sans y laisser d'empreintes, il se glissa à l'intérieur.

Admirant la suite luxueuse, il espérait trouver autre chose qu'un document dans le coffre-fort. Une petite fortune en bijoux serait un bel ajout à son salaire déjà généreux. Toutefois, avec tant de pièces, où pouvait se trouver le coffre-fort ? Il devait faire vite.

Il chercha d'abord dans les lieux les plus probables : les armoires de la chambre principale. N'y trouvant rien, il passa aux autres chambres, puis au bureau. Toujours rien. Le coffre devait être caché dans un mur. Balayant le bureau des yeux, il choisit le tableau le plus logique parmi les cadres les plus petits et en étudia les bords à la recherche de gonds. Son intuition porta ses fruits. Sans résistance aucune, un faux nu de Modigliani cliqueta avant de s'ouvrir comme une porte, révélant un coffre-fort de la marque la plus répandue, que Roko connaissait très bien. Avec un peu de chance, il l'ouvrirait sans problème.

Il sortit ses outils de son sac : l'amplificateur audio et ses écouteurs – essentiel – qui remplaçait le bon vieux stéthoscope, une visseuse sans fil avec des mèches en carbure de tungstène et en diamant, et un endoscope afin d'inspecter le mécanisme interne du coffre-fort une fois qu'un trou y aurait été percé.

Mais d'abord, tenter le coup de chance. Presque tous les coffres-forts des chambres d'hôtel avaient un super code administrateur. Lorsque les coffres étaient installés, l'hôtel avait la responsabilité de changer ces codes, mais à cause du nombre conséquent de coffres requis par la plupart des hôtels ainsi que du manque de temps ou de connaissances techniques des directeurs, la plupart étaient souvent installés tels qu'ils étaient livrés par le fabricant.

Roko sortit des gants en latex de son sac et les enfila. Il appuya plusieurs secondes sur le bouton LOCK jusqu'à ce que le voyant BATTERY apparaisse à l'écran, puis il appuya sur le bouton ZÉRO du clavier jusqu'à ce que le mot SUPER s'affiche. Ensuite, il entra le code d'usine par défaut, « 999999 » et le mécanisme de verrouillage cliqueta. La chance l'ayant emporté, il ouvrit la porte du coffre.

— OH, MICHAEL, je suis désolée, dit Hana alors qu'ils s'apprêtaient à monter dans un taxi. J'ai laissé mon téléphone branché, il faut que je retourne le chercher. J'en ai pour deux minutes.

— Pas de problème, je viens avec toi, dit Michael. C'est une belle soirée pour se promener et je n'ai pas pu aller courir ce matin.

Repassant la porte de l'hôtel, ils se dirigèrent vers les ascenseurs.

ROKO REGARDA à l'intérieur du coffre. *Où est le cylindre en bois ?! Govič va être furieux si je ne ramène pas ce qu'il veut.* La seule chose qu'il trouva était un folio en cuir. Le sortant du coffre, Roko l'ouvrit et y découvrit un vieux parchemin glissé dans une pochette plastique. *Peut-être que c'est ce qu'il veut. Si c'est dans le coffre, ça doit avoir de la valeur.* Il envisagea d'appeler Govič pour en avoir confirmation, mais encore une fois, il devait faire vite. Il rangea le folio dans son sac, referma le coffre, et se dirigea vers la porte.

LES PORTES de l'ascenseur s'ouvrirent et Hana et Michael se dirigèrent vers sa suite. Ils tournaient à l'angle du couloir lorsqu'Hana vit un homme en sortir.

— C'est qui, ça ?! demanda-t-elle d'un ton nerveux.

Michael leva les yeux.

C'est alors que Roko les vit et baissa aussitôt la tête, tournant vers la gauche, l'air de rien, avant de se mettre à courir.

Michael se lança à sa poursuite. Lorsqu'il atteignit le bout du couloir, il entendit l'homme courir en direction des ascenseurs pour les atteindre par l'autre côté. À l'angle du couloir, il accéléra, et vit la porte battante des escaliers se refermer. Michael la percuta de toutes ses forces et le poursuivit dans l'escalier, agrippant la rambarde tandis qu'il dévalait les marches deux par deux. Il entendait les pas de l'homme sous lui, tintant sur les marches en métal.

À bout de souffle, Roko avait atteint la porte donnant sur le hall. Il entendait Michael le rattraper, à peine deux étages au-dessus. Il décida alors de descendre plus bas encore, vers le parking sous-terrain. Mais d'abord, il poussa la porte du hall et la laissa se refermer tandis qu'il continuait de descendre l'escalier, aussi rapidement et silencieusement que possible. Il arriva au premier niveau du parking et ouvrit la porte sans bruit, se glissant à l'intérieur avant de la refermer doucement.

Après avoir dévalé les sept étages, Michael avait afin atteint la porte du hall. Voyant qu'elle était sur le point de se refermer, il la tira pour l'ouvrir et déboula dans l'entrée bondée de l'hôtel, à bout de souffle. Les mains sur les hanches pour reprendre sa respiration, Michael balaya la foule des yeux, cherchant l'homme qu'il avait pourchassé.

Il avait disparu.

TRENTE-CINQ

Michael était remonté au septième étage par l'ascenseur et frappa à la porte de la suite. Lorsqu'Hana l'ouvrit, ses yeux lui dirent tout ce qu'il avait besoin de savoir.

– Il l'a pris, Michael ! gronda-t-elle, les larmes aux yeux. Cet enfoiré a volé le manuscrit !

– Sinon ça va, toi ? demanda Michael en l'étreignant.

– Oui, mais comment tu vas, toi ? Tu es blessé ? Tu l'as trouvé ?

– Non, il m'a échappé. Et oui, je vais bien.

– Comment a-t-il pu entrer par effraction dans ma chambre d'hôtel, et qui plus est ouvrir le coffre ?!

Hana était on ne peut plus tendue, furieuse que de supposées mesures de protection – surtout dans un hôtel 5 étoiles – puissent être aussi facilement contournées.

– D'expérience, les gens sont capables de tout pour concrétiser leurs mauvaises intentions, dit Michael. Quant au manuscrit, ne t'en fais pas. J'avais pris des précautions.

– Je ne comprends pas. Quelles précautions ?

– Tu te souviens quand on a été voir Simon à son bureau, il y a quelques jours, et que je lui ai laissé le manuscrit pour qu'il l'analyse ? À ce propos, il m'a confirmé que les tests indiquaient une forte probabilité qu'il soit authentique, et que la datation au carbone 14 le datait du Ier siècle.

– Non pas qu'on en ait douté, dit Hana. Mais c'est bien de savoir que la science le confirme. Mais je t'en prie, continue.

– Bref. J'y suis retourné le lendemain pour récupérer le manuscrit et j'en ai fait une copie en haute résolution au labo de numérisation. J'ai rangé la copie dans un folio différent. J'ai envisagé d'y apposer un traqueur AirTag, au cas où, mais ce n'était pas vraiment nécessaire, vu que c'était seulement une copie. Ensuite, je suis allé à la Banque du Vatican pour y ouvrir un compte et j'ai placé le folio avec le manuscrit original dans un coffre. Je me suis dit que tant qu'on devait manipuler le document, je ne voulais pas prendre de risques avec un trésor aussi important, même en le mettant dans un coffre d'hôtel, dont la sûreté s'arrête à l' employé le plus honnête. Et en fin de compte, j'ai bien fait.

Hana pencha la tête sur le côté et dévisagea Michael.

– Beau gosse, intelligent, *et* pieusement sournois. Ta mère serait fière de toi.

– Toutefois, ça ne résout pas le problème principal, dit Michael. Maintenant, quelqu'un d'autre est en possession d'un document explosif qui pourrait mettre en péril le monde chrétien. Si cette personne sait le traduire. Mais trouver un expert en grec koinè ne devrait pas être très difficile. En revanche, la façon dont ils ont appris qu'on possédait ce manuscrit reste un mystère. Pour l'instant, je ne l'ai dit qu'à Simon.

– Je parie que nos emails ont été piratés, dit Hana. J'en ai déjà fait l'expérience lors de certaines de mes enquêtes ; c'est plus facile à faire qu'on ne le croit quand on est motivé. C'est l'explication la plus logique. En y repensant, on aurait dû utiliser mon compte sur le système sécurisé Sourcesûre du *Monde* pour se transmettre et stocker le manuscrit.

– Hélas, je suis d'accord avec toi, admit Michael d'un ton abattu. On va devoir faire beaucoup plus attention, à l'avenir. Je suis idiot. J'aurais dû prendre des mesures préventives plus efficaces avec un objet aussi précieux. En fait, j'ai mené une vie plutôt protégée et comme j'ai rarement dû faire face à l'adversité, je n'anticipe jamais.

— Là-dessus, je ne suis pas d'accord. Placer l'original dans le coffre du Vatican était très prévoyant. La vraie question reste de savoir qui est derrière tout ça ? Qui d'autre est au courant qu'on a ce manuscrit, et qui plus est qu'il était dans le coffre ?!

— Bonnes questions… Je crois que ton hypothèse sur le fait qu'on ait été piraté est la plus probable. On devrait donc présumer que nos SMS sont aussi à risque. Il faut qu'on garde tout ça à l'esprit pour nos communications futures. Quant à savoir qui veut le manuscrit au point de le voler en pleine journée… le type de la bibliothèque et du train m'apparaît comme notre premier suspect. Mais qui est-il ? Pour qui travaille-t-il ?

Hana se leva et marcha jusqu'à la fenêtre, admirant la vue sur la ville.

— Et le cardinal Petrini ? Tu crois qu'il pourrait nous aider à le découvrir ?

Michael y réfléchit un moment.

— Je ne suis pas encore prêt à lui parler de tout ça. Mais je dîne avec lui, ce soir. Et si tu te joignais à nous ?

— J'adorerais le rencontrer. Tu m'a dit qu'il est une sorte de père adoptif pour toi, c'est ça ?

— Il est la seule figure paternelle que j'ai connue dans ma vie, répondit Michael. Et l'un des hommes les plus honnêtes que je connaisse. Tu vas apprécier sa compagnie, j'en suis sûr.

— Pour revenir à ce que tu as dit tout à l'heure, dit Hana, c'est quoi un traqueur AirTag ?

— C'est un dispositif de traçage Bluetooth et Ultra Large Bande développés par Apple. On peut les mettre sur presque n'importe quel objet que l'on veut pouvoir tracer. Une fois enregistré, on peut le localiser depuis n'importe où en utilisant l'appli Find My. Le tag requiert seulement qu'un iPhone soit à proximité pour relayer son signal crypté à faible énergie. Ça peut même être un téléphone appartenant à quelqu'un d'autre dans une foule. Le tag envoie ensuite son signal de localisation au dispositif original en utilisant l'iCloud, et *voilà*, ton objet est trouvé. On mène des expériences sur certains manuscrits, aux Archives ; ceux qui sont beaucoup consultés, surtout quand ils sont numérisés.

– Je pourrais m'en servir pour retrouver mon portefeuille ! plaisanta Hana. Tu n'en aurais pas un en trop ?

– Eh bien, puisque tu me le demandes…

Michael ouvrit son sac à dos et en sortit deux petits disques blancs de la taille d'une pièce de deux euros. Utilisant son propre iPhone, il en enregistra un au nom de « Portefeuille d'Hana », le glissa dans l'une des pochettes du porte-monnaie, puis lui montra comment cela fonctionnait avec l'appli Find My. Une carte s'ouvrit, montrant leur localisation ainsi qu'une troisième icône désignant le portefeuille.

– C'est trop cool, merci, Michael ! dit-elle. Je suis sûre que ça va beaucoup me servir. Vous, les mecs, vous êtes toujours au courant des technologies les plus fun.

– Surtout, ne dis à personne que je t'ai laissée entrer dans notre club, répondit-il avec un grand sourire.

TRENTE-SIX

L e lendemain, le cardinal Petrini revint du Castel Gandolfo l'esprit détendu, comme c'était le cas pour de nombreux invités à la résidence pontificale, mais il était troublé par la répugnance du président de la Banque du Vatican à tenir une comptabilité correcte mentionnant la provenance de ses réserves en or.

Il avait hâte de dîner avec Michael et sa collègue Hana Sinclair le soir, curieux de découvrir où ils en étaient avec la lettre de Saunière.

Se retrouvant à vingt-heures précises au Ristorante dei Musei au nord du Vatican, Michael et Hana entrèrent et trouvèrent le cardinal Petrini déjà installé à une table du fond, dans un coin, une bouteille de vin ouverte devant lui. Michael fit les présentations tandis qu'ils s'asseyaient et ils commandèrent en discutant de tout et de rien. Petrini était ravi d'apprendre que le grand-père d'Hana était Armand de Saint-Clair, l'ami proche et le collègue qu'il avait vu plus tôt dans la journée.

Pendant qu'ils parlaient, Hana n'arrivait pas à se débarrasser de l'impression qu'elle reconnaissait le cardinal, tout en sachant qu'ils ne s'étaient jamais rencontrés et qu'elle n'avait jamais vu de photos de lui. Néanmoins, l'homme lui était étrangement familier.

Elle ne cessait d'étudier son visage pendant que lui et Michael discutaient d'affaires curiates. Soudain, cela la frappa – *il était le portrait craché d'Achille, en plus vieux !* L'épais monosourcil au-dessus de ses yeux enfoncés, le bout crochu de son nez avec les deux bosses de cartilage… l'âge qu'il aurait aujourd'hui… Son visage était légèrement plus charnu, mais c'était normal avec l'âge. Faisant confiance à son intuition, elle plongea la main dans son attaché-case et en sortit les deux photos de soldats du maquis.

Petrini, conscient qu'Hana le dévisageait depuis un moment, tourna la tête vers elle d'un air interrogateur, esquissant un minuscule sourire.

– Votre Éminence, auriez-vous un instant à m'accorder ? Puis-je vous montrer deux photos, et vous demander si vous reconnaissez certains des hommes ? Elles ont été prises pendant la guerre.

– Bien sûr, dit Petrini.

Il prit les photos et son visage trahit immédiatement les souvenirs qui lui revenaient. Il leva la tête et regarda Hana avec un drôle de sourire.

– Étant donné la façon dont vous me regardez depuis trois minutes, je présume que vous connaissez déjà la réponse, dit-il.

Hana souriait avec enthousiasme.

– Alors c'est bien vous ? Vous êtes bien Achille ?

Petrini étudia à nouveau les photos d'un air nostalgique, caressant du pouce les visages de ses anciens camarades de la Résistance.

– Oui, Hana. C'était mon nom de code pendant la guerre. Mais comment diable avez-vous trouvé ces clichés ? Et surtout, dans quel but ?

Hana lui expliqua son projet et les recherches qu'elle avait effectuées jusqu'à présent, et concéda qu'il ne lui manquait que l'identité du chef du groupe.

– Que pouvez-vous me dire sur votre rôle et vos exploits pendant la guerre ? demanda-t-elle.

– Il nous faudrait beaucoup plus de temps que nous n'en disposons ce soir, répondit Petrini, le regard perdu au loin. Mais pour faire court, j'étais adolescent quand la guerre a éclaté et je vivais en Italie avec mes parents. Comme ils voulaient que j'aie les meilleures opportunités dans la vie, ils m'ont envoyé aux États-Unis et, grâce à leurs relations politiques, j'ai trouvé un emploi à l'Ambassade italienne de New York. C'est là que le fameux OSS – l'Office of Strategic Services – des États-Unis m'a recruté, et j'ai bientôt travaillé avec le British Special Operations ainsi que les services secrets français, dans une opération clandestine connue comme l'Opération Jedburgh. Seuls trois cents « Jeds » avaient été spécialement sélectionnés pour servir d'agent de liaison entre les guérillas de la Résistance et les forces alliées, notamment pour coordonner les parachutages d'armes et de munitions pour les combattants de la libération. Notre équipe fut la première à avoir été parachutée dans le centre de la France, la veille du débarquement des troupes alliées sur les plages de Normandie. Ce fut la période la plus excitante et la plus terrifiante de ma vie. D'ailleurs, survivre à la guerre, étant donné tout ce dont j'ai été témoin, est ce qui m'a poussé à entrer dans la prêtrise.

Michael était fasciné par ce que racontait son mentor.

– Rico, je n'ai jamais rien su de tout ça. Vous n'imaginez pas combien je suis impressionné. Est-ce que ma mère le savait ?

– Oh oui, répondit Petrini alors que son regard se perdait à nouveau au loin. Grace et moi nous sommes racontés tant d'histoires durant nos années au presbytère. Ta mère était une sacrée femme.

Petrini se frotta les yeux, qui s'étaient embués en se rappelant ces vieux souvenirs.

– En effet, acquiesça Michael d'un ton pensif. Elle me manque tellement…

Sentant l'atmosphère changer, Hana ramena la conversation aux activités de Petrini durant la guerre.

— Si ça ne vous dérange pas, Votre Éminence, avez-vous directement aidé des Juifs à protéger leurs actifs, et leur or en particulier ? C'est le thème central de l'article sur lequel je travaille, et tout ce que vous pourrez me dire me sera utile, que ce soit de façon officielle ou officieuse, comme vous le souhaitez.

— Je vais vous dire ce que je peux, Hana, mais je préférerais que ce soit *très* officieux, répondit Petrini. Il s'avère que j'ai travaillé très étroitement avec les alliés pour intercepter les cargaisons d'or des nazis et de l'Oustacha.

— L'Oustacha ? demanda Hana. Je n'ai jamais entendu ce nom.

Petrini expliqua les évènements du mieux qu'il le put étant donné qu'il était très jeune à l'époque. Il lui avoua que ce qu'il s'apprêtait à lui dire impliquait en partie l'Église et lui demanda de replacer les informations dans leur contexte.

Il expliqua donc que l'Oustacha était un mouvement terroriste créé et dirigé par Ante Pavelić, un homme qui était devenu le chef de l'État indépendant de Croatie – plus ou moins l'équivalent croate d'Adolph Hitler. En 1941, les nazis avaient envahi la Yougoslavie avec l'intention de partitionner le pays et se tournèrent vers l'Oustacha afin que leur armée attaque et prenne le contrôle de la Croatie, ainsi que de certaines parties de la Serbie et de la Bosnie. C'est ainsi que débuta un génocide de grande ampleur mené contre les juifs et les Serbes, et d'autres communautés qui refusaient inébranlablement de se convertir au catholicisme. Plus de 500 000 Serbes orthodoxes, 80 000 Juifs et 30 000 Tsiganes furent massacrés entre 1941 et 1945. La brutalité du régime Oustachi dépassait même celle des nazis ; ils avaient installé de nombreux camps de concentration, dont le plus atroce se trouvait à Jasenovac, en Croatie, où des milliers de prisonniers furent poignardés, gazés, empoisonnés et brûlés vifs. Ce que les nazis faisaient à Auschwitz était banal, en comparaison…

Lorsque les puissances de l'Axe commencèrent à réaliser qu'elles perdaient la guerre, les Oustachis, comme les nazis, cachèrent ou liquidèrent autant d'or, de devises, d'œuvres d'art, de propriétés et autres bien pillés qu'ils le pouvaient. Dans une trahison inadmissible de ses vœux sacrés, l'ordre franciscain lui-même devint complice en aidant l'Oustacha dans sa mission contre nature. Avec l'accord de l'archevêque de Croatie, Aloys Stepinac, Pavelić eut l'autorisation de confisquer et de cacher trente-six coffres d'or – contenant principalement des bijoux, des montres, ainsi que les plombages et les dents arrachées des bouches des Juifs, Tsiganes, Serbes et autres communautés emprisonnées dans les camps, ainsi que deux camions d'argent. Tout ceci fut enterré sous le monastère franciscain de Zagreb.

Ce butin de l'Oustacha fut finalement acheminé à Naples où, avec l'aide de la Mafia, l'or et l'argent furent fondus en lingots, qui furent discrètement déposés sur les comptes de franciscains à la Banque du Vatican. À partir de là, personne ne sait vraiment où les actifs pillés ont atterri, mais il n'est pas déraisonnable de penser qu'ils se sont retrouvés en Amérique du Sud et dans d'autres refuges ayant accueilli des nazis et d'anciens cadres de l'Oustacha. Les Franciscains avaient également dirigé certaines des filières clandestines les plus efficaces ayant permis la fuite de criminels de guerre : des hommes qui emportèrent leur butin avec eux sous les nouvelles identités et les passeports fournis par le Vatican.

– En ce qui concerne les lingots pillés que nous détenons aujourd'hui, poursuivit Petrini, nous faisons de notre mieux pour les restituer aux survivants de l'Holocauste et aux autres victimes. Mais des décisions difficiles nous attendent, et nous faisons notre possible pour accélérer le processus, étant donné la lourdeur de notre bureaucratie.

Encouragé par Hana, Petrini parla durant encore une heure, lui racontant avec ferveur ses exploits dans le maquis, les récits de bravoure dont il avait été témoin, ainsi que les atrocités qu'il avait rencontrées.

– Qu'est devenu l'archevêque Stepinac ? demanda Hana lorsqu'il eut terminé.

La mine de Petrini s'assombrit.

– De façon étonnante, le pape Pie XII l'a promu cardinal. Et après sa mort en 1960, l'Église a lancé la procédure pour sa béatification. L'affaire suit toujours son cours, non sans controverse. Hana, par égard pour moi, je dois vous demander de traiter cette information avec des gants. Et bien sûr, de ne pas citer mon nom comme source.

– Bien sûr, Éminence, répondit Hana. J'apprécie que vous m'ayez fait part de tout ça.

– Tant que j'y pense, remarqua Petrini, il y a un nom sur lequel vous devriez vous pencher : Miroslav Gović. C'était un mercenaire sans pitié qui est devenu maréchal dans la milice de l'Oustacha et qui a amplement mérité son sobriquet de « Boucher de Zagreb ». Il a travaillé étroitement avec l'archevêque Stepinac sur l'opération d'évasion de l'or franciscain. Nous avons essayé de le capturer plusieurs fois, sans succès.

Hana nota son nom et poursuivit son interview.

– Quelle quantité de cet or est encore dans les coffres du Vatican ?

– Je crains de ne pas pouvoir entrer dans les détails, à ce stade. Si j'étais en mesure de vous transmettre des informations à l'avenir, je ne vois pas d'inconvénient à ce que l'on se rencontre à nouveau. D'ailleurs, Michael, dit Petrini en se tournant vers lui, je me demandais si tu avais du nouveau au sujet de la lettre de Saunière que tu as découverte, et des quatrains de Nostradamus ?

Michael réfléchit longuement avant de répondre, n'étant pas encore prêt à révéler la tournure extraordinaire que l'affaire avait récemment prise.

– Rien pour l'instant, Rico, dit-il. Mais j'ai des pistes solides à suivre et j'espère trouver quelque chose bientôt. Je vous tiendrai au courant.

Juste avant midi, le lendemain, Michael trouva Toshi Kwan seul dans le laboratoire de numérisation du Vatican.

– Bonjour, Toshi, vous auriez quelques minutes ?

Le jeune analyste leva les yeux de son ordinateur, surpris d'avoir de la visite.

– Bien sûr, Michael, qu'est-ce qui se passe ?

– J'ai besoin d'une analyse spectrale sur un manuscrit pour déterminer l'origine de son papier. Et ça doit rester entre nous. Vous pensez pouvoir faire ça pour moi ?

Toshi sourit d'un air conspirateur.

– Une mission secrète, hein ? Peter ne rentrera pas de sa pause déjeuner avant une bonne heure, donc on a le temps. Voyons voir ce manuscrit.

Michael sortit de son sac le folio contenant le papyrus de Madeleine et le retira délicatement de sa pochette pour le poser sur la table lumineuse.

– Waouh ! Il est clairement ancien. Et en koinè, ajouta-t-il avant de lever la tête vers Michael. Puis-je demander de quoi il s'agit ?

– Il ne vaut mieux vaut pas, non. D'ailleurs, il ne vient pas des Archives du Vatican. Je l'ai trouvé en France, mais c'est une longue histoire et je n'ai pas le temps de tout vous raconter. Il est en train d'être daté au carbone 14 à l'Université Teller, mais je compte sur votre expertise en analyse spectroscopique pour m'aider à identifier sa provenance.

Toshi retourna délicatement le papyrus pour en étudier chaque face.

– Vous avez conscience que je vais devoir en extraire un petit bout pour l'analyse, n'est-ce pas ? Il n'a pas besoin d'être grand, juste assez pour contenir des propriétés qualitatives pour le spectromètre.

L'analyste trouva un coin de papyrus vierge et utilisa un minuscule couteau d'échantillonnage pour en prélever un fragment. Michael observa son geste nerveusement, grimaçant comme toujours face à la destruction requise pour de tels tests sur des artéfacts irremplaçables.

L'extraction terminée, Toshi inséra le copeau dans un porte-échantillon avant de le placer dans le Spectromètre Numérique Excalibur 3000 du labo, puis il lança les tests. En attendant, Michael remit le document original dans sa pochette protectrice, puis dans son folio et rangea le tout dans son sac à dos.

Quelques minutes plus tard, le spectromètre émit une série de bips et l'imprimante matricielle reliée à la machine se mit à produire un lot de diffractogrammes, des diagrammes colorés que Toshi arracha avant de s'asseoir à son bureau pour les analy-ser. Michael resta debout à ses côtés, silencieux, attendant anxieusement le verdict.

– Eh bien, Michael, dit enfin Toshi, en fonction de son origine, la composition globale du papyrus contient entre 55% et 70% de cellulose, et 33 à 34% de lignine, le reliquat étant composé de cendre et d'eau mélangées. Cet échantillon spécifique présente un degré élevé d'oxydation et de cristallisation typique des papyrus anciens. Il a également un schéma de vibration carbo-nyle riche, avec une fluorescence élevée et il a clairement été très bien protégé étant donné son âge approximatif de deux mille ans. Donc, grâce à tout ça et aux autres informations que je vois ici, ainsi que grâce à l'expérience que j'ai acquise avec des arté-facts similaires, je peux déclarer que l'origine du papier est sans doute la Haute-Égypte, aux alentours du Ier siècle. C'est le résultat que vous espériez ?

Michael eut un grand sourire en entendant la dernière révéla-tion de Toshi.

– C'est exactement ce que j'espérais, Toshi ! Je ne sais pas comment vous remercier. C'est génial. N'oubliez pas, ça reste entre nous, d'accord ?

Toshi lui tendit la main et Michael la serra vigoureusement.

– Ce sera notre secret, répondit-il. Tenez-moi au courant si je peux vous aider à nouveau.

TRENTE-SEPT

— Une vodka pure, une Akvinta, si vous avez, sinon une Punzoné. Double.

Roko Sirola était assis sur un tabouret de bar rembourré du Monkey Lounge, un établissement donnant sur le Rhône, à Lyon. La serveuse, une femme plantureuse avec un verre à martini tatoué sur l'épaule, versa un shot d'Akvinta sous les yeux de son client. Savourant cet instant de bonheur, Roko laissa les notes suaves et crémeuses du blé d'Istrie couler dans sa gorge, portant un toast silencieux à son résultat triomphal à Rome.

La porte s'ouvrit sur Petrov Gović. Ajustant ses yeux à la pénombre du bar, il repéra Roko au comptoir et avança vers lui.

— Nadia, un verre de Beaujolais, s'il te plaît, dit-il à la barmaid avant de s'adresser à Roko. Allons nous asseoir à une table.

Roko reprit son sac à dos posé sur le tabouret voisin et retrouva Gović à la table qu'il avait choisie contre le mur du fond. Ils venaient de s'asseoir lorsque Nadia arriva et posa le verre de vin devant Gović.

— *Za dom-spremni*, mon ami, dit ce dernier à Roko. Qu'est-ce que tu as pour moi ?

Roko sortit le folio en cuir de son sac et le tendit à Gović.

– Tu as rencontré des problèmes ?

– Rien d'insurmontable, Petrov, répondit Roko. Le prêtre et la femme sont revenus quand je ne m'y attendais pas. Ils m'ont vu alors que je sortais de la suite et le prêtre m'a poursuivi dans l'escalier, mais j'ai réussi à le semer. Sinon, tout s'est déroulé encore mieux que je ne l'espérais. En revanche, il n'y avait pas de cylindre en bois dans le coffre, seulement cette chemise.

Gović ouvrit le folio et découvrit l'objet de ses désirs, le manuscrit de Madeleine, dont la traduction interceptée le hantait depuis plusieurs jours.

– C'est parfait. Ils ont dû le sortir du cylindre pour mieux le conserver.

– C'est quoi, de toute façon ? demanda Roko.

– Ce pourrait être la réponse à toutes nos prières financières, déclara Gović d'un ton optimiste, sans entrer dans les détails. Notre mission de ramener l'Oustacha à ses heures de gloire est désormais à notre portée, Roko. Elle est littéralement entre nos mains en cet instant même.

Admirant le papyrus ancien, Gović crut remarquer que quelque chose clochait, mais il ne parvint pas à mettre le doigt dessus. Le document paraissait étonnamment neuf à ses yeux, même dans la lumière tamisée du bar. Il le rapprocha de son visage pour étudier le papier, réalisant soudain que c'était précisément ça : du papier. En un clin d'œil, sa jubilation se mua en indignation.

– *Mais c'est une copie, putain !* siffla-t-il, la mâchoire crispée. *Ils ont toujours l'original !*

– C'est la seule chose que j'ai trouvée dans le coffre, Petrov ! se défendit Roko. Je n'ai rien vu d'autre dans le reste de la suite, non plus.

– Le prêtre a dû le mettre en sécurité quelque part, dit Gović, toujours furieux. Peut-être même au Vatican. Ça complique énormément la situation.

Il regarda Roko d'un air accusateur, retrouvant lentement son calme. Il plongea la main dans la poche de son manteau et en sortit une enveloppe épaisse qu'il posa sur la table pour la glisser vers Roko.

– Tu as fait ce que j'attendais de toi, Roko. Tu ne pouvais pas savoir que ce n'était pas l'original. Mais je te recontacterai peut-être à nouveau dans cette affaire.

Roko prit l'enveloppe, la mit dans son sac à dos et tira la fermeture éclair. Les deux hommes se serrèrent la main en prononçant le salut de l'Oustacha, puis ils vidèrent leurs verres et partirent chacun de leur côté.

DE RETOUR dans son bureau au siège d'Interpol, Gović ferma la porte à clé, baissa les stores, sortit la copie du manuscrit de Madeleine de son folio et la prit en photo avec son téléphone. Même s'il avait relu et comprenait désormais l'importance de la traduction, il était moins impressionné par le document lui-même qu'il ne l'était par la façon dont il pouvait s'en servir à des fins très profitables.

Cependant, il devait d'abord fournir une copie du manuscrit à Dante, à la fois pour justifier ses honoraires et afin de préparer le terrain pour les projets qu'il avait en tête.

Ouvrant un nouveau message sécurisé ProtonMail, il joignit la photocopie du manuscrit à un court message demandant à Dante de l'appeler dès que possible.

ALORS QU'IL PASSAIT en revue l'avalanche de messages qu'il avait reçus plus tôt dans l'après-midi, la sonnerie réservée aux emails sécurisés retentit sur la tablette du cardinal Dante, annonçant un nouveau message. Il tapota sur l'email de Petrov Gović, le lut, puis ouvrit la pièce jointe. Un papyrus ancien en koinè emplit le petit écran.

Dante était à la fois captivé et terrifié par ce qu'il avait sous les yeux. Entouré comme il l'était par des millions de manuscrits précieux, celui-ci exerçait une fascination particulière, car l'existence même de l'Église résidait dans son pouvoir, dans l'usage ou l'abus qui en seraient faits. Cette idée le fit penser à Gović, le mercenaire et a priori la seule personne en dehors de Dominic et de cette Sinclair à en connaître l'existence. Pouvait-il faire confiance à Gović ? Ou représentait-il une énième nuisance dont il devrait s'occuper ? Quant à Dominic, quels étaient ses projets ? Il se confierait sans doute à Petrini. Trop de gens étaient déjà au courant, et cela rendait le Secrétaire d'État on ne peut plus nerveux.

Il décrocha son téléphone, composa son code pour obtenir une ligne sécurisée, et appela Gović à Lyon.

— Petrov, dit Dante d'un ton ferme. Vous avez l'original ?

— Je crains que non, Votre Éminence. Nous avons pu ouvrir le coffre de la suite d'hôtel de Sinclair, mais Dominic avait apparemment placé l'original ailleurs, laissant une copie à la place.

— *Nom de Dieu !* cria Dante, et le juron résonna dans son immense bureau. Je veux le manuscrit original, vous m'entendez ?! Faites le nécessaire pour l'obtenir et détruisez toutes les autres copies que vous possédez. Je veux votre parole, Gović. Je saurai me montrer très généreux.

— Je m'occupe de tout, Éminence. Vous pouvez compter sur moi.

Dante raccrocha violemment en jurant dans sa barbe.

TRENTE-HUIT

Armand de Saint-Clair était assis dans sa suite à l'hôtel Rome Cavalieri, un verre à la main, lorsqu'il entendit le cliquetis électronique de la porte.

– Bonjour, Grand-père, dit Hana en entrant. Comment s'est passé ton séjour ?

– Comme on pouvait s'y attendre, ma chérie, soupira Saint-Clair. Je ne crois pas que Sa Sainteté soit bien servie par certains membres de son cercle rapproché, mais cela a été un problème pour de nombreux papes, donc on ne peut pas y faire grand-chose. Cela dit, ça a été plus productif que je ne le pensais, même si nous avons d'autres réunions cette semaine. Et toi, qu'as-tu fait, ces derniers jours ?

Hana s'assit en face de lui.

– Je viens juste de dîner avec un bon ami, qui m'a présenté le cardinal Petrini. On a passé un très bon moment. Quelle vie pleine d'enseignements cet homme a vécue ! Mais tu le connais, bien sûr.

– Oui, en effet. D'ailleurs, lui et moi étions à Castel Gandolfo ensemble pour notre réunion avec le cardinal Dante et Klaus Wolaschka, cet escroc de banquier du Vatican. Ce sont les individus problématiques auxquels je faisais référence. À ce propos,

Dante m'a pris à part et m'a interrogé au sujet d'un certain père Dominic que tu fréquenterais. C'est l'ami auquel tu faisais référence ? Qu'est-ce que tu peux m'en dire ? Qu'est- ce que vous manigancez ?

– Eh bien, « fréquenter » n'est pas vraiment le bon terme, étant donné qu'on travaille ensemble sur un projet. Michael est assistant du préfet des Archives secrètes. Il m'a présenté à un universitaire qui m'a été d'une aide incroyable. Il s'appelle Simon Ginzberg et il est professeur à l'Université Teller. Il connaît très bien le sujet sur lequel je travaille, la question de l'or juif pendant la guerre.

« Oh ! ajouta-t-elle, radieuse. Tu te souviens que je t'ai parlé d'un certain « Achille », il y a quelques jours ? Eh bien le cardinal Petrini est, ou était, Achille ! Tu n'imagines pas combien je suis ravie de l'avoir trouvé. Il a passé la soirée à me raconter des histoires tellement détaillées que j'ai eu l'impression de les avoir vécues moi-même.

Saint-Clair était non seulement surpris par la révélation d'Hana, mais aussi par le fait que Petrini lui ait avoué qu'il était le mystérieux chef de leur groupe de maquisards. Il but une gorgée de son cocktail, la main tremblante.

– Maintenant que j'y pense, commença Hana en fronçant les sourcils, tu savais depuis tout ce temps que Petrini était Achille ?

Face au moment de vérité, Saint-Clair se leva pour se resservir.

– Ma chérie, je ne suis pas prêt à entrer dans le vif du sujet maintenant, répondit-il d'un ton hésitant. Pour l'instant, sache simplement que oui, je savais qu'Enrico était Achille. Mais je ne t'en dirai pas plus aujourd'hui. Peut-être plus tard. Tu peux respecter ce choix ?

Se sentant rabrouée et troublée, Hana regarda son grand-père dans les yeux, y décelant un secret.

– Bien sûr, Grand-père. J'attendrai que tu sois prêt, concéda-t-elle. Mais je veux connaître la vérité.

Saint-Clair se rassit et posa son verre sur le guéridon.

– Hana, au risque de me montrer un peu brusque, la *vérité*, comme tu l'appelles, est compliquée. Et cette histoire n'est pas seulement la mienne. Je dois m'entretenir avec d'autres personnes et en particulier Enrico. Mais tu auras ta réponse tôt ou tard. En attendant, parle-moi un peu plus de ton projet.

Hana raconta à son grand-père les détails de ses recherches à Paris, de sa rencontre avec Ginzberg ainsi que ce que Petrini lui avait dit au restaurant et de l'aide que Michael lui avait apportée – omettant bien sûr le papyrus de Madeleine.

Saint-Clair l'écouta attentivement, impressionné par la motivation et l'intelligence de sa petite-fille.

– Le cardinal Dante m'a demandé si ton travail mettrait l'Église sous le feux des projecteurs.

Secouée par ce qu'elle venait d'entendre, Hana haussa légèrement le ton.

– Est-ce que c'est *toi* qui lui as parlé de mon travail ?

– Non, répondit Saint-Clair. C'est lui qui a abordé le sujet, en fait.

Hana n'en revenait pas. Comment Dante pouvait-il savoir ce sur quoi elle travaillait ? À moins que… ce soit lui qui les avait fait suivre et qui interceptait leurs emails !

– Grand-père, que sais-tu du cardinal Dante ?

– Je sais que je ne l'apprécie guère, pour commencer. Il est entêté, pompeux, arrogant, et il dirige le Vatican comme son fief personnel, comme s'il n'existait aucune autorité supérieure. Même le pape le craint.

Sans même avoir rencontré le cardinal, Hana partageait l'opinion de son grand-père à son sujet. Elle ne l'appréciait guère, elle non plus.

– Hélas, je n'ai pas de réponse à te donner, Grand-père, ni à lui. Et pour être honnête, en tant que journaliste, je n'aurai pas envie de lui en fournir une, même si j'en avais. Son Éminence va simplement devoir attendre de voir ce qui sera publié.

～

Après le petit-déjeuner, le lendemain, Hana ouvrit son ordinateur portable pour commencer ses recherches sur le nom que lui avait fourni le cardinal Petrini : Miroslav Gović.

Tout d'abord, elle commença avec ARHiNET, le Registre national centralisé des fonds et collections d'archives croates. Toutefois, si le site était une ressource utile, il était incomplet et les registres d'État vitaux des années précédentes étaient encore en cours de numérisation. Elle n'y trouva rien.

Ensuite, se connectant à son accès spécial à Gallica, la bibliothèque numérique de la BnF, sa recherche donna deux résultats :

– *SUJET : Gović, Mirsolav (1910-1980) – Portrait*
  – Sujet : Gović, Miroslav – Membre de l'Oustacha croate

Elle cliqua sur le lien *Portrait* et découvrit la photo d'un homme a l'air sévère qui lui retournait son regard, un homme qui s'était manifestement battu toute sa vie.

Le second lien « *Membre de l'Oustacha croate* » la mena vers une page comportant une courte biographie décrivant la réputation de « Boucher de Zagreb » de Gović et son rôle dans le groupe fasciste, avec deux autres liens vers des articles de presse en croate. Hana les envoya à l'imprimante, ainsi que le portrait, prévoyant de les traduire et de les étudier plus tard.

Hana se dit ensuite qu'une recherche généalogique pourrait lui être utile, et elle se connecta à la base de données des Registres paroissiaux croates afin de consulter les registres des baptêmes. La Croatie était majoritairement catholique et les registres baptismaux catholiques étaient tenus de façon efficace, rarement oubliés par les paroisses, même dans les villages isolés du monde.

Après avoir passé vingt minutes à comprendre le système, qui était entièrement en croate, mais bien plus utile grâce aux services de traduction de Google, Hana trouva enfin une entrée pour *Miroslav Gović*. Si le site n'offrait pas davantage d'informations concernant l'homme lui-même, il révélait que sa femme s'appelait Ludmila et que son fils, baptisé en 1967, s'appelait Petrov.

Petrov Gović. Hana se dit qu'il pouvait peut-être lui être utile dans ses recherches et elle se demanda si elle réussirait à retrouver sa trace.

Elle tapa son nom dans la barre de recherche Google et fut surprise que de nombreux résultats s'affichent à l'écran, la plupart en lien avec Interpol. Elle lut sa courte biographie sur le site de l'agence et découvrit qu'il était agent spécial de liaison croate à Interpol. Certaine qu'elle tenait son homme, elle cliqua sur la page Contact et remplit le formulaire avec ses coordonnées au *Monde*, ajoutant un message lui demandant un entretien, à Lyon ou à Rome, selon ce qu'il préférait.

Ce devrait être intéressant, se dit-elle. Elle cliqua sur ENVOYER et attendit.

CHAPITRE

TRENTE-NEUF

Pierre Valois avait personnellement organisé la conférence téléphonique sur une ligne sécurisée de son bureau de l'Élysée, préférant ne pas impliquer de secrétaire. Il appela Armand de Saint-Clair et Enrico Petrini à Rome et tous trois entamèrent leur conversation.

— Messieurs, tout d'abord, je crains de devoir m'excuser pour ma petite-fille, dit Saint-Clair. Elle semble être tombée sur le nom « Achille » lors de ses recherches, sans connaître le lien qui nous unit ni les implications que cela pourrait avoir à l'avenir.

— Tout ça est très bien, Armand, mais que fait-on, maintenant ? demanda Valois, agité par la révélation, qu'elle ait été intentionnelle ou non.

— Mes amis, intervint le cardinal Petrini, nous savions que ce jour viendrait peut-être. Ma principale inquiétude est qu'on ne soit pas impactés politiquement. Encore aujourd'hui, les enjeux sont conséquents pour nous tous. Mais bien sûr, ce que nous avons fait n'était pas illégal à proprement parler, ajouta-t-il. Nous n'étions pas de vulgaires auteurs de larcins. Il n'y avait pas grand monde pour faire respecter la loi après que les nazis avaient envahi l'Italie, de toute façon. Et le Vatican n'était pas plus avancé après coup ; ils n'ont rien perdu de ce qui leur appartenait légalement. Je suis plutôt fier de ce que nous avons accompli, d'ailleurs, même si nous n'avons pas très envie que les médias l'apprennent.

– Je n'ai aucune objection à ce que ta petite-fille connaisse les grandes lignes de cette opération, Armand, déclara Valois. Mais elle doit omettre nos noms.

– Je suis entièrement d'accord, dit Petrini. Cela ne servirait à rien, à part déclencher les passions de ceux qui se posent déjà comme nos ennemis respectifs. Mieux vaut éviter de nous engager dans cette voie.

– En effet, Pierre, ajouta Saint-Clair, ton rôle dans l'Opération Jedburgh t'a énormément aidé dans ton ascension au poste de Président de la République. Grâce à tes efforts, tu es apparu comme un héros, même si, bien sûr, certains détails ont dû être omis dans ta campagne en raison de prétendus problèmes de « sécurité nationale ».

– Alors, nous sommes d'accord, dit Valois. Assure-toi que ma filleule comprenne ce qui est en jeu, Armand. Je lui fais confiance pour s'en sortir sans accroc. Merci pour votre temps, messieurs. Au revoir, conclut-il avant de mettre fin à l'appel.

HANA TRAVAILLAIT sur son ordinateur dans la salle à manger lorsque son grand-père sortit de son bureau, ayant tout juste terminé sa conférence téléphonique.

– Très bien, ma chérie. Il est temps qu'on parle, lui dit-il.

Hana referma son ordinateur et alla dans le salon. Elle s'assit, bras et jambes croisées, regardant son grand-père d'un air impatient.

– Je viens de parler à Pierre et Enrico et nous sommes d'accord pour te mettre dans la confidence, à deux conditions. La première, c'est que tu ne dois jamais utiliser nos noms, ni même nos noms de code. Je te ferai part de la deuxième condition après t'avoir tout raconté.

Saint-Clair commença son récit par la façon dont les trois

hommes étaient liés. Il lui expliqua que lorsque les nazis avaient envahi l'Italie le 8 septembre 1943, le gouvernement italien avait soudain été neutralisé et que, du jour au lendemain, le Vatican était devenu l'autorité de fait à Rome. Le pape Pie XII était parfaitement au courant de la déportation imminente des Juifs d'Italie. Qui plus est, le Vatican avait appris de la bouche de lieutenants SS le terrible sort qui attendait les déportés à Auschwitz – un sort que le pape n'avait rien fait pour l'empêcher.

Quelques jours à peine après l'invasion, les nazis, dans un acte d'orgueil effronté, avaient exigé cinquante kilos d'or de la part des Juifs romains, faute de quoi trois cents d'entre eux seraient pris en otage dans le ghetto juif de la ville. Le Vatican avait proposé la moitié de la somme comme garantie, un accord négocié par l'équipe d'opérations spéciales de l'Opération Jedburgh baptisée « Hugo » – le groupe d'élite composé d'Enrico Petrini (Achille) qui en était le commandant, Armand de Saint-Clair qui en était le dirigeant et Pierre Valois qui était l'opérateur radio de l'équipe.

Les responsables du Vatican n'étaient pas au courant que les juifs avaient obtenu un délai supplémentaire pour rassembler eux-mêmes la totalité de la somme, ce que l'Équipe Hugo avait volontairement omis d'informer le Vatican. Car Petrini, Saint-Clair, et Valois avaient découvert une nouvelle opportunité dans la transaction.

Consciente que la Banque du Vatican possédait une énorme réserve d'or en lingots – dont beaucoup avaient été volés par les nazis et l'Oustacha, mais étaient « protégé » par la Banque du Vatican en leur nom – l'équipe avait décidé de rediriger l'or pillé vers la Résistance française afin qu'elle en fasse bon usage. Le Vatican avait désormais été allégé de cinquante kilos d'or qui ne lui appartenaient pas, même s'il serait le premier à nier qu'il avait un jour détenu des réserves ainsi volées, et la Résistance obtint des ressources vitales qui l'aidèrent à vaincre Hitler en France. Le point clé étant qu'il n'y avait aucune façon de déterminer à qui appartenait l'or à l'origine.

– Cette histoire a un triste post-scriptum, Hana, ajouta Saint-Clair. Même si les Juifs avaient accédé à leur demande, un mois après l'invasion, les nazis ont malgré tout arrêté plus d'un millier de Juifs romains, majoritairement des femmes et des enfants, et les ont envoyés à Auschwitz, où presque la moitié ont immédiatement été gazés. Les autres sont morts au camp. En fin de compte, seuls seize ont survécu. Et le pape a continué de ne rien dire. Tu comprends, maintenant, pourquoi nous avons choisi de ne pas révéler nos activités au public.

« Maintenant, la deuxième condition est que nous te demandons de ne pas mentionner la « migration » secrète de l'or du Vatican, qui était bien sûr l'objectif principal de notre opération. Je te dis tout ça de façon confidentielle, Hana, conclut Saint-Clair. Principalement parce que tu es tombée sur le nom « Achille » et que tu étais déterminée à découvrir la vérité. Mais la vérité, dans notre cas, pourrait avoir de graves conséquences, même si, tout bien considéré, nous n'avons rien fait de mal.

L'ayant écouté attentivement, Hana était émue par le récit de son grand-père et était consciente des répercussions possibles si elle venait à en parler dans la presse.

– Je comprends parfaitement, Grand-père, dit-elle. Je ne ferai jamais rien qui risquerait de te nuire, ou de nuire à mon parrain ou même au cardinal Petrini, qui doit être particulièrement vulnérable étant donné son rang dans l'Église et son rôle officiel au Vatican. Je respecterai vos conditions et j'apprécie que tu m'aies raconté la vérité.

Saint-Clair sourit à sa petite-fille, reconnaissant de ne pas avoir eu à révéler davantage que ce qu'elle était prête à accepter comme réponse satisfaisante. Ses collègues seraient reconnaissants, aussi, car c'était bien là le plus minime de leurs exploits.

CHAPITRE

QUARANTE

Une notification d'email sonna sur l'ordinateur de Petrov Gović alors qu'il mordait dans le jambon-beurre qu'il aimait déguster lorsqu'il mangeait seul à son bureau. Il détestait être interrompu pendant qu'il déjeunait, la nourriture étant la seule chose qui lui apportait du plaisir, et la pause déjeuner son unique moment de paix.

Il comptait ignorer le message jusqu'à ce qu'il ait fini de manger, mais, levant les yeux sur l'écran, le nom de l'expéditeur attira son regard – *Hana Sinclair !* Manquant de s'étouffer de surprise, il finit de mastiquer sa bouchée et posa son sandwich. Il se sentit brièvement coupable, comme s'il avait été surpris en train de faire quelque chose qu'il n'aurait pas dû faire.

Il ouvrit le message et le lut. *Quel timing !* se dit-il. Heureusement, elle n'a aucune idée de qui je suis, en dehors d'être le fils de mon père et un agent de liaison d'Interpol. On peut dire qu'elle est scrupuleuse dans ses recherches. Mais je crois percevoir une occasion qu'il serait bête de rater…

Grâce à l'information qu'il avait apprise en interceptant l'email de Dominic, Gović avait été occupé à élaborer un plan qui lui donnerait un ascendant sur Dante. Mais pour que ce plan fonctionne, il avait besoin du manuscrit de Madeleine original.

226

Or Dominic ne le céderait jamais – sauf peut-être si cela pouvait protéger une personne à laquelle il tenait. Et après avoir surveillé le prêtre et sa camarade, il était clair que Dominic était plus proche d'Hana qu'il ne voudrait bien l'admettre. Govíc avait suffisamment espionné de gens pour reconnaître les premiers signes d'une histoire d'amour, vœux de célibat ou pas. Il savait également que les prêtres déchus étaient loin d'être rares.

Govíc décrocha pour passer un appel.

– Roko, dit-il lorsque Sirola répondit. Je veux que tu prépares notre planque pour une invitée. Elle devrait arriver ce jeudi soir. Restes-y jusqu'à ce que je te recontacte.

Govíc mit fin à l'appel et répondit à Hana, acceptant avec courtoisie sa demande d'interview, lui disant que par chance, il serait à Rome pendant la semaine à venir. Il lui donna une adresse au sud-est de la ville, dans le quartier Tor Bella Monaca, lui disant qu'en dépit de la mauvaise réputation de cette banlieue, il s'agissait d'un entrepôt qu'Interpol utilisait régulière-ment pour ses opérations spéciales et qu'elle y serait parfaite-ment en sécurité. Il lui demanda de l'y rejoindre à vingt et une heures le jeudi suivant.

Un peu plus tôt dans la matinée, Hana avait contacté Marina Karpov, une rédactrice en chef du *Monde* spécialisée dans les Balkans, lui demandant une traduction des deux articles de presse croates concernant Miroslav Govíc qu'elle avait trouvé sur Gallica. Karpov avait transmis la tâche à son assistante, lui promettant qu'elle aurait les traductions dans l'après-midi.

Entre-temps, Hana avait reçu la confirmation de Petrov Govíc pour l'interview et les instructions sur le lieu et l'heure de leur rendez-vous à Rome. *Eh bien, voilà qui est pratique*, se dit-elle. *Mais… à Tor Bella Monaca ? C'est l'un des quartiers les plus sordides de Rome. Quel genre d'opérations peuvent-ils mener là-bas ?*

. . .

LE TÉLÉPHONE d'Hana sonna pour lui signaler un nouvel email. Celui-ci contenait les deux articles traduits en plus d'une courte note de Marina Karpov. Elle ouvrit les pièces jointes et les lut.

Les deux articles contenaient des résumés des activités de Miroslav Gović dans l'ancienne Oustacha, révélant une multitude de délits variés, mais rien qui contribuerait à son projet. Toutefois, un paragraphe de l'article du *Večernjak*, le quotidien de Zagreb, attira son attention :

ZAGREB — *4 juin 1980*

… des sources anonymes de la Direction générale de la police croate révèlent que le dirigeant de l'Oustacha, Miroslav Gović, était soupçonné de rebâtir l'organisation néo-fasciste avant sa mort, plus tôt dans l'année. Des sources informées ont longtemps soupçonné des agents proches de Gović, y compris peut-être des membres de sa famille, d'en avoir repris la direction, cherchant à faire renaître les opérations illégales du groupe. Le Bureau central d'Interpol de Zagreb a nié ses allégations, les rejetant comme de simples rumeurs…

HANA TROUVA cela assez perturbant et elle se demanda si Petrov, le fils de Miroslav, était l'un de ces « agents ». Il était un membre de sa famille. *Mais en tant qu'agent d'Interpol, il ne peut pas être impliqué !* se dit-elle. *L'agence aura forcément vérifié ses antécédents en détail…*

Toutefois, Hana n'était pas tranquille.

QUARANTE-ET-UN

Traversant les jardins pontificaux après son footing matinal, Michael se trouva piégé dans un sérieux dilemme. Il était assis sur l'un des documents les plus turbulents de l'histoire du christianisme, et sa révélation pourrait semer le trouble dans les religions du monde entier – sans parler de l'Église qui était à la base de ses propres croyances et l'administration qui définissait le dogme ecclésiastique pour un milliard de catholiques dans le monde.

Toutefois, dissimuler ou taire un tel trésor serait en soi une trahison de l'histoire, de la vérité – du fondement de tout ce que Michael croyait juste et honorable. Ce n'était pas une décision facile et il avait besoin d'être guidé et épaulé. Or, ce n'était pas le genre d'aide qu'il obtiendrait par la prière, car il lui semblait que c'était rarement productif. *Le doute… toujours le doute !*

Ressentant le besoin de réfléchir plus en profondeur à la question, Michael se dirigea vers la basilique Saint-Pierre, pour décider de la suite. Devait-il en parler à Petrini ? Est-ce ainsi qu'il s'en sortirait ? Ginzberg aurait-il une solution ? Ou devrait-il simplement tout avouer à Dante, un homme qui avait le pouvoir de déplacer des montagnes ? Mais quels étaient les risques ?

Lorsqu'il entra dans la chapelle Sixtine depuis la Via delle

Fondamenta, près des jardins, Michael traversa le grand hall pour emprunter le passage à l'arrière qui menait à la nef nord de Saint-Pierre. Ses pas résonnèrent sur les vastes sols en marbre et les plafonds voûtés lorsqu'il marcha sur la pierre en porphyre rouge où l'Empereur Charlemagne avait été couronné le jour de Noël de l'an 800.

La grandeur de Saint-Pierre l'avait toujours submergé si profondément qu'il se retrouvait souvent dans un état de fascination et d'émerveillement. Mais pas aujourd'hui. Le fardeau qu'il portait était si oppressant qu'il n'était pas d'humeur à aduler l'architecture. Même le *baldacchino* de trente mètres de haut, cet immense dais de bronze au-dessus du grand autel, ne parvint pas à le captiver comme à l'ordinaire.

Parcourant du regard le large transept afin de trouver un siège où il pourrait réfléchir tranquillement, il fut surpris de voir le cardinal Petrini agenouillé devant un banc à quelques allées de lui.

Si ça, ce n'est pas une intervention divine, je ne sais pas ce qui l'est, se dit-il, ravi de cet heureux hasard.

Il rejoignit le cardinal et s'assit en silence à ses côtés.

Tournant la tête pour voir qui était son nouveau compagnon, Petrini lui sourit. Toujours à genoux, il se signa et s'assit sur le banc à côté de Michael.

— À voir ton expression, dois-je supposer que tu es venu te confesser ? chuchota le cardinal.

Michael baissa la tête et regarda ses mains jointes sur ses cuisses, cherchant les mots justes.

— Rico, une part de moi me dit que ce n'est ni le bon moment ni le bon endroit. D'un autre côté, je ne peux imaginer de meilleur cadre pour vous avouer ce que je m'apprête à vous dire. Puis-je parler en toute franchise ?

— Bien sûr, Michael, chuchota Petrini. Le moment et l'endroit sont parfaits.

— Vous vous souvenez de la lettre de Saunière que je vous ai montrée ?

Petrini hocha la tête.

– Eh bien, il s'est passé tant de choses depuis et, maintenant, je me retrouve dépassé par les évènements. J'ai besoin de vos conseils. En cherchant des documents que le frère Mendoza m'avait demandés pour le cardinal Dante, je suis tombé sur un rapport de 1896, rédigé par un certain Monseigneur Moretti, un légat du pape Léon XIII. Moretti avait été à Rennes-le-Château, en France, pour s'entretenir avec l'abbé Bérenger Saunière au sujet d'un papyrus qu'il avait découvert dans sa chapelle…

Petrini s'appuya contre le dossier du banc, écoutant avec étonnement le récit de Michael – le chantage que Saunière avait exercé auprès du Vatican, la façon dont lui et Hana avaient obtenu le manuscrit de Mme Dénarnaud, la traduction qu'il avait faite de son contenu on ne peut plus choquant et l'analyse de Ginzberg, les emails que Dante avait sans doute interceptés, le fait que lui et Hana avaient été suivis en France, le vol de la copie du manuscrit dans le coffre de la suite d'hôtel d'Hana… À voix basse, Michael débita avec un sentiment d'urgence tout ce qui s'était déroulé au cours de la dernière semaine.

– Où se trouve l'original, maintenant ? demanda Petrini d'un ton sérieux.

– Dans un coffre de la Banque du Vatican.

– Bien. J'aimerais le voir, bien sûr, mais laisse-le là-bas pour l'instant. Tu es *certain* que ta traduction est exacte ?

– Absolument, répondit Michael d'un ton déterminé. Je suis prêt à parier ma réputation dessus. Et Simon Ginzberg l'a vérifiée.

Clairement perturbé par tout ce qu'il venait d'apprendre, Petrini resta assis en silence, sentant le poids de l'histoire peser sur ses épaules alors qu'il était au cœur de cette Église dont l'avenir reposait sur sa décision.

– Michael, j'ai besoin de temps pour réfléchir à tout ce que tu m'as dit. Que Dante sache que tu possèdes ce document est perturbant. Mais le pape doit être informé. Je crois qu'il faut que ce soit *sa* décision, pas la tienne, ni la mienne, et certainement pas celle de Dante. Je me chargerai de lui dire, s'il le faut.

« En attendant, poursuivit-il en passant son bras autour des épaules de son protégé, je suis très fier de toi, Michael. Même si je pourrais remettre en question la façon dont tu as obtenu toutes ces informations, il semblerait que tu aies fait l'une des découvertes les plus importantes de l'histoire de l'humanité, et que tu te sois conduit comme il se doit, étant donné les circonstances.

Infiniment soulagé, Michael savoura l'étreinte réconfortante et le soutien de son mentor, dont il avait désespérément besoin, et ce malgré la réitération de ses réprimandes . Il sentit la pression de la semaine se relâcher un peu, sans disparaître complètement. Il aurait aimé penser que tout cela serait bientôt derrière lui, mais il savait au fond de lui-même qu'il ne pourrait jamais revenir à ses croyances spirituelles passées et que sa vie professionnelle prendrait un tour différent – lequel, il était bien incapable de l'imaginer à ce stade.

QUARANTE-DEUX

La réunion de Petrov Govié avec le cardinal Dante était fixée à quatorze heures dans le palais du Gouvernorat du Vatican. Bien que cela fît quelque temps qu'il traitait régulièrement avec le Vatican, Govié ne s'était jamais rendu sur place. Tandis que sa voiture approchait de la porte Saint-Anne, il ressentit une touche d'excitation à l'idée de pénétrer dans la cité fortifiée, tempérée par le stress dû à sa mission audacieuse.

Un garde suisse en uniforme bleu et noir sortit de sa guérite et s'approcha de la vitre côté conducteur.

– *Buongiorno, signore*. Caporal Dengler à votre service. Comment puis-je vous aider ?

– J'ai rendez-vous avec le cardinal Dante à quatorze heures, répondit Govié en tendant son badge d'Interpol au garde afin qu'il vérifie son autorisation.

Dengler retourna dans sa guérite, consulta la liste des visiteurs autorisés de la journée, et revint au véhicule de Govié.

– Merci, monsieur. Voici vos laissez-passer. Veuillez en placer un sur votre tableau de bord et conserver l'autre sur vous pendant toute la durée de votre visite. Allez au bout de cette rue et garez-vous n'importe où dans le parking à votre droite, près de la pharmacie et de la poste.

Il tendit à Govic un plan de la cité et désigna le chemin du bout du doigt.

– Vous parviendrez au Palais du Gouvernorat en suivant le chemin que j'ai tracé. Veuillez vous y rendre directement. Vous serez escorté jusqu'au bureau du cardinal Dante.

Il effectua un salut militaire et fit signe à l'opérateur de lever la barrière.

Passant sous l'arche, Govic emprunta la Via di Belvedere, passant devant la caserne de la Garde Suisse et la Banque du Vatican, puis il tourna à droite au bout et se gara devant la poste centrale. Il sortit de sa voiture et traversa la Cour du Belvédère jusqu'aux jardins, passant devant les fontaines et les monuments en suivant le chemin que Dengler avait tracé, jusqu'à atteindre le Palais du Gouvernorat qui s'érigeait à l'ombre du Dôme de Saint-Pierre.

À l'accueil, une religieuse efficace saisit brusquement sa pièce d'identité et son laissez-passer puis lui demanda de la suivre. Ils prirent un ascenseur jusqu'au quatrième étage, où elle le présenta au secrétaire de Dante qui lui demanda de s'asseoir en attendant que le cardinal ne l'appelle.

– Comment ça, *vous n'avez pas encore le manuscrit ?!* siffla Dante. Mes instructions étaient très claires. Je supposais que c'était la raison de notre rencontre aujourd'hui, que je puisse enfin récupérer ce fichu truc !

– Votre Éminence, répondit Govic en feignant une assurance qu'il ne possédait pas. Je pense avoir le manuscrit en main dans les deux prochains jours. Je sais exactement où il est et comment m'en emparer.

Cette dernière phrase n'était qu'à moitié vraie, dans le but de donner le ton avant la proposition qu'il s'apprêtait à faire.

– Petrov, je ne joue pas, dans cette affaire. Ce document est pour moi d'une importance vitale. Son existence même est dévastatrice pour l'Église, déclara Dante, dévoilant ainsi son jeu.

Gović savait maintenant qu'il pouvait abattre le sien.

– Éminence, c'est justement ce dont je suis venu discuter : la valeur réelle de ce document, pour vous ainsi que notre Sainte Mère l'Église. Je suis d'accord avec vous, révéler le manuscrit de Madeleine ferait trembler le sol sur lequel est bâtie l'Église, et par extension toute la chrétienté. Il est donc de notre devoir de nous assurer qu'il demeure en sécurité et confidentiel. Êtes-vous d'accord ?

Dante se leva de son fauteuil et fit lentement les cent pas dans son bureau. En négociateur averti, il savait immédiatement lorsque l'on jouait cartes sur table.

– Où voulez-vous en venir, Petrov ?

– En échange de la remise du manuscrit original, je veux cent millions de dollars en lingots d'or, payés d'avance.

Dante se tourna vers Gović, affichant un mélange de colère et de stupeur.

– *Cent millions… vous êtes fou !* Vous ne pouvez pas sincèrement croire que j'accéderai à une demande aussi scandaleuse ! Vous ne savez pas à qui vous avez affaire ?

– Je sais précisément à qui j'ai affaire : un homme qui a tout à perdre. Cet or repose en ce moment même dans les coffres de la Banque du Vatican, mais il n'appartient pas à l'Église. Il appartient légitimement à l'ancien État indépendant croate, à l'Oustacha, et il est conservé ici en son nom depuis 1944, lorsque mon père et votre prédécesseur de l'époque, le cardinal Luigi Maglione, se sont entendus pour l'y laisser de façon provisoire. Ainsi, j'effectue à présent une demande formelle pour son retrait, ce que le Vatican rechigne à faire depuis des décennies à cause de la façon discutable par laquelle l'or s'y est retrouvé dans les derniers jours de la guerre. Or, aujourd'hui, poursuivit Gović d'un ton plus confiant, il n'y aura plus de réticences. Je possède des copies de tous les documents pertinents et leur révélation dans la presse suffirait à ébranler l'Église, même sans l'original du manuscrit. Et celui-là, vous l'aurez.

Dante se rassit, réalisant qu'il n'avait guère le choix en la matière. Il n'était pas habitué à se retrouver dans une telle position. Mais, après tout, cet or n'appartenait pas à l'Église. Il connaissait son histoire, bien sûr, ainsi que celle des autres capitaux que le Vatican avait acquis durant et après la guerre. À la lumière de tout cela, la demande de Govié semblait acceptable, même si elle était faite sous la contrainte.

– Je vous donnerai l'or une fois que j'aurai le document, déclara Dante aussi fermement que possible.

– Je crains de ne pas pouvoir accepter, Éminence. J'ai besoin d'une preuve de bonne foi de votre part ; aujourd'hui. Vous savez que je tiens parole.

– Vous pouvez me garantir que j'aurai l'original du manuscrit dans deux jours, alors ? demanda Dante.

– Absolument, répondit Govié. Mon équipe est déjà en train de faire le nécessaire.

C'était un autre mensonge, mais étant donné que c'était désormais lui qui menait les négociations, cela semblait approprié.

– En attendant, j'enverrai un véhicule blindé à la Banque du Vatican pour récupérer les lingots d'or, cet après-midi.

– Très bien, se résigna Dante. Je vais de ce pas donner mes ordres à Klaus Wolaschka. Demandez-le quand vous serez prêt à effectuer le transfert.

QUARANTE-TROIS

Les cloches de la basilique Saint-Pierre sonnaient vingt et une heures, au loin, lorsqu'Hana arriva dans le quartier de Tor Bella Monaca le jeudi soir. Elle avait quelques minutes de retard à son rendez-vous avec Petrov Gović.

L'adresse qu'il lui avait donnée n'était plus qu'à quelques rues, au bout de la Via Dell'Archeologia. Elle ne comprenait toujours pas pourquoi Gović avait choisi ce quartier, que les locaux appelaient TBM. Connu comme le Trou Noir de Rome, TBM était un bas-fond de la culture de la drogue multigénérationnelle de la ville. Remontant lentement la rue, Hana vit que tous les lampadaires étaient éteints, sans qu'il y ait pourtant de panne de courant. Ils avaient tous étaient visés par des tirs de balles, les trafiquants de drogue préférant mener leurs affaires dans l'ombre.

Des immeubles mornes et monolithiques se dressaient de chaque côté de la rue et les phares de sa voiture illuminaient la rue déserte bordée de montagnes d'ordures. Elle vit un homme sur le trottoir, assis sur une chaise pliante dans le noir, un téléphone à la main – seule trace de vie qu'elle eût aperçue jusqu'alors. Lorsqu'elle passa devant lui, il porta son téléphone à son oreille, sans doute pour alerter un dealer que quelqu'un pénétrait dans leur territoire.

L'intuition d'Hana lui dit que ce n'était pas une bonne idée, mais elle avait déjà couvert des zones de guerre, ayant été journaliste embarquée à Kandahar, pendant une importante insurrection des talibans. *Si j'ai pu affronter ça, je peux tout affronter*, se dit-elle. Et après tout, Gović lui-même était un agent d'Interpol et lui avait assuré qu'elle serait en sécurité.

Le GPS de sa voiture de location lui annonça qu'elle était arrivée à destination – un grand hangar plongé dans la pénombre, à l'exception d'une ampoule nue qui pendait au-dessus d'une porte, sur le côté, et se balançait dans la brise. Elle se gara le long du bâtiment, à côté d'un autre véhicule, et coupa le moteur.

Lorsqu'elle sortit de la voiture, un homme ouvrit la porte latérale de l'entrepôt. Elle eut l'impression de le reconnaître, mais elle n'arrivait pas à savoir d'où.

– Mademoiselle Sinclair ? Bonsoir, je suis l'agent Roko Sirola, je travaille avec l'agent Gović. Vous avez eu du mal à trouver l'endroit ?

Hana soupira de soulagement, se sentant rassurée.

– Enchantée, agent Sirola. Non, pas du tout. C'est seulement un endroit très inhabituel pour un entretien.

– Je comprends, répondit Roko avec un rire bref. Le quartier TBM est un peu malfamé la nuit, et il n'est guère mieux en journée, mais nous conservons cet endroit comme une sorte de lieu sûr à l'abri des regards lorsque nous devons effectuer des opérations spéciales.

– Bien sûr, c'est ce que j'ai supposé, dit Hana. Est-ce que l'Agent Gović est arrivé ?

– Oui, il vous attend à l'intérieur. Je vous en prie, entrez.

Lorsqu'elle pénétra dans le hangar peu éclairé, Hana remarqua des dizaines de vieux cartons et de caisses, empilés sur de hautes étagères en métal qui se dressaient à perte de vue dans l'immeuble froid et lugubre. Il y avait aussi de nombreuses machines : des chariots élévateurs, des transpalettes, des fourgons industriels et un mur chargé d'outils. Le plus surprenant était un fourgon blindé Garda, garé juste devant l'une des portes enroulables de l'entrepôt, dont le moteur et le pot d'échappement sifflaient et cliquetaient, ayant été récemment utilisés.

Roko fit signe à Hana d'emprunter une allée vers l'autre bout du hangar, lui emboîtant le pas. Devant elle, elle vit un homme assis sur une chaise sous un petit halo de lumière, plongé dans un journal. Lorsqu'elle et son escorte le rejoignirent enfin, il baissa le journal et regarda Hana dans les yeux.

– *Vous !* s'exclama-t-elle. C'est vous l'homme du train, et de la bibliothèque !

– Bonsoir, Mademoiselle Sinclair, répondit Gović d'un ton plat. Je suis ravi que vous ayez pu vous joindre à nous.

– Qu'est-ce qui se passe ?! s'exclama Hana nerveusement. Et pourquoi vous nous avez suivis ?

– Vous saurez tout en temps et en heure, Hana. Puis-je vous appeler Hana ? répondit Gović, qui avait clairement l'intention de le faire, quelle que soit sa réponse. C'était le meilleur moyen pour obtenir ce dont j'avais besoin. Je vous en prie, asseyez-vous. Je peux vous offrir un café ?

Hana tourna la tête vers Roko, qui tenait désormais un Glock 22 dans sa main droite et le pointait sur elle. Elle s'assit sur l'une des chaises pliantes face à Gović, son cerveau fonctionnant à toute vitesse. *Dans quoi je me suis fourrée ?*

– Qu'est-ce que vous pourriez vouloir si désespérément, au point de kidnapper une journaliste ? cracha-t-elle.

– Pas de café, alors. Bien, venons-en au fait. Vous et le père Dominic nous avez donné du fil à retordre, cette semaine.

Surprise d'entendre le nom de Michael, elle devina l'objet de leur convoitise. Regardant à nouveau Roko, elle le reconnut enfin.

– C'est *vous* qui avez cambriolé ma suite d'hôtel, n'est-ce pas ?

Roko ne prit pas la peine de répondre, laissant son silence le faire à sa place. Il agita son pistolet de haut en bas, de façon nonchalante.

Gov*ić* attira de nouveau son attention.

– Vous devez savoir, à présent, ce que je veux : le manuscrit de Madeleine. Et l'original, cette fois, je vous prie. La copie ne satisfait pas nos intérêts, pour le moment.

– Je ne sais pas de quoi vous parlez, répondit-elle en essayant de feindre une confiance qu'elle avait du mal à éprouver.

– Vous pouvez cesser votre petit jeu de suite, Hana. Vous nous faites perdre notre temps. Et tant que je n'aurai pas obtenu ce dont j'ai besoin, vous resterez ici comme invitée. Il est évident que vous n'avez pas le document sur vous, ajouta-t-il. Je présume que le père Dominic a pris ses précautions pour le mettre en sécurité, sans doute au Vatican, puisque nous n'avons pas trouvé l'original dans votre coffre.

– Même s'il l'avait, qu'est-ce qui vous fait croire qu'il vous le donnerait ? demanda Hana.

– Après vous avoir surveillés, il semblerait que vous teniez tous deux l'un à l'autre. Je suis presque certain qu'il n'aimerait pas qu'il vous arrive quoi que ce soit. Et en dehors de son charme naturel, Roko sait s'y prendre pour que des choses désagréables arrivent à de bonnes personnes.

Roko agita son Glock et le pointa sur la tête d'Hana, feignant d'appuyer sur la détente, articulant le mot « BANG » tout en relevant son arme comme sous l'effet du recul.

Impassible, Hana se tourna de nouveau vers Gov*ić*.

– Vous êtes croate, vous devez être sensible à la foi catholique, non ? Comprenez-vous vraiment l'importance de ce document pour votre religion ? Ou les conséquences terribles sur le monde entier, s'il tombait entre de mauvaises mains ? Ou bien, est-ce seulement l'argent qui vous intéresse ? Quoi qu'il en soit, comment vivrez-vous avec ce que vous faites ?

– Mais c'est justement ce à quoi sert le confessionnal, mademoiselle Sinclair ! s'esclaffa Gov*ić*. Tous les péchés sont pardonnés à ceux qui se repentent, n'est-ce pas ? De plus, vous n'avez pas idée de ce que je projette de faire avec ce document. Maintenant, appelons votre ami le prêtre. Mais tout d'abord, Roko, pourrais-tu mettre notre petite invitée un peu moins à l'aise ?

Roko sortit des menottes en plastique de sa poche et joignit les mains d'Hana dans son dos, puis il entrava ses chevilles et lui montra un rouleau de chatterton noir.

— Ne me poussez pas à vous bâillonner avec, la prévint-il. C'est galère à enlever.

Gović fouilla dans le sac d'Hana et en sortit son téléphone. Il plaça l'écran face à elle pour activer le Face ID et le déverrouiller, puis il parcourut ses contacts pour y trouver le nom de Michael Dominic.

— Vous êtes prête ? lui demanda-t-il. Facilitez-nous la tâche et vous sortirez vite d'ici.

Gović cliqua sur APPELER et la ligne sonna deux fois avant que Michael ne décroche.

— Hey, je pensais justement à toi ! dit-il d'un ton joyeux.

— Oh, j'en doute, père Dominic, dit Gović. Maintenant, je veux que vous écoutiez attentivement. Nous sommes avec votre amie, Mademoiselle Sinclair, et elle vous demande un service. Une faveur qui pourrait… eh bien… lui sauver la vie.

— *Qui êtes- vous ?* demanda Michael. Laissez-moi parler à Hana !

— Peu importe qui je suis, répondit-il avant de mettre le téléphone sur l'oreille d'Hana.

— Michael, c'est Gović, l'homme du train ! Ne fais pas ce qu'ils demandent ! cria-t-elle.

Retirant brusquement le téléphone, Gović lui fit part de ses exigences.

— C'est très simple, père Dominic. Je veux l'original du papyrus de Madeleine en échange de votre amie, c'est tout. Je veux que vous me le livriez dans une heure à l'adresse que je m'apprête à vous donner. C'est suffisamment près du Vatican pour que vous puissiez y aller à pied.

– Mais je ne peux pas récupérer le document ! Il est dans un coffre de la Banque du Vatican, qui est fermée.

Gović n'avait pas pensé à une banque.

– Très bien. Alors demain, à midi. Nous prendrons soin de votre amie en attendant. Ou devrais-je dire, d'ici là. Ensuite, ce qui lui arrivera sera de votre responsabilité. Et n'essayez pas d'appeler ou de tracer son téléphone, puisqu'il sera détruit dès que j'aurai raccroché.

Gović donna une adresse à Dominic non loin du Vatican, puis il mit fin à l'appel. Lâchant le téléphone sur le sol en béton, il alla jusqu'au mur où était accroché un marteau et, fidèle à sa promesse, il brisa le téléphone en mille morceaux.

– Nous allons vous préparer une chambre pour la nuit, Hana, et s'il est vrai que ce ne sera pas aussi luxueux que le Rome Cavalieri, cela devra suffire.

Roko coupa le collier de serrage autour de ses chevilles puis il la saisit par le bras, la souleva, et la traîna jusqu'à une petite pièce contenant un lit de camp et une fine couverture sale. Il la poussa à l'intérieur puis referma la porte à clé.

– Ne vous fatiguez pas à crier, dit-il. Personne ne fait attention à ce qui se passe ici, à Tor Bella Monaca. Et on sera juste derrière la porte. Tâchez de dormir.

QUARANTE-QUATRE

Paniqué par le coup de fil qu'il venait de recevoir, Michael réfléchit à toute vitesse aux options qui se présentaient. Plutôt que donner le véritable manuscrit de Madeleine, il pourrait fournir au kidnappeur d'Hana un document comparable en koinè, qui en apparence ressemblerait beaucoup au premier. Gović verrait-il vraiment la différence ?

Il se souvint ensuite de ce qu'Hana lui avait dit lors du bref appel : « *l'homme du train…* ». Cela signifiait que ce pouvait être la même personne qui avait intercepté leurs emails. Gović avait donc sans doute déjà la copie qu'il avait envoyée à Hana. Cela requerrait peut-être un œil avisé, mais comparer les deux documents serait plutôt simple – sa ruse serait rapidement mise à jour.

Il pourrait contacter les *Carabinieri*, la police italienne, mais Michael n'avait pas la moindre idée de l'endroit où Hana était détenue. De toute façon, et c'était le plus gros problème, leur expliquer l'histoire du manuscrit de Madeleine serait trop risqué. Ce n'était pas du tout ce qu'il souhaitait.

Attends ! Hana doit encore avoir le traqueur AirTag dans son portefeuille !

Michael formula une brève prière en ouvrant l'application

Find My sur son iPhone. Lorsque l'écran fut rafraîchi, il le vit – l'icône intitulée « Portefeuille d'Hana » apparut en direct sur la carte, émettant son signal depuis un quartier de Rome nommé Tor Bella Monaca.

Que faire à présent ? Il savait qu'il avait besoin d'aide, mais qui contacter ? Vers qui pouvait-il se tourner ? *Ginzberg est trop vieux, et je ne veux pas le mettre en danger*, se dit-il. *Petrini ? Dante ?* Son cerveau examina les options aussi vite que possible. Soudain, cela lui vint.

Karl Dengler ! Qui de mieux qu'un militaire entraîné physiquement et mentalement pour être à ses côtés dans une situation aussi dangereuse ? Et puis, c'était le cousin d'Hana, il était déjà impliqué.

Il regarda sa montre et vit qu'il était vingt-deux heures. Espérant qu'il serait encore réveillé, Michael lui envoya un SMS : **Karl, c'est une urgence. Rappelle-moi s'il te plaît.**

QUELQUES SECONDES PLUS TARD, le téléphone de Michael sonna.

– *Karl* ? répondit-il aussitôt.

– Qu'est-ce qui se passe, Michael ?

– Hana est en danger ! Je dois te voir immédiatement, c'est urgent.

– Bien sûr, j'arrive de suite, répondit Dengler avant de raccrocher.

La caserne de la Garde suisse était de l'autre côté de Saint-Pierre. Dengler parcourut en courant la courte distance qui le séparait de l'appartement de Michael dans la résidence hôtelière Sainte-Marthe. Comme le pape vivait également au Domus Sanctae Marthae, le bâtiment était bien gardé jour et nuit par les collègues de Dengler qui, l'ayant reconnu, le laissèrent passer.

Il entra dans l'immeuble, trouva l'appartement de Michael et frappa à la porte. Le prêtre lui ouvrit aussitôt et le fit entrer.

– *Hana a été prise en otage !* s'exclama-t-il.

Il expliqua rapidement au garde la demande de rançon des

kidnappeurs – le précieux manuscrit qu'ils voulaient en échange de sa libération.

– Qui sont ces gens ? demanda Dengler.

– Je ne sais pas. Hana a crié le nom *Gović*, mais qui sait si c'est son vrai nom ?

– Gović ?! s'exclama Dengler. Je connais ce nom…

Il réfléchit un court instant.

– Un agent d'Interpol du nom de Gović s'est présenté à la porte hier pour voir le cardinal Dante ! Ça doit forcément être le même.

– Bon sang ! chuchota Michael. L'empreinte de Dante était partout dans cette histoire, depuis le début. Il a fait intercepter nos emails donc il est forcément au courant pour le manuscrit. Je parie qu'Interpol n'aurait aucun mal à mettre en place de telles intrusions. Je ne serais pas surpris que Dante soit impliqué dans le kidnapping d'Hana.

– Où est le document, maintenant ? demanda Dengler.

– Dans un coffre à la banque, dit Michael. Le projet est de l'en sortir demain et de le remettre aux kidnappeurs à midi. On doit la libérer, Karl.

– Est-ce que tu sais où ils la détiennent ? demanda Karl d'un ton de plus en plus agacé.

– Oui.

Michael expliqua le traqueur AirTag qu'il avait mis dans le portefeuille d'Hana et montra à Dengler l'application Find My qui situait le traqueur sur la carte de Rome.

– Génial. Et si on allait la sauver tout de suite ? déclara Dengler d'un ton stoïque, comme s'il menait ce genre de mission tous les jours. Cet enfoiré retient ma cousine, et il n'a aucun droit de la garder en otage, quelle qu'en soit la raison. Moi je dis, on le met hors d'état de nuire ce soir, lui et quiconque est avec lui. Ils ne s'attendront pas à une embuscade. Tu es partant ?

Guère habitué à des actions aussi risquées, Michael regarda son ami d'un air inquiet. La situation le rendait nerveux, mais il était impressionné par la prise en main de Karl et fut heureux de l'avoir appelé.

– Et on ne sera pas seuls, dit Dengler. Je vais demander à deux de mes potes de se joindre à nous, ils seront partants pour agir. Retrouve-nous à la porte Sainte-Anne dans trente minutes.

DENGLER RETOURNA À LA CASERNE, où la plupart de ses collègues en repos étaient occupés dans la salle de sport ou avec des jeux vidéo, à l'exception de ceux qui dormaient avant de commencer leur service de nuit. Un des soldats, un bel homme brun du nom de Lukas Bischoff, venait de finir sa session de musculation et s'apprêtait à se doucher lorsque Dengler alla le voir.

– Lukas, chuchota-t-il, j'ai besoin de ton aide. Mais je dois te dire d'emblée que ça pourrait être dangereux. Ma cousine Hana a été kidnappée et j'ai besoin d'une équipe pour la sauver – maintenant. Tu es de la partie ?

Lukas ne perdit pas de temps pour répondre.

– Bien sûr, Karl, tu peux compter sur moi. Tenue complète et armement ?

Dengler hocha la tête.

– Aucun lien avec notre boulot, bien sûr. Et il nous faudra un autre homme…

– Je vais chercher Finn Bachman. Il sera ravi.

Lukas le repéra de l'autre côté de la salle et lui fit signe de les rejoindre avant de lui expliquer la situation.

Dengler ouvrit son ordinateur portable pour afficher Google Earth en mode satellite et entrer l'adresse que Michael lui avait donnée. Il zooma sur la carte pour inspecter leur destination.

– Notre cible est un entrepôt à TBM. On prendra ma caisse.

Il y eut un court silence pendant que les deux hommes se regardèrent dans les yeux.

– Quoi ? demanda Dengler.

Finn haussa les épaules.

– C'est un quartier malfamé.

– Je sais, acquiesça Dengler. Vous vous le sentez, tous les deux ?

– Oui, répondirent-ils à l'unisson, sans hésiter.

Finn étant partant, les trois hommes s'équipèrent pour leur mission urgente.

MICHAEL ENFILA des habits civils et courut à la porte Saint-Anne vingt minutes après que Dengler soit parti de chez lui. Nerveux, il rôda près du poste de garde et se mit à faire les cent pas dans la pénombre, attendant Dengler et son équipe. Ils arrivèrent quelques minutes plus tard, marchant vers Michael, aussi silencieux que des chats dans la nuit.

– Michael, commença Dengler, je te présente Lukas et Finn, les meilleurs gardes de la caserne. Je leur ai expliqué la situation et on a déjà pris nos repères dans Tor Bella Monaca sur le satellite. L'adresse donnée par ton appli est celle d'un entrepôt. En fonction du nombre d'hommes qu'on devra affronter, on est aussi prêts que possible.

Michael vit que les trois hommes au regard déterminé et en tenue de commando étaient équipés d'un holster d'épaule et d'un gilet pare-balle en Kevlar. Finn tendit un gilet à Michael.

– Mets ça, Michael, insista Dengler. Au cas où.

Ils se dirigèrent vers le parking et montèrent dans la Jeep Wrangler noire de Dengler, passant la porte sous les saluts de leurs collègues.

IL ÉTAIT PRESQUE vingt-trois heures lorsque la Jeep entra dans le quartier de Tor Bella Monaca. Remontant la Via dell'Archeologia, Dengler éteignit ses phares et ralentit. Les seules autres voitures de la rue étaient toutes garées, la leur était la seule à rouler. C'était une nuit sans lune et tout le quartier était plongé dans le noir. Les seules lumières provenaient de fenêtres, ici et là, dans les immeubles imposants de chaque côté de la rue. Même à cette heure, un gamin à vélo les observait, utilisant son téléphone pour prévenir ses associés qu'une voiture approchait.

– L'entrepôt est au bout de cette rue, chuchota Dengler. On va se garer dans la rue d'à côté et on finira à pied. Michael, tu devrais attendre dans la voiture.

– C'est hors de question ! rétorqua-t-il. C'est moi qui ai mis tout le monde dans ce pétrin. Je viens avec vous.

– Alors, reste tout le temps derrière moi, insista Dengler en posant une main ferme sur l'épaule de Michael.

Une fois la Jeep garée dans la une petite rue sombre à un pâté de maisons de l'entrepôt, les quatre hommes sortirent du véhicule. Les gardes vérifièrent leur arme une dernière fois puis, en file indienne, ils avancèrent sans bruit jusqu'à leur cible, trois pistolets Sig P220 prêts à tirer.

CHAPITRE

QUARANTE-CINQ

Allongée sur le flanc sur son lit miteux, Hana se sentait humiliée. Elle aurait dû écouter son instinct et repartir de Tor Bella Monaca quand elle avait ressenti la menace que représentait le quartier. Elle n'en revenait pas d'avoir été aussi imprudente, de s'être fait avoir aussi facilement.

Pauvre Michael, s'inquiéta-t-elle. Qu'est-ce que je lui ai fait ? Non seulement j'ai mis en péril le manuscrit, mais je l'expose à Dieu sait quoi. Ces hommes ne me laisseront jamais repartir : j'ai vu leurs visages. Je connais le nom de l'un d'entre eux…

Elle s'assit sur le lit et essaya de desserrer le collier de serrage qui la menottait. Le plastique entaillait sa peau alors qu'elle se démenait ; jamais elle n'arriverait à l'enlever.

Elle se leva, marcha jusqu'à la porte et posa son oreille contre le bois. Elle entendait des voix étouffées et de la musique qui résonnait dans le vaste entrepôt. Elle étudia la pièce sombre, mais ne trouva rien qui pourrait l'aider à s'échapper. Elle ne pouvait qu'attendre et écouter ses kidnappeurs afin de savoir ce qu'il adviendrait d'elle.

. . .

À QUELQUES PAS de la porte d'Hana, Petrov Gović et Roko Sirola étaient assis sur leurs chaises pliantes, un jambon-beurre dans une main, une bière Peroni dans l'autre. Au loin, Luciano Pavarotti chantait « Nessun Dorma », de Puccini, à la radio, et la voix du ténor résonnait doucement dans l'entrepôt tandis que les deux hommes discutaient.

APPROCHANT PRUDEMMENT DU HANGAR, Dengler, Michael, Lukas et Finn restaient dans l'ombre du bâtiment. Lorsqu'ils arrivèrent à la porte latérale, une ampoule nue menaça de les exposer. Dengler s'y précipita à pas de loup, l'enveloppa dans un chiffon et la brisa avec la crosse de son pistolet pour l'éteindre. Il baissa la poignée et trouva la porte ouverte.

La poussant avec précaution, ils entrèrent dans le hangar et entendirent de la musique au loin. Si cette partie de l'entrepôt était sombre, il y avait de la lumière au fond, à l'autre bout de l'allée centrale, d'où provenaient des voix. Deux hommes parlaient.

– OBTENIR CET or était une stratégie brillante, Petrov, dit Roko. Je suis un peu surpris que Dante ait accepté sans difficulté.

Gović sourit d'un air suffisant.

– Dante a trop à perdre pour risquer de voir ce document rendu public. Même sans l'original, il sait qu'il me suffirait de divulguer les documents dont je dispose, c'est-à-dire la lettre de Saunière, le rapport Moretti et une copie du manuscrit de Madeleine, pour révéler au monde que la Résurrection est un mythe. Même si cela ne fait que planter un minuscule doute dans l'esprit des gens, je crois que l'Église serait prête à tout pour éviter que ce document soit dévoilé. Et puis, l'or n'a jamais été à eux, de toute façon ! insista-t-il. Il appartenait à mon père et aux autres patriotes qui l'ont aidé à fonder l'Oustacha. Ces lingots seront d'une aide immense pour rétablir notre cause, Roko. Plus jamais les Juifs, les Serbes et tous leurs alliés ne se mettront en travers de notre chemin. *Za dom-spremni !*

– *Za dom-spremni !* répondit loyalement Roko, levant haut la main en un salut.

– Za dom-spremni mon cul, ouais, dit une voix dans la pénombre, juste en dehors du cercle de lumière.

Roko sursauta et laissa tomber son sandwich par terre en voulant saisir son arme. Karl Dengler sortit de l'ombre, tenant son Sig Sauer dans ses mains, bras tendus. Il tira deux coups consécutifs qui frappèrent Sirola en pleine poitrine. Le molosse s'écroula au sol.

Lukas, Finn et Michael se montrèrent à leur tour. Les deux gardes suisses visaient Petrov Gović avec leurs armes.

Ce dernier se leva, les mains en l'air, les yeux rivés à son camarade, sous le choc. Il leva ensuite la tête vers Dengler et étudia tour à tour les quatre hommes qui l'entouraient.

– Il y a quelqu'un d'autre avec toi ? demanda Dengler d'un ton furieux. Où est Hana ?

– Tu as idée de qui je suis ? s'offusqua Gović en baissant les bras. C'est une opération d'Interpol officielle, bande d'imbéciles ! Vous n'avez aucune raison ni aucun droit d'être là. Vous serez inculpés de meurtre !

– *Garde les mains en l'air !* aboya Dengler. Je ne te le redemanderai pas : où est Hana Sinclair ?

– *Je suis ici !* cria Hana de derrière une porte, la frappant avec son pied.

Michael courut pour l'ouvrir, mais elle était fermée à clé.

– *Où est la clé ?* demanda-t-il à Gović d'un ton urgent.

– Dans sa poche, répondit l'agent en désignant le corps de Roko.

Michael ne perdit pas de temps.

– Recule, Hana.

Il fit plusieurs pas en arrière avant de se précipiter sur la porte pour la percuter de son épaule droite. La porte frêle céda sans mal.

– Michael ! Dieu merci ! s'écria-t-elle, ses yeux se remplissant de larmes.

Michael la serra fort contre lui alors que ses mains étaient encore liées.

– Quelqu'un a de quoi couper ce truc ? demanda-t-il aux autres.

Lukas les rejoignit en sortant un couteau suisse de sa poche.

– C'est la base de notre équipement. On ne va jamais nulle part sans, dit-il en souriant alors qu'il coupait le collier de serrage en plastique.

Désormais libérée, Hana se jeta dans les bras de Michael pour le serrer aussi fort que possible. Ils s'étreignirent quelques secondes, le souffle court, jusqu'à ce qu'Hana voie son cousin et l'arme qu'il pointait sur Gović.

Elle quitta les bras de Michael et courut vers Dengler pour le prendre dans ses bras tandis que Finn braquait son pistolet sur le chef de l'Oustacha.

– Karl, merci infiniment.

Elle s'arrêta un instant tandis qu'une question lui vint.

– Attendez, comment vous m'avez retrouvée ?

Michael lui rappela qu'elle avait un traqueur AirTag dans son portefeuille.

– Mais ils ont détruit mon téléphone ! Comment vous avez eu le signal ?

– Le signal de la puce est relayée par n'importe quel iPhone connecté à l'iCloud, dit Michael en souriant. On a eu de la chance. Sans le savoir, Gović nous envoyait ta géolocalisation avec son propre iPhone. Le tien n'était pas nécessaire.

Hana s'imprégna de l'information, admirative. Quant à Gović, il n'en revenait pas d'avoir pris part à l'échec de son propre plan. Il jura contre eux dans sa barbe.

Hana se rappela alors ce qu'elle avait entendu en écoutant Gović et Roko à travers la porte.

– Michael, je les ai entendus dire que Dante leur donnait de l'or, beaucoup, apparemment. Maintenant que j'y pense, je suis sûre d'avoir vu un fourgon blindé dans le hangar quand je suis entrée.

– Dante ? *De l'or ?!* Ça expliquerait beaucoup de choses, dit Michael d'un ton furieux. Il est clairement derrière tout ça depuis le début.

Hana ouvrit la voie et Lukas et Finn poussèrent Gović derrière elle tandis que Michael et Dengler fermaient la marche. Ils la suivirent jusqu'à l'autre bout de l'entrepôt, près de la porte par laquelle ils étaient entrés, où un camion blindé était garé, la clé sur le contact. Pendant que Michael allumait les lumières du hangar, Dengler déverrouilla les portes de derrière et les ouvrit.

– Sainte mère de Dieu, chuchota Dengler avant de siffler.

Soigneusement empilés dans le camion, brillant de mille feux, des lingots d'or s'entassaient du sol au plafond. Gravés sur chaque lingot, l'aigle impérial et la croix gammée nazie scintillaient sous les lumières de l'entrepôt.

Hana n'en revenait pas.

– Dire que cet or est dans la Banque du Vatican depuis soixante-dix ans. Si ce n'est pas une preuve flagrante de complicité…

Hana fit quelques pas en arrière pour laisser la place aux autres, tous ébahis par leur découverte. Gović fit un pas de côté et glissa discrètement sa main sous sa ceinture. L'instant d'après, il passa son bras autour de la taille d'Hana et plaqua la lame d'un couteau tactique KA-BAR contre sa gorge. Hana hurla.

– Pas un geste, sinon elle meurt ! cria Gović.

Dengler leva instinctivement son arme pour la pointer sur la tête de Gović. Lukas et Finn firent de même, mais reculèrent d'un pas, agacés d'avoir était distraits et d'avoir oublié de fouiller l'agent d'Interpol.

Sans réfléchir, Michael, qui était à côté de Gović, saisit le bras de l'agent sous le coude pour éloigner le couteau du cou d'Hana tout en poussant l'épaule droite de Gović en arrière. Surpris par la rapidité de son geste, Gović agita le couteau pour toucher son attaquant, luttant pour prendre le dessus sur son adversaire plus jeune et plus fort. Le couteau toucha enfin sa cible, entaillant l'avant-bras droit de Michael. Le prêtre grogna de douleur tout en mettant un coup de genou aussi fort que possible dans l'entrejambe de Gović.

L'agent se plia sous la douleur et Michael lui arracha le couteau des mains. La lame était déjà proche de la gorge de Gović et, dans un geste désespéré, Michael la releva de toutes ses forces, espérant qu'elle se planterait dans n'importe quel endroit qui le mettrait hors d'état de nuire. Dessinant une courbe mortelle, la lame trancha la carotide de Gović, éclaboussant les hommes de son sang. L'agent tomba lentement au sol, sa tête frappant le béton avec suffisamment de force pour émettre un craquement sonore qui résonna dans tout l'entrepôt.

Michael saignait beaucoup. Il tomba à genoux à côté de Gović et Dengler se précipita à ses côtés, criant aux autres de trouver une trousse de secours. Finn alla en chercher une pendant que Dengler inspectait la plaie de son ami.

– Ça va aller, mon pote, dit-il. Ça aurait pu être pire.

– À en croire la douleur, c'est pire ! grogna Michael en essayant de sourire malgré la souffrance.

Son sourire disparut lorsqu'il vit le corps de Gović, réalisant soudain qu'il venait de tuer un homme. *Mon Dieu, qu'est-ce que j'ai fait ?*

Hana s'agenouilla à ses côtés et posa une main sur son épaule.

– Ne culpabilise pas, Michael. Tout est arrivé si vite.

Michael fixa ses yeux verts remplis d'inquiétude. Il était encore sous le choc après l'acte horrible qu'il venait de commettre, mais il avait désespérément envie de la serrer contre lui. Et à en croire l'expression d'Hana, elle désirait la même chose. Aucun d'eux n'agit, cependant, même s'ils se signifièrent mutuellement leur souhait – le carnage qui les entourait était trop dégrisant.

Finn avait trouvé une trousse de secours dans le fourgon blindé et l'apporta vite à Dengler, qui commença par désinfecter la plaie de Michael avant d'entourer son avant-bras d'un bandage serré.

— Il faut que tu ailles au dispensaire dès qu'on rentrera au Vatican. Ils prendront le relais.

— Je ne sais pas comment vous remercier, tous, dit Michael en regardant chacun des gardes suisses. Surtout toi, Karl, d'être venu avec ces deux hommes courageux.

— Tu plaisantes ? répondit Lukas d'un ton grave. On s'entraîne pour ce genre de choses tous les jours, mais on n'a jamais l'occasion de s'en servir. Je suis surtout content que personne d'autre n'ait été blessé. Ça aurait pu mal tourner, Michael. Tu as pris un gros risque, tu sais. Mais en fin de compte, c'est toi le véritable héros.

— Qu'est-ce qu'on fait, maintenant ? demanda Hana.

— Eh bien, dit Dengler, on est à TBM. Des drames ont lieu tous les jours, ici. Moi, je dis, on prend l'or et on laisse les corps. Les *carabinieri* s'en occuperont. Ils penseront qu'Interpol menait une opération antidrogue et qu'elle a mal tourné.

— Je suis d'accord, dit Michael. C'est le meilleur plan. Hana, tu te sens capable de rentrer à l'hôtel avec ta voiture ? Les gars te suivront.

— Bien sûr, dit-elle en sortant ses clés de son sac. Ça va aller, Michael ? demanda-t-elle en l'étudiant d'un regard qui en disant long sur son inquiétude.

— Ouais, dit-il en la regardant dans les yeux. Ça ira mieux dès que j'aurai fait soigner cette plaie. Je t'appellerai demain matin.

Dengler et ses collègues enroulèrent les corps dans des bâches qu'ils trouvèrent dans un coin du hangar. En les regardant faire, Michael priait en silence pour la vie qu'il venait de prendre.

Nettoyant la scène de crime, Dengler s'assura qu'il n'y avait aucun signe de leur présence dans l'entrepôt.

Satisfait par son inspection, lui et Michael montèrent dans le fourgon blindé et roulèrent jusqu'au Vatican pendant que Finn et

Lukas prenaient la Jeep de Dengler pour suivre Hana jusqu'à l'hôtel avant de retourner à la caserne.

IL ÉTAIT MINUIT PASSÉ lorsque les gardes suisses de la porte Saint-Anne ouvrirent la barrière pour laisser passer Karl Dengler dans le fourgon blindé. Il gara le camion près de l'entrée principale de la Banque du Vatican.

— Il n'y a pas lieu plus sûr au monde pour garer des millions de dollars en lingots d'or, déclara-t-il d'un ton satisfait.

— La suite est entre les mains du cardinal Petrini, dit Michael. Il saura quoi en faire.

Dengler ferma le fourgon à clé, puis il passa son bras autour de la taille de Michael pour l'escorter jusqu'au dispensaire, qui était ouvert jour et nuit.

— Tu sais, Karl, tu es vraiment le meilleur des amis, dit Michael tandis qu'ils traversaient le parking. Tu as eu le courage de risquer ta vie pour nous, ce soir. Quand tu trouveras le bon gars, il sera incroyablement chanceux de t'avoir. Je veux que tu le saches.

Dengler rougit dans la nuit, serrant brièvement Michael contre lui dans un geste protecteur.

— Il se peut que je l'aie déjà trouvé, chuchota-t-il en souriant. J'ai le pressentiment que Lukas est du même bord que moi…

QUARANTE-SIX

Le lendemain matin, Michael sauta son footing habituel. Même si son geste de la veille avait été nécessaire, il avait tué un homme et la gravité de l'acte pesait lourd sur sa conscience. Il avait appelé le cardinal Petrini pour demander s'il pouvait passer chez lui, où il lui fit le récit complet des évènements de la nuit.

Petrini fut choqué par ce que lui raconta Michael ; pas seulement par la fortune d'or nazi qui avait été récupérée, mais par le fait terrible qu'une vie humaine avait été perdue, malgré les circonstances. La pression que ressentait son protégé était flagrante dans son comportement, et Petrini proposa d'écouter la confession du jeune homme afin d'alléger son fardeau.

Michael ressentit un léger soulagement en commençant le rituel, mais il fondit en larmes lorsqu'il parla de la mort de Gović – jamais il ne s'était attendu à confesser une telle chose un jour.

– Michael, dit Petrini d'un ton rassurant, ce n'était pas un acte malveillant de ta part. Il n'y avait pas de préméditation, tu as simplement agi en état de légitime défense et pour protéger tes amis. C'était un acte courageux et altruiste, et Dieu verra ton geste pour ce qu'il est. Tu es absous par Sa miséricorde.

La tête dans les mains, Michael prit une grande inspiration.

– Merci, Éminence. Merci infiniment.

Lorsque Petrini eut dispensé sa pénitence, Michael récita un acte de contrition, puis il ressentit un profond besoin de célébrer la messe afin de s'éloigner de la noirceur qui l'envahissait.

Il s'arrangea pour présider la messe de midi en l'église de Santa Maria della Pietà, l'une des neuf églises et chapelles du Vatican, et celle où il s'était toujours senti le plus heureux, car son humble autel encerclé par une abside intimiste lui rappelait celui où il servait comme enfant de chœur dans le Queens. Les rituels de la messe – l'intonation solennelle de la prière, sa dignité tranquille, et même le parfum entêtant de l'encens – lui apportèrent un réconfort qu'il n'aurait trouvé nulle part ailleurs.

Après la procession et la préparation de l'autel, le père Michael entama la liturgie. Il avait effectué la moitié du service et entonnait les divers éléments de l'Eucharistie. Il approchait de la fin et récitait l'anamnèse lorsqu'il sentit sa contenance se fissurer.

« C'EST POURQUOI, Seigneur, nous aussi, tes serviteurs, et ton peuple saint avec nous, faisant mémoire de la Passion bienheureuse de ton Fils, Jésus Christ, notre Seigneur, de sa résurrection du séjour des morts et de sa glorieuse ascension dans le ciel… »

MICHAEL BAISSA les yeux sur sa chasuble dorée qui symbolisait l'habit royal jeté sur Jésus alors que les soldats romains se moquaient de lui et posaient sur sa tête la couronne d'épines, rappelant sa flagellation et sa crucifixion. Michael se tut brusquement et les deux enfants de chœur ainsi que les fidèles levèrent la tête vers lui, se demandant ce qui n'allait pas.

Soudain submergé par l'émotion, il sentit les larmes lui brûler les yeux et couler bientôt sur ses joues. Sachant ce qu'il savait maintenant, ces mots sacrés sonnaient creux dans ses oreilles. Encore une fois, il se sentait comme un imposteur. Tout ce qu'il avait vécu au cours des dernières semaines défilait dans sa tête alors qu'il se tenait seul devant l'autel.

Il leva la tête et posa son regard sur chacun des fidèles qui le regardait en attendant les prières avant la communion. Rassemblant toutes les forces qui lui restaient, Michael prit une profonde inspiration et conclut le rituel. Des soupirs de soulagement résonnèrent dans la chapelle.

En célébrant la communion, un sentiment de tranquillité spirituelle lui était revenu. Tandis que les fidèles venaient s'agenouiller devant lui, Michael regardait dans les yeux de chacun. Poser l'hostie sacrée sur leur langue lui rappelait l'apaisement spirituel que l'acte représentait, et il réalisa que les enseignements de Jésus Christ étaient porteurs d'une vaste vérité et qu'ôter un des mystères de la chrétienté – la Résurrection – discréditerait ces enseignements, ébranlant l'esprit de ceux qui avaient besoin de Dieu, quelle qu'en soit la raison. C'est alors qu'il comprit ce qu'il devait faire.

APRÈS LA MESSE, Michael retourna à son appartement, d'où il appela Hana. Elle répondit immédiatement.

– Comment vas-tu, Michael ? demanda-t-elle d'un ton inquiet. Raconte-moi tout.

– Tu ne seras pas surprise de savoir que j'ai mal dormi, admit-il. Le dispensaire m'a recousu et m'a donné des cachets pour la douleur. Je leur ai dit que j'étais tombé contre une étagère métallique, aux Archives, et ils n'ont pas demandé de détails. J'ai passé la nuit à me tourner et me retourner. Et même si je sais que Gović a eu ce qu'il méritait, je regrette d'avoir été celui qui a rendu la justice, et surtout de cette manière. Je n'arrive pas à m'en remettre.

– Réfléchis aux alternatives, à ce qui aurait pu se passer. Tu as agi de façon instinctive et tu as fait ce qu'il fallait. Je te serai à jamais reconnaissante de m'avoir sauvée, toi et les autres. C'était très courageux. Je crois que tu sais que Karl et moi tenons beaucoup à toi, chacun à notre façon, ajouta-t-elle. Il m'a parlé de ses sentiments pour toi et de la compassion avec laquelle tu as accepté son coming-out.

– J'ai de la chance de vous avoir tous les deux dans ma vie, déclara Michael avant de poursuivre d'un ton hésitant. Et je vais te répondre la même chose qu'à lui : s'il en avait été autrement… eh bien… les choses seraient peut-être différentes… J'espère que tu me comprends.

Hana rit doucement.

– Je comprends, Michael. Trop bien.

UNE HEURE PLUS TARD, Michael retourna chez le cardinal Petrini. Ils avaient encore du pain sur la planche.

– Ce ne sont que des suppositions, commença Michael, mais je suis quasiment sûr que Dante travaillait avec Gović depuis le début, qu'il nous a fait suivre en France, avec Hana, qu'il a fait intercepter nos emails, peut-être même écouté nos appels… Étant un agent d'Interpol, Gović devait avoir accès à ce genre de procédés. On sait déjà qu'il avait des copies de la lettre de Saunière, du rapport Moretti, et du manuscrit de Madeleine que j'avais envoyé par email à Hana et Simon. Je crois qu'on peut présumer qu'ils ont déjà été transmis à Dante. On peut également supposer que Gović avait décidé de faire chanter Dante en menaçant de dévoiler le manuscrit de Madeleine. C'est comme ça que Gović s'est retrouvé avec des millions de dollars en or nazi.

Petrini suivit la logique de Michael, avec laquelle il était d'accord.

– Je ne crois pas qu'il serait utile de révéler à Dante les évènements d'hier soir, dit le cardinal. Dans cette affaire, moins il en saura, mieux ce sera. Il est préférable qu'il ne puisse pas se servir de la mort d'un homme contre toi, ce qui s'accorderait parfaitement à sa nature diabolique. Gović n'étant plus parmi nous, Dante supposera qu'il est parti avec l'or. Quant à cet or, ajouta

Petrini d'un ton pensif, je crois que c'est une mission pour l'Équipe Hugo. On transférera les lingots afin qu'il puisse être remis aux survivants de l'Holocauste et à leurs familles. Et nous le ferons de façon anonyme, sans impliquer les médias. C'est l'unique façon de faire.

– Maintenant, commença Michael d'un ton grave, que fait-on de l'élément le plus important de l'histoire : le manuscrit de Madeleine ?

Il ouvrit son sac à dos et en sortit le folio contenant le papyrus original. Il le tendit à Petrini, dont les yeux se mirent à briller alors qu'il tenait entre ses mains l'un des documents les plus sublimes et les plus incendiaires de l'histoire.

– J'ai vraiment des sentiments partagés à ce sujet, Rico, admit Michael. Les conséquences sont trop accablantes pour y penser. Le document lui-même incarne une profonde vérité historique, une découverte unique en son genre que le monde mérite de connaître. D'un autre côté, sa publication déclencherait un chaos inimaginable parmi les croyants. Son impact ne serait épargné à personne.

Le visage solennel de Petrini lui dit qu'ils étaient d'accord – le cardinal avait déjà réfléchi à tous ces éléments.

– Michael, j'ai beaucoup prié et délibéré à ce sujet, ces derniers jours. Je ne peux pas en bonne conscience être responsable de la désintégration de notre Sainte Mère l'Église ni d'autres institutions religieuses, même si cela implique de cacher la vérité. J'en souffre, rien qu'en le disant. Toutefois, je ne suis pas seul dans cette prise de décision. Le Saint-Père doit prendre la décision finale, peut-être en consultant ses conseillers. En fin de compte, le fardeau sera à lui et à lui seul, car il est le Vicaire du Christ sur Terre. En attendant, conclut Petrini, nous devons rapidement rendre visite au cardinal Dante. Il a pas mal de comptes à rendre.

CHAPITRE

QUARANTE-SEPT

Les ombres de la fin d'après-midi s'étiraient dans le bureau du cardinal Dante lorsqu'il appuya sur le bouton situé au bord de son bureau, signalant à son assistant qu'il était prêt à accueillir ses visiteurs.

Le père Vanucci frappa doucement avant d'ouvrir les portes, laissant le cardinal Petrini et le père Dominic entrer dans la vaste pièce.

— Bonjour, Votre Éminence, dirent-ils à l'unisson avant de s'asseoir face au cardinal.

— Bonjour, messieurs, répondit sèchement Dante. Que puis-je faire pour vous ?

— Il ne s'agit pas vraiment de ce que vous pouvez faire pour nous, Fabrizio, répondit Petrini d'un ton nonchalant, mais plutôt de ce que nous allons faire à l'avenir.

Dante n'était pas déconcerté, mais curieux.

— Allez-y, dit-il en allumant une cigarette.

— Comme vous le savez déjà sans doute, commença Petrini, le père Dominic est entré en possession d'un objet d'une importance historique majeure. Sans m'attarder sur la façon par laquelle vous l'avez su, sachez que nous sommes au courant de vos méthodes immorales.

Dante s'étouffa légèrement en exhalant une bouffée de fumée bleue.

— S'il ne s'agissait que de ce document, certains pourraient interpréter la situation différemment. Mais comme nous savons que Bérenger Saunière a longtemps fait chanter le Vatican et que le rapport de monseigneur Moretti atteste de sa propre enquête, nous disposons de suffisamment de preuves pour garantir sa crédibilité.

Petrini marqua une pause pour laisser Dante encaisser ses propos avant de poursuivre.

— À l'évidence, révéler ce document au public aurait de graves répercussions parmi les croyants, sans parler de l'Église elle-même. Nous avons donc décidé de…

Dante lui coupa la parole d'un ton furieux.

— *Vous* avez décidé ? Qui êtes-vous pour prendre de telles décisions, Enrico ? J'exige que vous me donniez immédiatement ce manuscrit, et c'est *moi* qui déciderai quoi en faire.

— Je crains que vous n'ayez pas votre mot à dire à ce sujet, Fabrizio. Nous en avons déjà parlé au Saint-Père, déclara Petrini d'un ton ferme. Son sort est scellé. Le pape, avec mon appui, pense que votre intercession ne ferait que compliquer inutilement la situation.

— *Vous allez m'écouter, maintenant*, commença Dante en tapotant sa cendre d'un geste agacé, ratant le cendrier.

— Non, c'est vous qui allez m'écouter, Dante, rétorqua Petrini, parce que je parle également au nom de Sa Sainteté, avec qui nous venons de nous entretenir. Vos actions au cours des dernières semaines ont été déplorables. Faire suivre le père Dominic et Mademoiselle Sinclair, faire intercepter leurs emails, votre collaboration avec la Novi Oustacha et leurs agents répugnants, et sans doute bien d'autres exploits que vous êtes le seul à connaître... Ce sont les actes ignobles d'un homme qui a perdu toute notion de civilité et d'autorité.

— Et comment comptiez-vous justifier d'avoir donné tout cet or à Gović ? demanda Michael.

– *Comment… comment savez-vous tout ça ?!* bafouilla Dante d'un ton troublé et outré tandis qu'on dressait la longue liste de ses péchés.

– Vous êtes relevé de vos fonctions, cardinal Dante, conclut Petrini. Sa Sainteté m'a demandé d'occuper le poste de Secrétaire d'État du Vatican, avec effet immédiat. Vous serez transféré comme archevêque de Buenos Aires. Bonne journée, Éminence.

Petrini et Michael sortirent du bureau. Écrasant avec colère son mégot dans le cendrier ambré, Dante alluma une autre cigarette et se leva pour faire les cent pas dans la pièce en réfléchissant à ce revirement de situation. Il avait travaillé dur pour arriver là et il ne comptait pas partir sans faire de bruit.

Mais peut-être le devrais-je, pensa-t-il. Peut-être qu'accepter humblement cette punition servirait ses fins, après tout. Il pourrait conserver la base de partisans solide et loyale qu'il avait établie ici, au Vatican – aussi discrète qu'elle ait été au fil des années – et il n'était pas dénué d'influence et de relations utiles en Argentine, où l'avant-poste de catholiques grossissait de jour en jour et qui était le refuge de la plus grande population d'émigrés allemands de la Seconde Guerre mondiale, dont beaucoup avaient des affiliations avec l'Oustacha. Petrov Gović lui avait souvent parlé de cette communauté bien établie depuis vingt ans – les connexions politiques de l'Oustacha pourraient être utiles, et c'était sans parler de leurs ressources financières, qu'il connaissait bien.

Petrov Gović avait un fils qui dirigeait la cellule Oustacha de Buenos Aires, non ? Dante réfléchit. *Je crois qu'il s'appelle Ivan…*

CHAPITRE
QUARANTE-HUIT

L e président Pierre Valois était venu de Paris pour l'évènement. Le baron Armand de Saint-Clair, déjà à Rome avec le cardinal Enrico Petrini, avait invité les plus hauts représentants de l'Organisation juive mondiale pour la restitution, venus de Jérusalem pour la cérémonie privée.

Le petit groupe s'était réuni en secret, avec les héros légendaires de l'Équipe Hugo pour présider à la restitution du plus grand pillage nazi aux survivants de l'Holocauste depuis la fin de la Seconde Guerre mondiale – cent millions de dollars U.S. en lingots d'or. Les conditions de la réunion étaient simples : aucune question ne serait posée quant à sa provenance, aucun média ne serait impliqué et aucun reçu ne serait établi. Comme le président Valois l'avait décrit, il s'agissait d'une *affaire d'honneur*.

Simon Ginzberg, parfaitement conscient des implications du manuscrit de Madeleine, avait juré à Michael et Petrini de garder le silence. La publication récente de millions de documents ecclésiastiques concernant le pape Pie XII occuperait ses recherches jusqu'à la fin de ses jours.

. . .

LE CARDINAL FABRIZIO DANTE était parti à Buenos Aires, où il occupait la somptueuse résidence de l'archevêché. Il contrôlait désormais les presque trois millions de catholiques de la capitale argentine. Des milliers de personnes participèrent à la cérémonie d'intronisation grandiose, uniquement sur invitation, qui se déroula dans la cathédrale métropolitaine. Au premier rang étaient assis de nombreux dignitaires que connaissait le nouvel archevêque, dont un VIP particulier dont le soutien appréciable serait nécessaire à Dante : un éminent Croate du nom d'Ivan Gović.

TOUJOURS À ROME, Hana Sinclair avait soumis son article au *Monde* et obtenu la première page. Sous le gros titre « Vieilles complicités, nouvelles réparations », l'article détaillait les affaires douteuses concernant l'or nazi dans lesquelles étaient impliquées de grandes banques centrales européennes, et ce sur plusieurs décennies, entraînant de nouvelles investigations sur leurs activités d'après-guerre. Hana avait souhaité inclure bien d'autres éléments, mais, pour des raisons évidentes, elle avait omis les plus sensibles, dont la récupération de l'or à la Banque du Vatican. Elle reçut plus tard le prestigieux prix Albert Londres pour son enquête.

LES TROUPES de la garde pontificale suisse, qui formaient déjà un groupe soudé, avaient peu à peu appris les éléments les plus notables des actions héroïques de leurs camarades. Se basant sur leur seul mérite, sans avoir à divulguer les détails, le commandant de la Garde avait demandé au Saint-Père d'attribuer aux caporaux Karl Dengler, Lukas Bischoff et Finn Bachman la prestigieuse médaille Benemerenti pour leurs remarquables états de service. Michael Dominic et Hana Sinclair s'étaient tenus fièrement parmi les gardes élégamment vêtus de leur uniforme d'apparat, avec leurs casques à plumes rouges lorsqu'ils avaient reçu les décorations.

Karl Dengler, admiré de tous ses collègues pour sa capacité à diriger, fut promu sergent de la Garde. Son meilleur ami, Lukas, se tenait à ses côtés, les yeux brillants de fierté en saluant puis en étreignant son frère d'armes.

Après la cérémonie, Hana prit Michael à part et ils marchèrent bras dessus, bras dessous à l'ombre des arbres des jardins du Vatican. Hana fut la première à parler.

– Mon grand-père et moi partons pour Paris ce soir, Michael, mais je voulais être seule avec toi pour te remercier pour tout ; surtout d'avoir eu l'honneur de t'accompagner durant nos aventures. Tu es un homme exceptionnel et, comme tu le dis, s'il en avait été autrement... nous aurions peut-être connu d'autres aventures.

– Qui dit que ce ne sera pas le cas ? répondit Michael avec un sourire malicieux. On ne sait pas ce que nous réserve l'avenir, Hana. Je suis sûr que nos chemins se croiseront à nouveau. Il se peut que de nouvelles aventures nous attendent.

Ils s'arrêtèrent devant une grande réplique de la grotte de Notre-Dame-de-Lourdes et ils passèrent sous la grande arche de lierre qui protégeait la statue en marbre blanc de la Vierge Marie.

Hana posa ses avant-bras sur les épaules de Michael et se mit sur la pointe des pieds pour l'embrasser sur la joue avant de plonger son regard dans le sien.

– À une autre fois, alors, murmura-t-elle.

– À une autre fois, chuchota-t-il.

LE PÈRE MICHAEL DOMINIC marchait seul dans le vaste sous-sol de la section Divers, les halos de lumière ambrée précédant son avancée en direction de la mystérieuse salle connue sous le nom de *Riserva*. Le frère Mendoza lui avait enfin donné sa propre clé et il n'avait plus besoin d'être escorté par le préfet pour s'y rendre.

Il déverrouilla la lourde porte, alluma la lumière et referma la porte derrière lui.

Il regarda une dernière fois l'ancien papyrus de Marie Madeleine avant de refermer le folio, puis il ouvrit l'*armadio* contenant les reliques écrites les plus sacrées de la chrétienté et de l'Église – une cachette adéquate pour un manuscrit dont le contenu était simplement trop dangereux pour préserver le statu quo. Bien que toujours tiraillé par des sentiments contradictoires, Michael avait accepté la décision du pape. Il glissa le folio vers le fond de l'immense armoire, dans une niche étroite dont il serait seul à connaître l'emplacement.

Il referma la porte de la *Riserva* à clé et se dirigea vers l'ascenseur. Alors qu'il marchait dans la Galerie des Étagères métalliques, il balaya du regard les millions d'autres documents encore jamais vus, posés sur des kilomètres d'étagères et il se demanda quelles découvertes l'attendaient dans les mois et les années à venir.

Seul Dieu le savait.

ÉPILOGUE

D'innombrables stalactites pendaient du plafond de la *grotte du Trou la Caune*, près de Périllos, une petite ville française située près de la mer Méditerranée. Des stalagmites fuselées formées par des siècles d'eau calcaire gouttant du plafond s'élevaient ici et là, entourées par les cristaux scintillants éparpillés dans les niches et recoins de la grotte.

Un grand bassin d'eau stagnante émeraude, brillamment éclairée par les rais de lumière du jour qui pénétraient dans la grotte par les puits de jour du plafond, servait de piscine couverte verdoyante aux salamandres pâles et aux grenouilles ibériques indigènes.

Mesurant près d'un mètre, avec un zigzag noir sur le dos, une vipère péliade venait de terminer son repas composé d'une grenouille et s'apprêtait à s'installer pour hiberner. Cherchant un coin sombre et frais, le serpent s'enfonça dans la grotte, fuyant la lumière, rampant sur plusieurs petits rochers jusqu'à trouver une roche calcaire lisse et plate.

Se faufilant dans la petite fissure derrière la pierre qui la protégerait des prédateurs potentiels durant son long repos hivernal, la vipère se mit à l'aise sur l'ancien reliquaire en bois caché sous le rocher.

Elle s'enroula sur elle-même pour se réchauffer et posa la tête sur les motifs en fer de la caisse, s'installant pour l'hiver.

NOTE DE L'AUTEUR

Merci d'avoir lu *Le secret de Madeleine*. J'espère sincèrement que cela vous a plu, et je vous propose de poursuivre l'histoire dans les second et troisième tomes de la série, *Le reliquaire de Madeleine* et *Le voile de Madeleine*. Vous y retrouverez les mêmes personnages ainsi que de nouveaux dans les futurs romans de la série des Archives secrètes.

Aborder la théologie et les croyances religieuses et traiter par la fiction d'évènements bibliques et historiques peut être intimidant.

Je demanderais ainsi à tous les lecteurs de considérer cette histoire pour ce qu'elle est – un pur travail de fiction, inspiré de nombreuses traditions orales et de registres historiques, en l'état actuel des connaissances.

Je n'ai pas d'autre idée en tête ici que celle de raconter une histoire captivante, et je respecte les gens appartenant à toutes les croyances, depuis l'Agnosticisme au Zoroastrisme.

De nombreux lecteurs des *Chroniques de Madeleine* m'ont demandé de distinguer les faits de la fiction dans mes romans. En général, j'aime bien partir de faits réels et de personnages historiques et inventer une histoire à partir de là ; mais une grande partie de ce que j'écris est historiquement vrai. Je vais donc à présent passer en revue certains des chapitres où ce type de question peut se poser, dans l'espoir que cela aidera ceux qui s'interrogent.

La forteresse cathare de Montségur est un véritable monument historique. Toute la région du Languedoc-Roussillon était au cœur de la croisade des Albigeois du pape Innocent III et est ici décrite de façon historique, presque au détail près.

Bien que l'abbé Marty fût un authentique prêtre cathare de Montségur, les actes que je lui attribue dans ce livre sont inventés.

La *Riserva* est une vraie salle des Archives secrètes du Vatican, où les documents et objets les plus sensibles de l'Église sont conservés. Comme il n'existe pas de photos ni de descriptions du lieu, j'ai élaboré ma propre interprétation de ce à quoi cette salle destinée à conserver des documents pourrait ressembler.

Bérenger Saunière était vraiment le prêtre de Rennes-Le-Château, en Languedoc, à la fin du XIXe siècle. De nombreuses légendes entourent l'abbé et son assistante Marie Dénarnaud, qui a vraiment existé.

L'abbé Saunière a réellement trouvé des parchemins dans un des autels wisigoths de son église, mais je me suis librement inspiré des résultats de mes recherches à ce sujet.

Encore une fois, les descriptions de Bérenger Saunière et de Marie Dénarnaud, ainsi que de leurs activités, sont toutes historiquement exactes.

Quant à l'utilisation du Tarot et d'astrologues par Hitler et les forces alliées, c'est également vrai. Cela fait partie des nombreuses pépites historiques bizarres que j'ai dénichées.

Otto Rahn était également un personnage historique, tout comme ses expéditions en quête du Saint Graal. Son livre *Croisade contre le Graal* existe et est encore en vente.

Si Nostradamus est bien évidemment un personnage réel, les quatrains que je propose ici sont fictifs. Saint Malachie a également existé, tout comme ses étranges prophéties à propos des papes.

L'Ehrenring des SS, également appelée « Bague à la Tête de Mort », était une véritable bague symbolique offerte par Heinrich Himmler. On estime qu'environ 11 000 de ces bagues ont été distribuées, qui devaient être rendues à Himmler à la mort de celui qui la portait.

Un des faits les plus instructifs que j'ai découverts était l'Oustacha, une organisation fasciste qui finit par gouverner de facto l'État indépendant croate pendant la Seconde Guerre mondiale. Dans les Balkans, l'Oustacha a en effet rivalisé avec les nazis dans son traitement atroce des juifs, Serbes, et Roms/Tsiganes dans leurs propres camps de concentration, dans le but de créer une Croatie de race pure sous un catholicisme forcé. Le Vatican entretenait bel et bien des relations diplomatiques avec ces groupes odieux et a participé à la filière clandestine franciscaine pour permettre aux nazis d'échapper aux poursuites judiciaires.

Le poème épique de Wolfram von Eschenbach, *Parzival* est bien sûr réel et de nombreux chercheurs étudiant la question du Graal pensent que « Montsalvat », mentionné dans l'œuvre, serait en fait Montségur.

Le Testament de Bérenger Saunière est authentique. Je n'en reviens pas de l'avoir trouvé, aussi dur que ce fut de le localiser.

Le résistant du maquis, Achille, est un véritable personnage historique. Toutefois, on sait peu de choses à son sujet, donc ce qui se trouve dans ce livre est pure fiction.

La nièce de Marie Dénarnaud, Élise, n'existe pas (pour autant que je sache, elle n'avait pas de famille).

S'il existe bien un texte gnostique appelé *L'Évangile de Marie*, que les historiens attribuent à la vie de Marie Madeleine, je tiens à préciser que le manuscrit que je lui attribue ici est entièrement fictionnel.

Si le cardinal Lucido Parocchi était bien une figure de l'Église à la fin du XIXe siècle, le légat du pape que je décris ici, monsignor Franco Moretti, ainsi que sa lettre, sont le fruit de mon imagination.

ECHELON est un véritable programme de surveillance géré par les États-Unis avec l'aide de quatre autres signataires de l'Accord UKUSA : l'Australie, le Canada, la Nouvelle-Zélande et le Royaume-Uni, également connus comme les Five Eyes (Cinq Yeux). En revanche, j'ai inventé de toutes pièces ses procédés… toutefois, étant donné mes connaissances en matière de technologie, je dirais que je ne suis pas trop éloigné de la vérité.

Bien que de nombreuses personnes pensent que Jésus Christ et Marie Madeleine étaient mariés et ont peut-être eu des enfants, il n'en existe aucune preuve. En conséquence, les affirmations présentes dans ce livre (ainsi que son papyrus) sont pure fiction.

Les outils qu'utilise Roko Sirola – y compris l'appareil pour copier les cartes magnétiques – sont de vrais objets que tout le monde peut se procurer. Quant aux codes par défaut utilisés pour les coffres de chambres d'hôtel, tout cela est parfaitement vrai. Essayez la prochaine fois que vous séjournez à l'hôtel…

L'Opération Jedburgh est un évènement historique, une mission coordonnée par les agences de renseignements américaine et britannique.

Tout ce qui concerne le trésor de l'Oustacha, y compris l'aide de la Mafia pour fondre l'or et le déposer à la Banque du Vatican, est factuel.

L'archevêque croate Aloys Stepinac était également un personnage historique réel et ses activités décrites ici sont toutes documentées et authentiques.

Hélas, l'histoire des nazis ayant demandé cinquante kilos d'or aux juifs romains pour qu'ils évitent un sort atroce est vraie.

NOTES FINALES :

Je me suis moi-même rendu au Vatican au cours des dernières années et, pour autant que ma mémoire et mes recherches poussées soient bonnes, je me suis efforcé de décrire les salles, bâtiments et jardins ainsi que les protocoles officiels utilisés par les employés du Vatican et la Garde suisse.

Les descriptions des immeubles et des routes dans tout le livre sont précises, grâce aux merveilles de Google Earth et autres ressources. Les hôtels, restaurants (même les menus), les aéroports, les compagnies aériennes et même les horaires de vol sont réels.

Lorsque vous aurez le temps, puis-je vous demander de laisser un commentaire sur Amazon et ailleurs ? Les évaluations sont cruciales pour le succès d'un livre et j'espère que *Les Chroniques de Madeleine* auront une longue et divertissante vie.

Vous pouvez facilement laisser votre commentaire en allant sur la page Amazon de mon livre.

Si vous souhaitez me contacter pour quelque raison que ce soit, vous pouvez m'écrire à gary@garymcavoy.com. Si vous souhaitez en savoir davantage sur moi ou mes autres livres, vous pouvez vous rendre sur mon site internet : www.garymcavoy.com.

REMERCIEMENTS

J'aimerais remercier plusieurs amis pour leur aide précieuse tout au long de ce parcours : Yale Lewis, Gregory McDonald, John Burgess, Michelle Harden, Dr Kurt Billett et Cyndee Irvine pour leur perspicacité qui m'a aidé à donner vie à ce livre ; mon éditrice Sandra Haven, dont l'expertise a littéralement refaçonné mon livre ; Fran Libra Koenigsdorf, que je n'ai eu la chance d'avoir comme professeur d'anglais qu'en atteignant la soixantaine ; et Ron Weekes, pour ses relations très utiles au cœur du Vatican.

CRÉDITS : https://fr.wikipedia.org/wiki/B%C3%A9-renger_Sauni%C3%A8re